HARLEY BRENNAN, RUNNING BACK

(Serie First & Ten, Vol. 7)

Jean C. Joachim

Moonlight Books

Dedica

Ai giocatori di football passati, presenti e futuri, e alla tempestiva diagnosi e prevenzione dell'encefalopatia traumatica cronica (CTE).

Ringraziamenti

Grazie alle seguenti persone per il loro sostegno: Tabitha Bower, la mia editor, Renee Waring, la mia proofreadear, e poi, Ariana Gaynor, David Joachim, Marilyn Lee, e *in particolar modo* a Larry Joachim e Steve Joachim, per aver fornito informazioni e approfondimenti sul football.

Capitolo Uno

Kennedy Airport, New York City

Harley Brennan accomodò il suo corpo stanco in una comoda poltrona reclinabile nella sala V.I.P. dell'Eagle Airlines e ordinò una limonata, un ginger ale e un bicchiere vuoto. Poi mescolò il suo "Carla Special".

«Sempre a prepararti da solo i tuoi drink?» chiese una voce femminile seducente.

Harley si voltò per fissare i meravigliosi occhi azzurri di Shyla Hollings. «Shyla, dolcezza. Che ci fai qui?»

«Sto andando a Los Angeles.»

«L.A.? Anche io. Per quale motivo?»

«Un lavoro di scenografia. Ho sentito che sarai il prossimo, futuro marito di *Marriage Minded.*»

«Hai sentito?»

«È su tutti i media. Il tuo bel viso è ovunque. Non guardi la televisione?»

«Non ultimamente.»

«Oh, è vero. La commozione cerebrale. Niente TV.»

«Eri alla partita o avevo le allucinazioni?»

«Ero lì. Penny aveva i biglietti. Così ho dovuto sedermi nelle tribune dei Demons e tifare per Mark, ma ho tifato anche per te.»

«Dopo sei venuta a vedermi?»

«L'ho fatto. Allora te lo ricordi. Immagino che l'infortunio non fosse così grave come sembrava.»

«Già. Vuoi qualcosa da bere?»

«Posso provare il tuo? Sembra buono.»

«Non c'è alcol, ma è fantastico.» Fece scorrere la bevanda verso di lei.

Lei prese il suo bicchiere, senza mai distogliere lo sguardo dal suo. Ne bevve un sorso leccandosi le labbra. Lui fu percorso da un brivido di desiderio. «Delizioso.»

Come te, tesoro. Harley chiese che gli portassero gli stessi ingredienti e ne preparò uno per Shyla.

«Allora, perché hai accettato l'ingaggio televisivo?» chiese lei, bevendo un sorso e annuendo in segno di approvazione.

Si guardò le mani. «Mi sono arreso.»

«Arreso?» Inarcò un sopracciglio.

«Ho rinunciato alla speranza che saresti tornata. Che un'altra Shyla Hollings sarebbe entrata nella mia vita. Voglio sistemarmi.»

«Quindi, hai contattato lo show?»

«Sono stati loro. Mi hanno convinto che avrei trovato il vero amore. La mia anima gemella.» Assottigliò lo sguardo. «È permesso avere più di un'anima gemella nell'arco di una sola vita?»

Lei arrossì, rendendo il suo viso ancora più bello. I capelli biondi le caddero sulla fronte mentre voltava la testa per distogliere lo sguardo.

L'altoparlante annunciò che il loro volo avrebbe cominciato a imbarcare entro dieci minuti.

«Viaggi in prima classe?» le chiese.

«Come al solito.»

«Forse posso farti cambiare posto per farti sedere vicino a me.»

«Sarebbe fantastico.»

«Se non posso averti per sempre, immagino che dovrò accontentarmi di quello che posso ottenere.» Si alzò e le offrì la mano. Lei la prese.

Si sedettero l'uno accanto all'altra. Shyla rilassò il braccio sul bracciolo. Harley riuscì a sfiorarle le dita una dozzina di volte prima ancora del decollo. Una volta che l'aereo fu in volo, la hostess passò con champagne e antipasti.

Harley si era aspettato di poter trattare Shyla come una vecchia amica se mai l'avesse incontrata di nuovo. Dopo tutto, era passato un anno da quando non uscivano più insieme. Ma poteva davvero essere definita una relazione la loro? Dei fine settimana rubati qua e là... un mese insieme, e due mesi senza vedersi. Shy viaggiava in tutto il mondo per il suo lavoro, faceva scenografie per teatro, cinema e televisione. Harley da parte sua trascorreva metà del suo tempo in giro durante la stagione del football. A volte era stato un miracolo persino trovarsi nel raggio di cento miglia durante il fine settimana.

Per Harley, la magia era iniziata durante quella settimana in Costa Rica, al matrimonio di Penny e Mark, e non era mai scemata. L'elettricità, la scintilla, la chimica che avevano condiviso in quel paradiso tropicale batteva ancora dentro di lui. Il suo sangue pompava più velocemente, la sua lingua si attorcigliava, e ogni nervo scattava alla massima allerta ogni volta che aveva la fortuna di vederla.

Lei aveva provato lo stesso? La sua domanda aveva ricevuto risposta nel suo ampio sorriso, nel suo caloroso benvenuto e nel suo entusiasmo in camera da letto. Aveva creduto che i loro sentimenti fossero gli stessi, almeno in quel momento. I suoi primi successi nella progettazione di scenografie non avevano offuscato il suo interesse per lui, infatti si erano incontrati ogni volta che la distanza tra loro lo aveva reso possibile. Alla fine, il lavoro li aveva tenuti sempre più impegnati, portandoli al punto di rottura. Vedersi era semplicemente diventato troppo difficile, quindi non lo avevano più fatto.

Quando Harley l'aveva incontrata, prima che ottenesse il suo grande successo nei migliori show televisivi e nei film di serie A, era stata un'aspirante scenografa, ancora sconosciuta. L'aveva trovata tranquilla, senza pretese, creativa, dolce, timida - proprio come diceva il suo nome - e bella. Era stato attratto da lei immediatamente. Si era aspettato di trovare solo una compagna di letto per quella settimana in Costa Rica, ma era stato colpito dal suo spirito e dalla sua genuina spontaneità.

Shyla Hollings sapeva essere divertente quanto i migliori cabarettisti del mondo. Era spiritosa – esilarante, in effetti – e lo aveva fatto ridere ogni minuto in cui non l'aveva baciata. Era diventata la sua anima gemella, il suo tutto, la donna che stava cercando. Il suo cuore aveva cantato. Poi, era successo. Era stata chiamata dall'ufficio di un importante produttore hollywoodiano per lavorare con uno scenografo vincitore di un Oscar, e la sua carriera era decollata, lasciando alla loro relazione solo le briciole finché questo non era stato più sufficiente.

La stagione del football si era conclusa con l'ultimo allenamento di luglio. Ad appena trentatré anni, Harley desiderava sistemarsi. Ma la carriera di Shyla aveva volato più in alto che mai. Avevano cercato di portare avanti una relazione seria, ma la distanza fisica era diventata schiacciante. Lui era cresciuto solo e anelava la sua libertà. Lei era stata quella giusta, ma andare a letto da solo ogni notte non era stato bello.

Dopo aver dato tutto quello che poteva nel loro rapporto, Harley aveva affrontato l'unica opzione che gli era rimasta... rinunciare alla migliore donna del mondo per una che viveva nella sua stessa città. Così le aveva chiesto se potevano prendersi una pausa. Lei aveva pianto, ma si era detta d'accordo. Tutto questo era accaduto poco più di un anno prima. Era stata opera del destino farli incontrare in aeroporto? Se era così, Harley doveva ammettere che il fato aveva un pessimo tempismo.

Seduto accanto a lei sull'aereo, ne fu attratto, ancora una volta, come il metallo a un magnete, come se non si fossero mai separati. Il suo trucco era perfetto, e lei indossava un top di seta acquamarina che mostrava una scollatura sufficiente a tentarlo. Le sue unghie erano di un tenue colore pesca, e i suoi capelli biondi, lunghi ma non troppo, erano sapientemente acconciati. Il suo aspetto urlava successo, elegante raffinatezza e bellezza come una star del cinema. Ovviamente, avrebbe potuto avere qualsiasi uomo desiderasse.

Nel tragitto fino ai loro posti, Harley aveva notato lo sguardo di ogni uomo posarsi su di lei. Essere invidiato da ogni ragazzo su quell'aereo rafforzò il suo ego. Alzò il bicchiere in un brindisi.

«Ai vecchi amici,» disse.

«Ai vecchi amanti,» rispose lei.

«Touché,» rispose.

Bevvero e sgranocchiarono spuntini da gourmet. Shyla riempiva i suoi sensi, la sua bellezza, il suo odore unico, al di sotto del suo profumo costoso, che attraversava il sedile fino a lui, la morbidezza della sua pelle quando le punte delle sue dita toccavano il dorso della sua mano. Il semplice sederle accanto lo accendeva. Harley non aveva idea di quello che si stava mettendo in bocca in quel momento, ma desiderava che fosse una certa parte di Shy, invece di un bocconcino di formaggio.

«Quindi, hai vinto il Super Bowl, e ora stai cercando una moglie?»

Lui annuì. «In pratica sì.»

«Non posso credere che tu non riesca a trovarla da solo.»

«Tutte quelle groupie nei bar non sono esattamente le ragazze che vorrei portare a casa per presentarle a mia madre.»

«Le farebbe scappare.»

Per poco non sputò fuori lo champagne. Lei rise e gli passò un tovagliolo.

«Bel modo di parlare di mia madre.»

«Nessuno dei tuoi compagni di squadra può sistemarti con la ragazza perfetta?» Inarcò un sopracciglio.

«Se potessero, me ne starei seduto qui?»

Lei si strinse nelle spalle. «Immagino di no. Beh, non possono essere tutte come me.» La malizia le brillava negli occhi.

Lui sorrise. «Hai centrato il punto.»

Lo steward portò loro del caviale su pane tostato e un filet mignon a cottura media.

Harley pensò che avrebbe perso la testa quando lei tirò fuori, per leggerlo, lo stesso libro che lui aveva letto di recente. «Dannazione, Shy. Perché devi essere così simile a me?»

«Un puttaniere?»

«Sai cosa voglio dire. Ho letto l'ultimo libro di Grafton il mese scorso.»

Lei rise. «Il mio gemello di sesso maschile. Ops, questo ci renderebbe degli incestuosi.»

Lui sorrise prima di risponderle: «Quindi c'è un "noi"?»

Lei arrossì e si voltò, sbirciando nel buio della notte. «Credo di no. Non se sei alla ricerca della felicità coniugale con qualcun'altra.»

«Hai mai desiderato sposarti?» Le sue sopracciglia si alzarono. *Come potrebbe farlo se non si trova mai nello stesso posto per più di qualche settimana?*

«L'idea mi è passata per la mente una o due volte.»

«Come me o con un altro ragazzo?»

«Vuoi davvero saperlo?» Gli lanciò uno sguardo sbarazzino, gli occhi ridotti a due fessure e scintillanti.

Una fitta tra le cosce lo fece andare in panico. *Per l'amor di Dio, non diventare duro sull'aereo!* «E se dicessi di volerlo sapere, me lo diresti?»

«Stai scherzando, vero?»

«Sono mortalmente serio.»

«Non te lo dirò,» lo prese in giro, portandosi il bicchiere alle labbra.

Sfacciata come sempre, Shyla faceva uscire la bestia che era in lui. Voleva schiacciarla contro di sé, baciarla fino a instupidirla, e prenderla lì su due piedi. L'autocontrollo di Harley prese però il sopravvento. Il pilota parlò all'altoparlante annunciando la discesa all'aeroporto internazionale di Los Angeles. Shy si allacciò la cintura di sicurezza e cercò le sue dita, stringendole forte, ricordandogli la sua paura degli atterraggi.

«Hai ancora paura? Come diavolo si fa a viaggiare per il mondo se si ha paura di atterrare?»

«Mi assicuro di sedermi accanto a uomini forti e sexy che mi terranno la mano. È un ottimo rompighiaccio.»

Rise, stringendo quella piccola mano nella sua. Rimasero seduti ai loro posti, godendo di un confortevole silenzio. Il colore abbandonò il viso di Shyla non appena l'aereo iniziò la discesa.

«Dove alloggerai?» le chiese.

«Al Versailles.»

«Anche io. Che ne dici di unirti a me per un drink al bar.»

Lei spostò lo sguardo dal finestrino per incontrare i suoi occhi. «Stasera?»

Lui annuì.

«Perché no?»

«Puoi finire di raccontarmi quella storia del regista svedese e del cameraman.»

La sua espressione preoccupata si sciolse in un sorriso. «Oh, sì, quella.»

Lei si tenne forte mentre l'aereo toccava la pista. Lui le alzò le dita e le baciò. I loro sguardi rimasero incatenati per un attimo prima che la hostess tornasse a recuperare coperte e cuscini. Il pensiero di ciò che lui e Shy avrebbero potuto fare con una coperta posata su di loro invase il suo cervello. Scosse leggermente la testa per liberarsi di quelle idee lussuriose.

Dopo aver recuperato le loro valigie, un uomo si fece avanti, tenendo in mano un cartello con su scritto il nome di Harley.

Lui sorrise. *Lo show mi ha mandato una limousine.* «La tua carrozza ti aspetta, mia signora,» disse facendo un mezzo inchino. L'autista aprì la portiera e loro entrarono. *Se è questo che significa partecipare a Marriage Minded, ho preso la decisione giusta.*

Il veicolo si fermò davanti all'Hotel Versailles. Shyla non aveva una prenotazione mentre ad Harley avevano assegnato una suite.

«Resta da me. Risparmieresti soldi.»

«Sì, giusto.» Gli lanciò uno sguardo tagliente. «Il passato è passato, Harley. Non credo che per me sarebbe una buona idea dormire con te.»

Lui sospirò ma l'hotel le trovò una stanza e un facchino si occupò dei loro bagagli. Shy e Harley si diressero verso l'elegante bar dove l'arredamento aveva un'atmosfera francese, e l'espositore di vini non faceva eccezione. Mostrava i migliori vini e liquori francesi, tra cui il Cassis de Nuits st. Georges.

Scelsero di sedersi a un piccolo tavolo rotondo accanto a una finestra che si affacciava su un prato curato, rischiarato dalla luce gialla e soffusa delle lanterne. Le due lussuose poltrone imbottite erano vicine tra loro. Shyla ordinò un Kir, fatto con i migliori cassis francesi, mentre Harley sorseggiò un eccellente cognac. La stanza era buia, solo una candela sul tavolo illuminava i loro volti. Gli zigomi di Shyla erano delineati dal riflesso e i suoi occhi luminosi rispecchiavano la fiamma tremolante. La sua bellezza brillava nell'atmosfera cupa e tranquilla.

Anche se Harley aveva bevuto solo due bicchieri, quando si alzò per andarsene, inciampò.

«Pensavo che potessi reggerlo,» gli disse, passandogli un braccio intorno alla vita per stabilizzarlo.

«Ho avuto una commozione cerebrale, ricordi? Non bevevo da un paio di mesi.»

Lei annuì mentre lo guidava verso l'ascensore. Quando la porta si aprì, lei gli infilò la mano nella tasca per recuperare la chiave magnetica, facendolo ridacchiare come una scolaretta.

«Se continui, non sarò responsabile delle mie azioni,» le disse fissandola.

Shyla ridacchiò mentre lo faceva appoggiare contro la porta e infilava la carta nella fessura. Una volta dentro la camera, accese la luce sussultando per l'opulenza della suite. Il foyer era grande, con un enorme specchio dorato e un tavolino a ridosso della parete. Lui barcollò verso di lei, gettandole un braccio intorno alle spalle e facendola quasi cadere a terra.

Harley era alto un metro e ottantadue centimetri e pesava quasi cento chili contro il suo metro e settanta, e i suoi sessantuno chili scarsi. Lo guidò in camera da letto e lui si buttò sul letto. Gli tolse le scarpe e riuscì a togliergli la giacca, che poi appese nell'armadio, poi gli si avvicinò appoggiandosi le mani sui fianchi.

«Questo è il massimo che farò, bellimbusto.»

«Vuoi dire che non mi spoglierai?»

Lei rise. «Bel tentativo.»

«Allora, posso spogliarti io?»

Le avvolse il braccio intorno alla vita tirandola giù. Lei gli cadde sopra, e lui la strinse in modo che non potesse rialzarsi. Afferrandole la nuca con la sua grande mano, le guidò la bocca verso la sua. Il bacio affamato la colse di sorpresa. La fece rotolare capovolgendo le loro posizioni per bloccarla contro il letto. Quando si tirò indietro per respirare, le sorrise. Era esattamente dove la voleva.

«Figlio di puttana. Non sei ubriaco.» I suoi occhi lampeggiarono.

«No, non sono ubriaco.»

«Hai mentito. Mi hai ingannata. Solo per farmi entrare qui?»

«Sì.»

Lei gli batté i pugni contro il petto, fino a quando lui non le afferrò entrambi i polsi con una mano.

«Ahi! Sei forte per essere così piccola.»

«Harley Brennan! Bugiardo! Seduttore da quattro soldi. Maledetto ciarlatano!»

«Piccola insolente. Non dovresti usare questo linguaggio scurrile.» Si piegò per baciarle il collo.

Lei si contorse, cercando di scappare. «Mi prenderai con la forza?»

Lui sentì la paura nella sua voce e la lasciò andare. Si tirò indietro spingendo sui gomiti e le ginocchia, e la guardò. «Sai che non lo farei mai. Ti ho spaventata?» Lei annuì, piangendo. «Mi dispiace. Mi dispiace tanto, tesoro. Va tutto bene. Un no è un no.»

Si sedette. Shyla si risistemò il vestito allontanandosi da lui. Lui la fronteggiò e le sistemò delle ciocche di capelli dietro l'orecchio. «Sei così bella. Volevo solo... beh. Sai. Voglio dire, in memoria dei vecchi tempi. Volevo solo fare l'amore con te un'ultima volta. Sapevo che non saresti venuta qui se te lo avessi chiesto, quindi...»

«Quindi mi hai ingannata per portarmi nella tua stanza, nel tuo letto. È una cosa davvero meschina, perfino per te.»

«Cosa intendi con *"perfino per me"*?»

«Niente. È tardi. Devo andare.»

«Sono una persona così cattiva solo perché volevo passare la notte con te?»

«Imbrogliarmi non è proprio il modo giusto per conquistarmi, no?»

«Immagino di no. Sapevo che avresti detto di "no" se te lo avessi chiesto. E ho pensato che, se tu fossi stata qui, e se avessi potuto... beh, non ha funzionato.»

«Sedurmi? Tu e le tue folli idee.» Scosse la testa.

«Cosa vorresti dire con *"folli idee"*?»

«Quanto sei stato veloce a dimenticare la tua idea di intrufolarti nella piscina dell'hotel in Costa Rica!?»

«Volevo fare una nuotata di mezzanotte.»

«Volevi andare a immergerti di nascosto alle tre del mattino e fare sesso in piscina.»

«Vederti nuda mi aveva fatto eccitare.»

«E ci hanno beccato. I fari puntati su di noi. Il rumore degli allarmi.» Rise, il colore che le imporporava le guance.

«Eri ancora più bella sotto i riflettori.» Le spostò dolcemente le ciocche bionde da sopra gli occhi.

«Ti avrei ucciso.»

«Ma invece ti sei innamorata di me.»

Quella luce che aveva visto così tante volte tornò ad illuminarle il viso. Gli era mancato quello sguardo pieno d'amore. L'attirò a sé per baciarla. Lei rispose, aprendosi per lui, così le inclinò la testa approfondendo il bacio.

«Shyla, tesoro, sei tu che voglio,» sussurrò tra i suoi capelli.

Lei lo abbracciò prima di lasciarlo andare. «Non percorreremo di nuovo questa strada. Non è cambiato nulla. Tu stai ancora giocando a football e io viaggio ancora molto. Mi hai spezzato il cuore una volta e non te lo permetterò di nuovo.» Shy si spinse giù dal letto e si alzò sulle gambe tremanti.

Harley l'afferrò e la strinse contro il suo petto. «Mi avresti sposato?»

«Non avrei smesso di lavorare.»

«Non è quello che ti ho chiesto.»

«Se ci fossimo sposati e io avessi continuato a viaggiare, non sarebbe durata.»

«Ne sei sicura?»

«Chi può essere sicuro di qualcosa?» rispose allontanandosi da lui.

«Ma l'avresti fatto? Se te l'avessi chiesto?»

«Ma non l'hai fatto.»

«Sei evasiva stasera. Molto evasiva. Guadagno abbastanza soldi. Non avresti bisogno di lavorare.»

«Sì, lo farei.»

«Perché?»

«È sempre la stessa storia, proprio come con papà e Johnny. Non chiedere. Non puoi lasciar perdere?»

«Forse se tu rispondessi onestamente alle mie domande, allora potrei.»

«Guarda chi parla di onestà!»

Lui rise. «Solo un piccolo inganno. Uno stratagemma. Non era una bugia. Non proprio.»

«Continua pure a mentirti.»

«Potresti andare in pensione, avere dei figli, vivere con me.»

«Non dimenticare il motivo per cui sei qui. Per trovare tutto questo... e l'amore della tua vita.»

«O una donna che vive perlomeno nella mia stessa città.»

«Questo potrebbe essere d'aiuto.» Gli sorrise.

L'accompagnò in camera sua. Si scambiarono il bacio della buonanotte e lui ritornò nella sua suite. C'era un cesto di frutta e un mazzo di fiori nel soggiorno. Accese la TV, ordinò il servizio in camera e afferrò una mela. Dormire era l'ultima cosa che aveva in mente.

SHYLA HOLLINGS SOSPIRÒ dopo aver chiuso la porta della sua camera d'albergo. Aspettò fino a quando non sentì il rumore dell'ascensore, prima di buttarsi sul letto. La realtà di ciò che aveva fatto la colpì, e seppe che il Kir che aveva bevuto non era abbastanza. *Ho bisogno di un drink.*

Scalciò via le scarpe, e camminò scalza fino al mini-frigo per prendere una bottiglia di vodka. Aprendo lo scomparto del ghiaccio, fu contenta di scoprire che l'avevano riempito per lei, come da sua richiesta. Versò il liquido trasparente sul ghiaccio e portò il bicchiere vicino alla finestra. Ne bevve un bel sorso, affondando su una sedia da scrivania, e fissando fuori dal vetro senza davvero vedere. Il liquido gli bruciò la gola mentre scendeva giù.

Forse non è stata una buona idea. A cosa stavo pensando? Non potrò mai stare dietro le quinte del suo show per due mesi e rimanere lontano da lui.

Era sorpresa che due soli baci da parte di Harley Brennan le avessero fatto venire voglia di strapparsi i vestiti di dosso e rotolarsi nel letto con lui. Certo, era stato il miglior amante che avesse mai avuto. Ma quello era nel passato. Giusto? Ora, il suo sangue ribolliva, il suo corpo pronto al rock and roll, ma lui era lassù, e lei era qui sotto, frustrata.

Shyla si vantava del suo buonsenso. Lei e Harley avevano avuto una chimica incredibile fin dal momento in cui si erano conosciuti in Costa Rica al matrimonio di Penny. Certo, era stata innamorata di lui, veramente innamorata, per la prima volta in vita sua. Ma le opportunità professionali non bussano alla porta ogni giorno, specialmente quando hai degli obblighi familiari.

Lei e Harley avevano scelto la carriera a discapito della loro relazione, e lei era convinta che fosse stata l'unica decisione possibile, anche se aveva pianto per settimane dopo che si erano lasciati. Doveva mantenere suo padre e suo fratello. Era la loro unica àncora di salvezza, quindi non poteva smettere di lavorare.

Le parole di suo padre non le avevano mai lasciato la mente. "*Tuo fratello è quello con il talento. Pagherò per farlo andare alla scuola d'arte. Tu? Sposati. Partorisci una dozzina di figli. Per cosa vuoi studiare design? Che cosa potresti mai fartene?*"

Poi, aveva avuto un ictus e sua madre se n'era andata. A suo padre avevano diagnosticato il morbo di Alzheimer precoce. Johnny aveva studiato alla Sorbona con quello che restava dei soldi della famiglia, e il loro vecchio era andato a vivere con il suo figlio "talentuoso".

Non era passato molto tempo prima che i soldi finissero. Johnny, un bravo artista, aveva fatto del suo meglio per vendere le sue opere a Parigi. Ma l'affitto dello studio e di un posto dove vivere, per non parlare delle medicine per suo padre, avevano consumato i soldi come un incendio alimentato a benzina. I due uomini si erano quindi rivolti a Shyla, che aveva trovato degli incarichi redditizi nel campo da lei scelto. Dentro di sé sorrideva per l'ironia che alla fine fosse lei quella che guadagnava bene.

La sua generosità era diventata una trappola, una prigione che la bloccava. Non poteva smettere di lavorare, non quando aveva così tante bocche da sfamare. Così, aveva continuato, senza mai spiegarne ad Harley il vero motivo.

Amava quello che faceva, il che rendeva tutto più facile. Quando Harley le aveva chiesto di ridurre i suoi impegni, accettare meno lavori per poter stare insieme, era stata tentata. Aveva tagliato le proprie spese rinunciando al suo piccolo appartamento, trasferendosi in un monolocale a New York City. Ma fare economia non era stato sufficiente. E sarebbe stata dannata se Harley Brennan avesse dovuto pagare le spese per suo padre e suo fratello. Così, aveva continuato a lavorare, pregando che Johnny vendesse dei quadri. Intanto, suo padre peggiorava ogni giorno di più.

Era passata a trovarlo quando un incarico l'aveva portata a Parigi, altrimenti non lo avrebbe fatto, perché non aveva alcun desiderio di vedere l'uomo che la metteva sempre in secondo piano rispetto a suo fratello. La sua vita non era poi così male. L'Italia, la Repubblica Ceca, la costa Californiana, New Orleans, New York City, la Costa Azzurra, il Marocco – aveva volato in posti esotici a spese di qualcun altro. Viaggiare era stato emozionante, educativo, un'avventura. Gli uomini che incontrava sui set erano intriganti, spesso stranieri, alcuni molto affascinanti, ma nessuno era riuscito a sostituire Harley nel suo cuore.

A mano a mano che il suo stipendio aumentava, aveva cominciato a mettere via un po' di soldi, mantenendo il segreto con John e suo padre su quanto stava effettivamente guadagnando. Le parole di suo padre le echeggiarono nella testa. *"Non vincerai mai un Oscar, quindi perché sprecare il tuo tempo? Sei una bella ragazza, Shyla. Trovati un uomo e smettila con queste sciocchezze."*

Non era sicura che suo padre fosse consapevole del fatto che viveva della sua generosità. «Dove saresti, papà, se avessi fatto quello che mi avevi suggerito? Vivresti di sussidi, in qualche casa di cura scadente,» aveva mormorato tra sé e sé.

Shyla era stata assunta per un ingaggio di due mesi come scenografa per *Marriage Minded*. Sarebbe stato suo compito creare ambientazioni così romantiche che avrebbero fatto innamorare Harley... di qualcun'altra. Avrebbe contribuito a trovargli la moglie perfetta. Tossendo, si alzò in piedi. *Idiota! A cosa stavo pensando?*

Un mese prima, quando aveva accettato quell'incarico, per sostituire un designer che aveva lasciato, il buonsenso le aveva detto che la sua storia con Harley era finita, quindi perché no? I vantaggi, come i viaggi gratuiti, i pasti e il soggiorno in alcuni posti incantevoli che non avrebbe mai potuto visitare altrimenti, l'avevano convinta. E la paga non era tale da doverci sputare sopra.

Le regole dello show erano severe. Qualsiasi frequentazione con il "futuro marito" era motivo di licenziamento immediato. La scenografia era una piccola industria. *Ugh. Come ci riuscirò?* Si versò un'altra vodka, sedendosi di nuovo e allungando i piedi sulla scrivania. Dopo aver bevuto un altro bicchiere, divenne ovvio. Doveva nascondersi da Harley. Non permettere che lui scoprisse che lei era lì. Evitarlo a tutti i costi. *Sarò dietro le quinte. Dovrebbe essere facile. Mangerò con la troupe. Dormirò con loro. Le nostre strade non si incroceranno mai. Non ho motivo di preoccuparmi.*

Sbadigliò. L'alcol aveva fatto effetto, rendendola assonnata così si spogliò e andò a letto. Immagini di un Harley Brennan, nudo, invasero i suoi sogni.

Una nottata inquieta fu interrotta dalla luce del sole che riscaldava la stanza, baciandole il viso. Shyla si voltò tirandosi un cuscino sulla testa, ma era troppo tardi. Alle sei si arrese, anche se era ancora stanca, e si trascinò fuori dal letto.

Un'ora più tardi, dopo aver buttato giù un intero bricco di caffè che aveva fatto nella sua stanza, le squillò il telefono. Era Penny Davis, la sua migliore amica, moglie di Mark Davis, quarterback dei Delaware Demons.

«Ehi, Penny. Ti sei alzata presto,» rispose con uno sbadiglio Shy.

«La bambina. Sai com'è. Com'è andato il viaggio?»

«Bene. Tranne per il fatto che ho incontrato Harley in aeroporto. Ci siamo seduti vicini e dopo abbiamo bevuto un drink al bar.»

«Tutto qui?»

«Non proprio. Infatti...» Le raccontò tutto mentre si vestiva.

«Tu sei pazza. Perché hai accettato il lavoro?»

Shy le disse del suo piano per evitare Harley a tutti i costi, ma Penny non sembrò convinta.

«Se fallisce, chiamami. Buona fortuna, Shy. Ne avrai bisogno.»

Non passò nemmeno un minuto dalla fine della telefonata che arrivò il servizio in camera con la colazione. Il cibo era l'ultima cosa che aveva in mente, ma Shyla riuscì comunque a ingurgitare qualche uovo, un bicchiere di succo di frutta e altro caffè prima di dirigersi verso l'hotel dove si sarebbero svolti i primi incontri tra Harley e le donne, che aspiravano a diventare la sua moglie perfetta.

Fece pratica con le bugie, che avrebbe dovuto dire, nella sua testa. *Brennan? Harley Brennan? Non lo conosco. No. Gioca a football o qualcosa del genere?* Rabbrividì. *Posso farlo. Devo farlo. C'è in gioco la mia reputazione.* Fece un respiro profondo, si incollò sul viso il suo sorriso più luminoso, e attraversò la porta.

Capitolo Due

Harley si era svegliato sul divano alle quattro e si era spostato sul letto a dormire. Una telefonata alle otto lo strappò da un sonno profondo. Si trascinò fuori dal letto per preparare il caffè. *Perché l'ho fatto? Non troverò mai un'altra donna come Shyla. Vorrei essere di nuovo a Monroe, a smaltire la sbornia insieme a lei.*

Ma questa non era un'opzione e non lo sarebbe stata per altri due mesi. Rabbrividì. Aveva firmato un contratto, e ora non poteva tirarsi indietro. L'idea di incontrare venticinque giovani donne che desideravano sposarlo, anche se era uno sconosciuto, lo terrorizzava. *A cosa stavo pensando?*

Una doccia, una rasatura e una ricca colazione portata dal servizio in camera lo rimisero al mondo. Era pronto a incontrare il conduttore e i produttori dello show. Una limousine lo aspettava quando raggiunse l'atrio. Ma il cibo e la piacevole corsa in macchina non riuscirono a placare la sua crescente tensione. Affrontare lo spettacolo e le donne era spaventoso quasi quanto il Super Bowl.

Il conduttore, Greg Carson, salutò Harley con una salda stretta di mano e un sorriso. «Pronto per la tua grande avventura?»

Il sorriso del giocatore di football fu esitante, le ginocchia che gli tremavano.

«Verranno molte donne bellissime stasera per incontrarti. Sei un bastardo fortunato!»

«Davvero?» chiese con le sue speranze che si risollevavano.

«Sono tutte davvero sexy.»

«Come farò a ricordare tutti i loro nomi?»

«Avrai un promemoria: nel tuo camerino c'è una lavagna con le foto e i nomi. Dagli un'occhiata. In breve tempo riuscirai a ricordarli.»

Greg invitò Harley a cena dove parlarono dello show. Condivise con lui alcune informazioni sulle donne e sull'itinerario, sui posti che avrebbero visitato. Arrivati al dolce, il presentatore gli chiese: «Allora, sei pronto a incontrare la ragazza dei tuoi sogni?»

«Credo di sì.»

«Pronto a prendere un impegno?»

Harley annuì.

«Okay, bene. Finisci, e facciamolo.» Greg firmò il conto, e gli uomini tornarono in albergo per la grande notte, il primo incontro con le donne.

I costumisti erano già in attesa di Harley. Gli fecero indossare uno smoking cucito sulle misure che lui aveva inviato tre settimane prima. Fece scorrere il dito intorno al colletto della camicia, che gli sembrava stretto.

«Questa roba non è mai comoda. Sarà solo per una serata,» gli disse Greg, lisciando con il palmo della mano la giacca sulle ampie spalle di Harley.

Si diressero a una sezione speciale che era stata delimitata per il programma. Il sudore iniziò a formarglisi intorno al collo risalendo fino ad imperlargli la fronte. Emulando un altro programma famoso, *Marriage Minded* faceva arrivare le donne in limousine, in modo che ognuna di loro potesse fare il suo ingresso.

Harley spostò il peso da un piede all'altro, si infilò le mani nelle tasche, per poi tirarle fuori subito dopo. La prima auto si fermò lì davanti e ne uscì fuori una splendida bruna in un abito lungo in jersey turchese, con un'ampia scollatura che metteva in risalto i seni prosperosi, e uno spacco che evidenziava le sue gambe tornite. Lui si strofinò il collo.

«Ciao, mi chiamo Vanessa,» disse la giovane donna, porgendogli la mano.

Harley riusciva a malapena a respirare. L'afferrò per le spalle nude stringendola in un abbraccio. I suoi occhi marroni si dilatarono mentre lei lo guardava. Il suo sguardo percorse rapidamente il suo corpo. *Me la porterei a letto in un batter d'occhio. Saranno tutte così?*

I suoi nervi si calmarono mentre osservava una splendida donna dopo l'altra fuoriuscire dal veicolo e camminare verso di lui per ricevere un rapido abbraccio. Avevano un bell'aspetto, avevano un buon odore, sorridevano e flirtavano con lui. Dopo aver consumato parecchi bicchieri di champagne, tutti quei bellissimi volti cominciarono a sfumare in uno solo.

Alla fine, Greg Carson lo accompagnò in una stanza sul retro. «È ora di decidere chi deve rimanere e chi deve essere cacciato a calci sul marciapiede. Ecco il tabellone. Studialo bene e prendi una decisione.» Il presentatore gli offrì una tazza di caffè. «Potresti voler essere un po' più sobrio prima di decidere.»

«Grazie,» disse Harley, bevendo un sorso del liquido caldo, anche se non era affatto ubriaco.

Harley studiò la lavagna cercando di collegare le conversazioni che aveva avuto con i volti ritratti nelle foto. Il suo stomaco si strinse all'idea di cacciare qualcuno dallo spettacolo. Durante la sua vita aveva dato il benservito a un sacco di ragazze, ma mai faccia a faccia. Aveva pensato che non richiamare fosse un messaggio abbastanza chiaro. L'idea che avrebbe potuto vedere una di quelle ragazze scoppiare in lacrime gli fece tremare le ginocchia.

Si considerava un uomo coraggioso, che aveva affrontato molti placcaggi da uomini che pesavano più di cento chili sul campo di football. Ma una donna che piangeva gli faceva venire voglia di scappare. Prese il suo telefono.

«Trunk?»

«Harley? Sei tu?»

Harley spiegò la difficile situazione al suo amico e compagno di squadra, il defensive lineman, Trunk Mahoney.

«Non ne ho la minima idea, amico. Cinque donne che piangono? Mi prendi in giro.»

«Vorrei che fosse così.»

«Buona fortuna. Fammi sapere cosa succede. Spero che nessuna di loro sia armata,» ridacchiò Trunk.

«Grazie mille per la comprensione!»

«Non c'è niente che io possa fare da qui, amico. Hai deciso tu di farlo. Ora, devi andare fino in fondo.»

«Sì, suppongo di sì. Hai ragione. A più tardi, Trunk.»

La conversazione si concluse, ma Greg era entrato nella stanza in tempo per sentire l'ultima parte. «Ascolta, Harley, il momento di avere ripensamenti è stato mesi fa. Hai firmato un contratto. Non puoi tirarti indietro adesso.»

«Non ho mai affrontato cinque donne che piangono.»

«La maggior parte di loro non piange finché non entra nella limousine.» Greg si avvicinò e chiuse le dita attorno al braccio di Harley. «Ce la farai, amico. Puoi gestirlo. Sei un atleta professionista. A volte vinci, a volte perdi, giusto? Allo stesso modo, cinque di quelle donne saranno delle perdenti stasera. Non è che tu le conosca e le stia gettando via.»

«Devi proprio dire cose come "gettarle via" e "cacciarle a calci sul marciapiede"?»

«Okay, okay. Sei un tenerone. Ho capito. Vuoi trovare la tua anima gemella?»

Harley annuì.

«Parlando in senso metaforico, per fare una frittata devi prima rompere delle uova. Non puoi essere gentile con tutti. Fattene una ragione, o non funzionerà mai.»

«Nessuno mi aveva mai dato del tenerone prima d'ora.»

«Volevano solo essere gentili.»

Harley rise. «Credo di esserlo. Non mi piace ferire le persone. Se non richiami una ragazza dopo un appuntamento, non saprai mai cosa ne pensa. Sono sicuro che alcune siano anche state sollevate di non avere mie notizie.»

«Ne dubito. Queste donne che sono qui chiedono a gran voce di essere le prescelte. Ma alla fin fine la scelta è tua. Tutto questo riguarda te, amico. Non dimenticarlo. Devi fare la scelta giusta per te stesso. Queste donne sapevano cosa sarebbe potuto succedere quando hanno firmato. Non sarà una cosa inaspettata.»

Harley sprofondò sulla sedia di fronte alla lavagna con le foto. Svuotò la tazza, la posò per terra, e fece un respiro profondo prima di puntare il dito. «Queste ragazze. Queste cinque. Devono andare.» Toccò le foto, una alla volta.

«Puoi sempre cambiare idea all'ultimo minuto,» gli ricordò Greg.

«Va bene, ma penso che non succederà.»

«Pronto ad andare là fuori?»

Il giocatore di football annuì. Greg aprì la porta e poi seguì Harley nella sala. Aspettò che Greg riunisse le donne e annunciasse loro che era tempo per la cerimonia dell'invito.

«Harley distribuirà venti inviti a forma di cuore. Inviti a rimanere. Stasera cinque di voi torneranno a casa. Questa non dovrebbe essere una sorpresa. So che non avete ancora avuto il tempo di creare una connessione, ma queste sono le regole del gioco. La chimica è importante.»

Dopo il piccolo discorso, Greg presentò Harley. Il running back fece un respiro profondo ed entrò nella stanza. Tutte le donne gli sorridevano, ma lui poteva vedere le loro espressioni nervose e i loro occhi imploranti. Era sicuro di voler tenere Vanessa, una rossa di nome Mallory, Cathy, e Lorna, una bionda. Il resto l'aveva giudicato da frammenti di conversazioni, ma soprattutto in base a quanto desiderio provasse di dormire con loro, basandosi solo sul loro aspetto.

Non era orgoglioso dei suoi sentimenti e non li avrebbe ammessi con nessuno, ma i suoi compagni di squadra avrebbero capito. In quale altro modo avrebbe dovuto scegliere venti donne per farle rimanere? Doveva basarsi sugli sguardi, l'attrazione fisica, tranne per coloro che si erano fatte avanti e avevano effettivamente parlato con lui. Almeno una di loro lo aveva disinteressato con il suo comportamento aggressivo - sarebbe stata la prima a essere cacciata.

Dopo aver fatto la sua scelta, le donne rimaste fuori lo abbracciarono per salutarlo. Harley pensò che il suo cuore avrebbe smesso di battere. Avrebbe voluto diventare invisibile, ma non ebbe questa fortuna. Così, si fece coraggio e incontrò le loro espressioni di dolore il più brevemente e gentilmente possibile.

Quando l'ultima si diresse verso l'auto, Greg portò Harley fuori dalla stanza. «Stai bene?»

«È stata dura,» confessò Harley, asciugandosi il volto con il suo fazzoletto.

«Diventerà sempre più difficile. Non conoscevi quelle ragazze. In seguito, manderai a casa ragazze che conosci e che ti piacciono.»

«Vorrei averci riflettuto di più.»

«Ma alla fine, avrai una ragazza che è pazza di te. Quella che desideri di più. Se ne può sposare solo una alla volta, comunque,» commentò Greg.

«Giusta osservazione.»

«Prendi un bel respiro, andiamo dentro e facciamo conoscenza con le donne che hai tenuto.»

Il sollievo lo attraversò come se Greg gli avesse tolto due tonnellate dalle spalle.

Una stanza piena di donne bellissime attendeva il suo ritorno.

SHYLA SI RECÒ IN MACCHINA dallo studio all'hotel con una produttrice associata e una stagista. Aveva con sé una valigetta che conteneva i suoi disegni per alcune delle avventure che avrebbe vissuto Harley insieme a qualsiasi donna avesse scelto. Si sistemarono in una piccola stanza sul retro.

«Dov'è il futuro marito?» chiese, cercando di non sembrare troppo interessata.

«Harley Brennan? Oh, nella parte anteriore, dove si trovano le grandi sale riunioni. Peccato che tu non lo abbia ancora visto. È bellissimo. Capelli scuri, quasi neri, e gli occhi azzurri più belli di sempre. Un vero fusto. Non vedo l'ora che si tolga la camicia in piscina!» esclamò Sarah.

Shyla lasciò andare il respiro che aveva trattenuto. «Sì, ne sono sicura.» Il sollievo le permise di concentrarsi sul suo lavoro.

«Dan tornerà tra un minuto. Vorrà vedere le tue idee.»

«Ho portato dei disegni.»

«Fantastico. Posso vedere?»

«Certo.»

Le donne sistemarono gli schizzi su un tavolo e li studiarono con attenzione. Dan, il produttore esecutivo, si unì a loro. Bianca, la stagista, scrisse una lista dei materiali che sarebbero stati necessari per le location che avrebbero visitato.

Shy era in modalità di lavoro, totalmente concentrata sulla creazione di un'atmosfera romantica e stupefacente. Aveva quasi dimenticato che lo stava facendo per Harley e per qualche altra donna. Quasi. Contenne la gelosia che le attorcigliava lo stomaco. *Non ho tempo per questo.* Invece, sfruttò il suo desiderio per il giocatore di football riversando i suoi sentimenti per lui nella realizzazione di un set che avrebbe favorito lo sbocciare dell'amore. *Cosa mi farebbe innamorare di Harley?* Rise tra sé e sé una o due volte, ma cercò di controllarsi quando Sarah le lanciò uno sguardo incuriosito.

Fecero una pausa per il pranzo. Dan si fece mandare un vassoio con panini e bevande. Si sedettero a gambe incrociate sui letti, mangiando e chiacchierando.

«Come sei entrata in questo business, Shyla?» le chiese Sarah.

«Ho studiato design alla Cooper Union di New York.»

«Devi essere davvero brava. Quella non è la scuola gratuita?»

«Lo era. Se ti accettavano, ti davano una borsa di studio completa.»

«Wow, una scuola gratuita.»

«Non più. Nel 2013, hanno iniziato a dare borse di studio che coprono solo la retta scolastica e non il resto delle spese.»

«È comunque buono.»

«Sono stata fortunata. Ho finito prima di allora. Ma non farti illusioni. Si lavora sodo, molto sodo. Non danno un'educazione a persone che vogliono ubriacarsi, fumare erba o scopare in giro. È un posto molto serio.»

«Non ho dubbi. Questo fa di te *la crème de la crème*.»

Shyla sentì le sue guance imporporarsi. «Ho solo avuto fortuna.»

«Ne dubito. Ho visto i tuoi disegni. Sei davvero brava.»

«Grazie.»

«Andiamo a rivedere l'elenco delle cose di cui hai bisogno e poi chiudiamo la giornata dato che sembri stanca. Immagino dipenda dal jet lag. E poi domani, dovremo lavorare sodo.»

Shyla tirò fuori un piccolo taccuino dalla sua borsa. «Per il picnic sulla spiaggia a Malibu, giusto?»

«Sì. Domani dovrebbe essere stile anni Settanta.»

«Suona bene. Cominciamo a preparare il set domattina?»

«Esatto. Dobbiamo anche farti trasferire in questo hotel. Ci sarà troppo da fare perché tu possa correre avanti e indietro. La limousine è fuori. Fatti accompagnare a prendere le tue cose, e unisciti alla troupe per la cena.»

«Okay. Uhm. Ceneranno sulla spiaggia. A lume di candela. Abbiamo bisogno di lampade antivento.» Shyla annotò alcune cose, strappò il foglietto e lo consegnò a Sarah.

«Lo darò alla stagista. Tra poco devo incontrare mio marito. Non ci rimangono molte notti prima di metterci in viaggio.»

«Come si fa a tenere insieme un matrimonio quando si sta lontani per così tanto tempo?» chiese Shyla raccogliendo i suoi disegni.

«Non è facile. Ma Bill è un bravo ragazzo. Sono fortunata ad averlo. Se vuoi davvero che funzioni, puoi farlo funzionare. Ora però devo andare, ci vediamo domani.»

Shyla si fece accompagnare dalla limousine fino al suo hotel, fece le valigie e si diresse allo studio dove lo show sarebbe stato girato. Portò la sua borsa in fondo al corridoio nella sua nuova stanza. *Forse Harley e io non lo volevamo abbastanza? O magari non ci abbiamo provato abbastanza a lungo? Troppo tardi ora. Tra due mesi, sarà fidanzato con qualcun'altra.*

Sospirò mentre infilava la chiave nella serratura. Era stata una giornata difficile. Nonostante la sua reputazione, aveva dovuto dimostrare la sua bravura a persone con cui non aveva mai lavorato prima. Spiegare le sue idee di design in dettaglio. Dan gli aveva fatto molte domande e Sarah aveva dubitato che potessero trovare tutti i materiali necessari. Aggiungendo i suoi sforzi per dimenticare il fallimento con Harley, i nervi di Shy erano stati messi a dura prova. Aveva bisogno di scaricare lo stress, perché domani avrebbe dovuto materializzare tutti i disegni, le idee e l'ambientazione unica che aveva creato, su una spiaggia, lottando contro la sabbia e il tempo.

Fece una puntatina al mini bar, poi si tolse le scarpe stendendosi sul letto. Tracannò il vino direttamente dalla piccola bottiglia, fermandosi solo per rispondere al cellullare. Era Penny.

«Come sta andando?»

Shy bevve un altro sorso. «Beh, è... uh, è...» Le lacrime le annebbiarono gli occhi. Le sue spalle si abbassarono per la tristezza.

«Cosa c'è che non va? Shy? Shyla? Parlami.»

L'emozione le aveva chiuso la gola. Si asciugò furiosamente gli occhi. *Stupida piagnucolona. È solo colpa tua!*

«Shy? Ci sei?»

Dopo un respiro profondo e tremante, ritrovò la voce. «Sono qui.»

«Che diavolo? Cosa sta succedendo? Cosa c'è che non va?»

«Pensavo che sarebbe stato facile, una specie di scherzo, con me dietro le quinte dove Harley non sarebbe riuscito a vedermi.» Afferrò un fazzoletto e si soffiò il naso.

«E non è così?»

Shyla scosse la testa, anche se la sua amica non poteva vederla. «Neanche per sogno. È orribile. Dovrò creare tutti questi set meravigliosi e seducenti per fare in modo che Harley e qualche altra ragazza possano perdere la testa l'una per l'altro e innamorarsi. Lo odio.»

«Oh, Shy!»

«E i produttori dubitano di tutto quello che dico. Cosa mi ha fatto pensare che potessi farlo?»

«Non puoi andartene ora, vero?»

«Ho firmato un contratto. Devo continuare. Dannazione.»

«Sono solo due mesi.»

«Sembrano un'eternità.»

«Puoi farcela. Sei una professionista. Resta dietro le quinte, fai finta di farlo per qualcun altro e mostra a quelle persone che sei la miglior designer del mondo.»

«Facile per te da dire.» Shyla si scolò il resto della bottiglia.

Penny rise. «Certo. È la verità. Non ti ho mai visto tirarti indietro davanti a una sfida.»

«Questa potrebbe essere la prima volta.»

«Non puoi e non lo farai. Chiamami domani. Scommetto che la giornata sarà migliore.»

Shyla cadde in un sonno profondo e riposante e si svegliò determinata a superare la prova. Shy e Sarah finalizzarono i loro programmi per la giornata a colazione. Shyla ispezionò i materiali che la stagista aveva trovato, poi caricarono il SUV e si diressero in spiaggia.

Mentre Bianca modellava una panca in legno e sabbia, Shyla ricoprì un tavolino con una pesante tovaglia decorata con un motivo intrecciato nei toni del blu profondo e del verde chiaro. Ci posizionò sopra due piccole lampade antivento per aiutare a tenere ferma la stoffa, che sperava fosse abbastanza pesante da non volare via, e poi aggiunse diverse luci più grandi appese a dei pali per illuminare il percorso.

Un tradizionale servizio di porcellana cinese blu e bianco venne affiancato a vere posate in argento massiccio. Due leggere coperte di pile blu scuro coprivano la panchina, su cui vennero disposti diversi cuscini con motivi verdi e bianchi.

Anche se ci volle tutta la mattina di mercoledì per predisporre correttamente la scenografia, Sarah e Dan rimasero soddisfatti dei risultati, risultò un ambiente elegante e unico nei delicati colori del mare. L'illuminazione era perfetta, non troppo brillante né troppo debole.

«Serviremo piatti a base di aragosta e vino bianco,» disse Sarah.

«Perfetto,» asserì Shy, strofinando le mani insieme per sbarazzarsi della sabbia.

Salirono sul SUV e tornarono all'hotel, lasciando Dan a occuparsi dei cameramen, dei tecnici del suono e del catering. Shy si fece una doccia e ordinò una cena anticipata nella sua stanza. Accese la televisione scegliendo di vedere la versione di cinque ore della BBC di *Orgoglio e Pregiudizio* per riuscire a smettere di pensare. Pensò che forse, farsi trasportare dal film nel periodo della reggenza inglese, gli avrebbe fatto dimenticare che Harley Brennan in quel momento stava corteggiando qualche ragazza nella location accogliente e romantica che aveva creato.

HARLEY INDOSSÒ I PANTALONI kaki e la maglietta a maniche lunghe che lo show gli aveva fornito. Il blu della maglia era una versione leggermente più scura di quello dei suoi occhi. Si rasò e mise il dopobarba, Midnight for Men, uno dei preferiti di due suoi compagni di squadra: Trunk Mahoney e Griff Montgomery. Dopo essersi pettinato i capelli, raggiunse Greg Carson nell'atrio.

Harley stava per avere il suo primo appuntamento. Sarebbe stato con la sexy, brunetta, Vanessa. Una cena sulla spiaggia. Era nervoso ed eccitato allo stesso tempo. *Merda, non hai più quattordici anni. Cal-*

mati. Sei stato a un miliardo di appuntamenti. Non è niente di che. Ma invece era un grosso problema. Greg continuava a ripetergli che ognuna di quelle donne poteva essere la sua futura moglie.

Immaginò che Greg volesse semplicemente essere incoraggiante, ma il suo costante ribadire quella possibilità fece venire voglia ad Harley di saltare giù da una finestra. La pressione aumentò per quella uscita. Vanessa si unì a lui nello spazioso ingresso dell'hotel. La prese per mano e la condusse alla limousine che li aspettava.

La conversazione in limousine fu impacciata. Harley le chiese del suo lavoro.

«Ho lavorato un po' come modella, ma vorrei recitare.»

«Non mi sorprende che tu abbia fatto la modella. Per che tipo di azienda?»

«Un catalogo di abbigliamento, mi hanno scattato qualche foto alle mani per dei gioielli. Spero di arrivare presto alle riviste di moda. Penso che sarebbe un buon trampolino di lancio per il mondo della recitazione.»

«Sembra un buon piano,» rispose.

«Ho fatto pure un corso di cosmetologia. Il trucco potrebbe anche essere un modo per entrare,» disse.

Lui annuì. A giudicare dalla quantità di cosmetici che aveva applicato sul suo viso, era evidente che stesse dicendo la verità. Vanessa era abbastanza bella per diventare un'attrice o una modella, secondo Harley. Fisicamente, lo attirava. Se questo fosse stato un appuntamento normale, si sarebbe domandato quanto tempo ci sarebbe voluto per portarsela a letto. Ma in questo show, il sesso prima della fine del programma era un grande "no". Quindi, avrebbe dovuto controllarsi.

«Guardi mai il football?»

Il suo viso si arrossò leggermente. «Mio padre lo segue. Al liceo ero una cheerleader e assistevo a tutte le partite.»

«Ti piace lo sport professionistico?»

«Non proprio, a essere onesti. Ma forse perché non so bene come si gioca. Magari potresti insegnarmi?» Gli lanciò uno sguardo che era per metà seducente e per metà innocente. Lo colpì.

Si chinò per baciarla. *Piccola civetta. In primo luogo, le insegnerò il passaggio in avanti.* Quando tornò in sé, si tirò indietro e le sussurrò: «Sarei felice di insegnarti le regole del football. È uno sport di contatto, però, quindi potrebbero esserci un bel po' di placcaggi e lanci.»

Lei ridacchiò. Se non fosse stata così sexy, la sua ignoranza sul football l'avrebbe squalificata.

«Okay, dovrai partire dalle basi.»

«Il football è la mia vita. Per me è importante che la mia futura moglie condivida questo amore. Almeno in parte. Se non riesci a guardarlo o a sentirne parlare, questo è un problema per me.»

«Oh, no. Capisco perfettamente. Sosterrei completamente mio marito. E mi aspetterei lo stesso da lui. Forse non saprai molto di recitazione e modelle, ma spero che mi ascolterai e incoraggerai.»

«Lo farei. Assolutamente.»

Harley si sentì sollevato di aver affrontato l'argomento. Lei aveva superato il primo test. Ora, tutto quello a cui riusciva a pensare era di portarsela a letto, anche se sapeva che non sarebbe stato in programma, almeno non per settimane. Il suo inguine si tese mentre le fissava il seno. Riportando lo sguardo sul suo viso, parlò un po' del gioco.

«Sono un running back. Sai cosa fa?»

«Corri con la palla in mano?»

«Sì, ma c'è molto più di questo.»

«I running back si fanno male?»

«A volte.»

«Oh? Questo non va bene.»

«No. Tutti i giocatori si fanno male a volte.»

«Preferirei non assistervi.»

«Fa tutto parte dello sport. Ti ci abituerai.»

La limousine si fermò in spiaggia. Harley uscì e afferrò la mano di Vanessa.

«Penso che dovremmo andare da questa parte.» Seguì le luci, che illuminavano sempre di più il tragitto a mano a mano che il cielo si oscurava. Trattenne di colpo il respiro quando vide la location. La ricchezza di toni del blu, la morbida luce che proveniva dalle lampade antivento disposte sul tavolo, e l'aroma di qualcosa di meraviglioso gli tolse il fiato.

«Oh, mio Dio. È bellissimo,» disse Vanessa.

«Wow,» era tutto ciò che Harley riuscì a esprimere. Le offrì di sedersi sulla panca improvvisata ricoperta di morbido pile e le consegnò una coperta fatta all'uncinetto di un profondo acquamarina per coprirsi le gambe. Nemmeno il dondolio dei suoi seni mentre si sedeva riuscì a distrarlo dalla scenografia. La magia era nell'aria.

Uno chef apparve dal nulla e servì l'aragosta più deliziosa che avesse mai mangiato.

Il romanticismo gonfiò l'aria, affilando la loro sensibilità mentre la coppia sognava sul cibo raffinato e sul vino bianco che accompagnava il pasto. La conversazione fluiva tra loro, entrambi in soggezione per l'esperienza. Harley la dilettò con storie divertenti sui suoi compagni di squadra, e la delicata risata di Vanessa echeggiò nell'aria salmastra dell'oceano.

La magica atmosfera che li circondava incoraggiò Harley. La baciò, inclinando la testa per approfondire il bacio e lei rispose. Delicati sbuffi del suo profumo lo attirarono a farlo di nuovo. L'incanto dell'ambiente lo circondò come una morbida coperta di cashmere, riscaldando il suo spirito. *Forse è Vanessa quella giusta? Partecipare al programma non è stata una così cattiva idea, dopotutto.*

Arrivò il dessert: gigantesche fragole immerse nel cioccolato, accompagnate da un cuore rosso di feltro. Notò il nervosismo con cui Vanessa guardava il gettone che l'avrebbe fatta rimanere nello show e continuare a combattere per diventare la moglie di Harley. Per la prima volta, vide delle piccole perline di sudore raccogliersi sul suo labbro superiore. *Perché farla aspettare?*

Lo afferrò immediatamente porgendoglielo. Il suo sorriso era un misto di sollievo e felicità, mentre lo accettava. Finirono il pasto e rientrarono nella limousine, in attesa, che li avrebbe riportati all'hotel. Ancora sotto l'incantesimo della serata romantica, Harley baciò Vanessa più volte, e ogni bacio era sempre più profondo. La sua mano le sfiorò accidentalmente la parte inferiore del suo seno. Lei si irrigidì. *Non correre, stronzo.*

Tornò a sedersi contro il sedile lussuoso pulendosi la bocca con un fazzoletto. Lei tirò fuori uno specchio riapplicandosi il rossetto. La osservò concentrarsi per farlo bene, il suo sguardo che vagava sui suoi lineamenti perfetti e sulla pelle morbida e nuda delle sue spalle. Voleva toccarla, ma Greg lo aveva avvertito di non procedere troppo in fretta.

Una volta tornato nella sua stanza, a letto, con le dita incrociate dietro la testa, Harley pensò alla ragazza con cui era appena uscito. Chi era? Avrebbe voluto passare il resto della sua vita con lei? Avrebbe retto il confronto con Shyla? Doveva smettere di farlo... paragonare ogni donna a Shyla. Non era giusto nei loro confronti. Ma aveva sperimentato l'eccellenza, e non sarebbe stato facile accontentarsi di niente di meno.

Harley non si era mai sistemato, né nella sua vita accademica, né nella sua carriera nel football e nemmeno con le donne. Certo, ne aveva avute moltissime, ma quando aveva incontrato Shyla, la ricerca si era fermata. Ora, aveva un compito davanti a sé: trovare qualcuna che sarebbe stata abbastanza da passare con lei il resto della vita. La fronte si aggrottò. *Sarà Vanessa?*

Le parole di Greg Carson echeggiarono nella sua testa: "*Non avere fretta. Hai molte donne da conoscere. Non innamorarti troppo in fretta.*"

Harley sorrise. Innamorarsi troppo in fretta? Lui sperava solo di riuscire a innamorarsi.

Capitolo Tre

Era la cosa più difficile che Shyla avesse mai fatto, mettere gli interessi di Harley davanti ai suoi sogni e desideri. Rimase nascosta settimana dopo settimana mentre lui accompagnava donne diverse a godere delle ambientazioni glamour che lei creava. *Harley merita di trovare il vero amore.* Tuttavia, non poteva togliersi di dosso la sensazione che quell'amore dovesse venire da lei.

Aveva preso l'abitudine di ascoltare ciò che le ragazze si dicevano quando Harley era fuori per qualche appuntamento. Le giovani donne andavano in piscina, alcune entravano nell'enorme vasca idromassaggio di legno, bevevano, chiacchieravano e si conoscevano. Si formarono alleanze e inimicizie.

Shy deglutì quando le sentì parlare di lui come se fosse un premio, l'anello di ottone sulla giostra. Eppure, non riuscì a fare a meno di ridacchiare nel vederlo essere diventato un oggetto agli occhi dalle giovani donne.

«Ha un bel culo,» disse Cathy, spalmandosi la crema solare sulle braccia.

«Oh, Dio, sì. Ma le sue spalle. Non vedo l'ora di vederlo in piscina. Le sue foto online senza maglietta sono fantastiche,» disse Mallory, girandosi per abbronzarsi la schiena.

«Scommetto che ha gli addominali scolpiti,» intervenne Lorna. «E che è fantastico a letto. Essendo un atleta probabilmente è in ottima forma.»

«Si è tolto la maglietta al vostro appuntamento in spiaggia, Vanessa?» chiese Cathy.

«Non era quel tipo di appuntamento. Abbiamo cenato e parlato.»

«Dai. Deve aver fatto qualcosa di più!» la pungolò Cathy.

Shyla abbassò il libro che stava leggendo per guardare Vanessa, che arrossì.

«Certo, mi ha baciata,» confessò lei.

«Sì? Quante volte?» chiese Mallory.

«Se ci provasse con me, gli farei fare tutto quello che vuole. È troppo sexy,» disse Lorna scuotendo la testa.

Shyla voleva ridacchiare. *È così che gli uomini parlano delle donne? Gli uomini sono probabilmente più crudi.* Tuttavia, rimase sorpresa di quanto potessero essere volgari alcune delle concorrenti.

Seduta all'ombra, la rossa, Cathy, si portò una Piña Colada alle labbra. Vanessa raccolse l'asciugamano ed entrò. Shyla rimase delusa che la giovane donna che non avrebbe più parlato del suo appuntamento con Harley.

«Stasera andrà a un altro appuntamento con Vanessa,» disse la bionda Amber, sedendosi sulla sdraio accanto a quella di Cathy.

«Lo so. Quella puttana. Non è qui per le giuste ragioni.»

«Puoi dirlo forte.» Amber fece un gesto a un cameriere e ordinò un drink.

Shyla sorseggiava un caffè ghiacciato dall'altra parte del fogliame che separava la piscina dalla vasca idromassaggio.

La sua produttrice, Sarah, si unì a lei. «Ascoltandole, è incredibile che qualcuna di loro possa venire scelta,» le sussurrò, scuotendo la testa.

«Possono essere un tantino cattive,» concordò Shy.

«E alcune sono davvero dolci. Ho sentito che alcune delle amicizie che si sono formate qui sono durate nel mondo reale.»

Shy sollevò le sopracciglia. «Mondo reale?»

«Questa è una terra di fantasia. È un miracolo che una di queste relazioni riesca a sopravvivere. Forse sono solo cinica per aver fatto questo programma anno dopo anno.»

«Le cose dopo cambiano?»

«Diavolo sì! Quando la coppia esce fuori nella vita di tutti i giorni, facendo il bucato, affrontando gli sbalzi d'umore, la famiglia, le pressioni sul lavoro, la magia può svanire piuttosto rapidamente.»

«Le ambientazioni romantiche delle location potrebbero ispirare sentimenti che non dureranno.»

Sarah le diede una pacca sul braccio. «Questo è un eufemismo. Ed è tutto merito tuo, mio cara. Hai ideato alcuni dei set più romantici che abbiamo mai avuto.»

«Grazie.» Shy riportò lo sguardo sul suo bicchiere.

«E sembra anche che funzionino.»

La testa di Shy si rialzò di scatto. «Cosa intendi?»

«Sembra che Harley stia restringendo la cerchia e che Vanessa sarà una delle contendenti. Forse anche quella rossa,» disse Sarah, indicando Cathy.

«È molto carina,» ammise Shyla.

«Certo. Anche Vanessa. Dubito che Amber possa competere.»

«Quindi, pensi che troverà il suo vero amore?»

Sarah annuì. «Sì. Non so quanto durerà, ma tutto lascia pensare che sarà così.»

«Questo dovrebbe rendere felice Dan.»

«Oh, sì. È un fascio di nervi. Costantemente preoccupato che l'uomo o la donna si tirino indietro.»

La tristezza pesava sul cuore di Shy. Avrebbe potuto fermare Harley. Avrebbe potuto rinunciare alla sua carriera, andare a vivere con lui - probabilmente le avrebbe chiesto di sposarlo. Ma lei manteneva suo fratello e suo padre, non si trattava solo di ciò che desiderava. Lei aveva delle responsabilità.

Aveva rinunciato ad Harley per loro. Aveva fatto la cosa giusta? Era troppo tardi per i ripensamenti. Harley stava per trovare il suo vero amore, e Shyla sarebbe diventata semplicemente un ricordo.

Quando Sarah se ne andò, la designer riportò la sua attenzione su Cathy e Amber.

«Vanessa sta solo cercando di farsi pubblicità. Non è innamorata di Harley,» disse la bionda.

«Lei sostiene di sì. Di essere la più adatta a lui.»

Amber sbuffò. «Sì, come no. Lui è simpatico. Bello. Sexy. Ho bisogno di più tempo con lui.»

«Penso che lui sia fantastico. Lui e io insieme...» Cathy sospirò. «Saremmo perfetti.»

«Gli piacciono le rosse?»

Cathy lanciò un'occhiata furba alla sua amica. «Fa battute sullo scoprire se il sotto combacerà con il sopra.»

Amber scoppiò a ridere.

Prima che potesse scoprire di più, arrivò Dan. «Partiremo stasera. Voleremo in Maine. Hai fatto le valigie?»

«Sono pronta. Loro quando arriveranno?»

«Non prima di domani. Harley cenerà con Vanessa stasera.»

«Quanto tempo ancora ci manca prima della scelta delle tre finaliste?»

Dan si massaggiò la barba. «Non tanto. Forse cinque settimane.»

Lei annuì. *Cinque settimane prima che io perda definitivamente Harley.* Fece un respiro profondo e poi si alzò dalla sedia.

ALL'INTERNO DEL JET che lo avrebbe portato nel Maine, Harley chiuse gli occhi. Immagini di donne sfilarono dietro le sue palpebre: bionde, brune e rosse. Donne in jeans e T-shirt, o bikini striminziti, o eleganti abiti da sera, e non poteva dormire con nessuna di loro. Non ancora. Nella sua testa danzarono tre nomi - Vanessa, Cathy e Amber, il cui atteggiamento a volte acido lo allontanava, ma i suoi capelli biondi gli ricordavano quelli di Shyla. Anche le altre non erano male, e lui temeva il momento di doverle mandare a casa, ogni settimana. Gli si spezzava il cuore nel darle un ultimo abbraccio e vedere le loro lacrime, sapendo che era stato lui a causarle.

Fin dalla nascita della sua sorellina, Harley aveva sviluppato un debole per le donne. Lei era più giovane di lui di sette anni. La piccola Lizzie, come la chiamava lui, lo aveva seguito ovunque. Lei lo adorava, aveva imparato a cuocere i brownie solo per lui. E a sua volta lui l'amava moltissimo. Provava dolore quando la vedeva piangere e quella sensazione si era estesa a qualsiasi pianto femminile: non riusciva a sopportarlo. E ora, doveva affrontarlo settimana dopo settimana.

Harley sedeva in prima classe, e le donne sedevano in economica. Era grato per il tempo che gli era stato concesso per analizzare i suoi sentimenti e classificare le donne. Questa settimana, avrebbe dovuto lasciarne andare due, e la cosa lo stava uccidendo. Mancavano solo poche settimane alla sua scelta. Cominciò a sudare.

Dopo l'atterraggio dell'aereo, si strinsero in due limousine. Vanessa si infilò accanto a Harley. La tensione abbandonò i suoi muscoli quando la coscia di lei sfiorò la sua. Tuttavia, doveva conoscere tutte le donne per fare la scelta migliore. Quindi trascorse il tempo del tragitto verso la loro destinazione parlando con altre tre che non conosceva bene.

Vanessa si accigliò e gli infilò la mano sotto il braccio, chiudendo le dita attorno al suo bicipite. Il sudore gli inzuppò la maglietta imperlandogli la fronte. Partecipare a *Marriage Minded* gli stava riservando più sorprese di quante ne avesse previste.

Il viaggio lungo la costa del Maine fino a una vecchia locanda con vista sull'oceano avrebbe dovuto essere tranquillo. Invece, la tensione nel veicolo arrivò a livelli tali da oscurare quella provata al Super Bowl. Harley pensava di conoscere le donne, ma non aveva mai dovuto avere a che fare con così tante contemporaneamente. La gelosia ispessì l'aria nell'auto. Cercare di conoscere altre ragazze, mentre quella con cui aveva già passato del tempo gareggiava per la sua attenzione gli fece stringere lo stomaco e svanire l'appetito.

Harley aveva bisogno di una pausa. Scappò nella sua stanza, si distese sul letto che si affacciava sul mare e prese il telefono. Due chiamate perse da Trunk, il suo compagno di squadra. Lo richiamò.

«Come sta andando? Ti stai scopando una ragazza diversa ogni sera?» gli chiese Trunk.

Harley rise. «Neanche per sogno. Ancora niente sesso. Solo qualche pomiciata.»

«Sono sexy?»

«Sexy? Da morire. Ed estremamente competitive.» Harley si alzò in piedi e si spostò davanti alla finestra.

«Competono per te? C'è già stata qualche lotta nel fango?» Harley poteva quasi riuscire a sentire Trunk ansimare attraverso il telefono.

«Molto divertente. Ma passare del tempo in piscina è incredibile. Hanno dei bikini così striminziti, che sono praticamente nude.»

«Oh, cavolo. Il tuo strip club personale. Sono geloso da morire.»

«Tua moglie è uno schianto, Trunk. Di cosa ti lamenti?»

«Vero, vero. È da infarto. E non dobbiamo fermarci alle pomiciate.»

«Ti invidio.»

«Presto sarai nella mia stessa situazione.»

«Sì, suppongo di sì. Spero di sì.»

«Oh, oh. Non sembra che a parlare sia il tipo sicuro di sé, da tiprenderò-a-calci-nel-sedere, che conosco.»

«Sto bene. Me la caverò.»

«Sii felice, amico.»

«Grazie, Trunk. Come stanno i ragazzi? Ci sono novità?»

Harley sprofondò su una sedia troppo imbottita, si rilassò, si tolse le scarpe e guardò il mare mentre ascoltava Trunk che lo aggiornava sulle buffonate dei compagni di squadra. I muscoli delle sue spalle si rilassarono mentre rideva insieme al suo amico.

Un bussare alla porta interruppe il viaggio di Harley lungo il viale dei ricordi con il linebacker. Era Greg Carson. Harley salutò l'amico e riattaccò.

«È l'ora del cocktail party. Sei pronto?» gli chiese il presentatore.

«Pronto, per quanto possa esserlo.»

Greg si appoggiò contro lo stipite della porta. «Stai bene? Come va? Ci sono problemi?»

«La pressione è un po' troppa.» Harley si chinò per allacciarsi le scarpe.

Greg inarcò un sopracciglio. «Pressione? Lo dice un uomo che ha giocato in due Super Bowl?»

«Stai scherzando? Il Super Bowl è una passeggiata in confronto a dieci donne che cercano di attirare la tua attenzione contemporaneamente.»

Greg rise. «Diventa sempre più difficile?»

«Si potrebbe dire così. Cavolo. Non voglio che si odino a vicenda.»

«Sono tutte in competizione per te. Lo capisco. Non è così facile come potrebbe pensare la gente. E da ora in poi, si farà ancora più difficile.»

«Sì. Devo mandare a casa due di loro stasera, e non ho idea di chi.»

Greg diede ad Harley qualche pacca sulla schiena. «Andiamo di sotto. Così puoi iniziare a decidere. Un drink potrebbe aiutarti.»

«Un drink? Una dozzina forse.» Harley ridacchiò mentre camminava nel corridoio accanto a Greg. Eccitazione mista a paura gli scorreva nelle vene. L'amore della sua vita lo stava aspettando giù nel salone, o sarebbe risalito in camera di nuovo a mani vuote?

SHYLA E LA STAGISTA portarono giù dei tessuti dai colori vivaci per l'accogliente biblioteca fuori dalla sala da pranzo principale. Harley e la sua prescelta avrebbero fatto un'escursione sulla costa nel pomeriggio per poi rintanarsi per una cena intima davanti a un fuoco scoppiettante. La temperatura prevista durante il giorno era tra i dieci e i quindici gradi, la sera sarebbe scesa intorno ai quattro gradi. Piacevole di giorno, ma abbastanza fresco per accendere il caminetto di notte.

Scatole di fiori e vasi attendevano la scenografa. Un vassoio di prelibatezze, quali caramelle allo sciroppo d'acero e tartufi al cioccolato, vennero disposti su un piccolo piatto. La tavola venne apparecchiata su un antico baule per un pasto a base di frutti di mare. I bicchieri del vino vennero lucidati fino a brillare. Le posate, in argento massiccio, erano così lucide da permettere a Shy di vedere il suo riflesso.

Drappeggiò le coperte sui braccioli del divano a due posti. Poi, si fermò per osservare la stanza e decidere dove dovevano essere disposti i vasi e quali fiori sarebbero stati meglio in ognuno di essi. Il lavoro non era difficile, e in qualsiasi altra circostanza, avrebbe apprezzato la varietà degli scenari che doveva realizzare e le località che visitavano. Sospirò. Preparare il palcoscenico perché Harley Brennan si innamorasse di qualcun'altra era stancante. *Ma cosa stavo pensando? Questa è stata l'idea più stupida che potessi avere.*

Quella sera, Harley avrebbe cenato con Cathy. Shyla non ricordava che avesse mai fissato una rossa attraente quando erano insieme. D'altro canto, non aveva mai fissato nessun'altra donna quando stava con lei. Il pensiero le fece spuntare un sorriso sul volto. Con un enorme sospiro, riprese il suo lavoro, promettendo a se stessa di fare il miglior lavoro possibile, anche se le dilaniava il cuore, pezzo per pezzo.

C'è in gioco la mia reputazione. Aveva accettato l'incarico pensando che non sarebbe stato difficile, visto che si erano lasciati già da un po' di tempo e se fosse diventato un ingaggio regolare, sarebbe stato redditizio e divertente, insieme alla possibilità di visitare località esotiche a titolo gratuito. Ora, decise che aveva perso la testa quando aveva accettato e non vedeva l'ora che fosse finita.

Quando terminò di allestire la scenografia, si avvicinò alla finestra per guardare il mare. La sua vista venne catturata dalla rossa e da Harley che mano nella mano si facevano strada lungo un tortuoso sentiero costiero. Ogni bacio o abbraccio era come un dardo dritto al suo cuore. Mentre si avvicinavano, si rese conto che sarebbero arrivati presto in biblioteca. Riordinò, raccolse i tessuti e i vasi in più, e aprì la porta del ripostiglio. La ricerca di spazio per riporre tutti gli oggetti nella piccola stanza le richiese più tempo del previsto.

Sentendo dei passi sul cemento, si affrettò a terminare proprio mentre i due risalivano i gradini per entrare nella locanda. Nel tragitto verso la sua stanza, esalò il respiro che aveva trattenuto frugandosi nelle tasche alla ricerca della chiave. Era nella sua borsa. Dov'era la sua borsa? *Merda! È rimasta in biblioteca!* Shyla corse alle scale, scendendole due gradini alla volta.

Provò ad aprire la porta che si aprì, rivelando una stanza vuota. Ricominciò a respirare. La voce di Harley, che riecheggiava in fondo al corridoio, l'avvertì che poteva essere in trappola. Guardandosi intorno freneticamente, individuò la sua borsa, l'afferrò, si infilò nel ripostiglio e chiuse la porta.

«Oh, mio Dio, guarda qui! È delizioso,» esclamò Cathy.

Shyla trattenne il respiro, ascoltando ogni loro parola. Chiuse gli occhi, sperando che questo avrebbe bloccato i suoni, ma riusciva ancora a distinguere il ghigno basso di Harley. *Accidenti! Non voglio trovarmi qui. Non voglio sentire queste cose.*

Ascoltò lo scoppio di un tappo di sughero e si ricordò della bottiglia di champagne e dei due bicchieri disposti su un tavolino. Cathy abbassò la voce, quindi fu difficile per Shyla cogliere ogni parola. Ma quella di Harley era forte e chiara. L'aveva sempre amata, così profonda e maschile. La sua risata le dava brividi di piacere.

Poi seguì un momento di silenzio. *Si staranno baciando.* Il suo stomaco si rivoltò per la nausea mentre pregava che la conversazione riprendesse.

Dopo pochi minuti, cercò di spostare il suo peso da un piede all'altro senza fare alcun rumore. Le voci ricominciarono. Lo spazio era angusto, ma riuscì lo stesso a muoversi abbastanza per mantenere fluida la circolazione ed evitare dei crampi alle gambe. Almeno l'aria all'interno del ripostiglio era profumata per via dei fiori rimasti che aveva nascosto in un angolo. Presto, un altro aroma riempì l'aria, qualcosa di delizioso. *La loro cena! Non uscirò mai da qui.* Le venne l'acquolina in bocca, e il suo stomaco brontolò nel sentire quell'odore. Pregò che i due non l'avessero sentito.

Le arrivarono i suoni di posate che toccavano i piatti, insieme a delle risate e qualche silenzio. *Staranno mangiando.* Shyla non era mai stata così affamata. Cambiò di nuovo posizione per afferrare la borsa, che era ai suoi piedi, la trascinò sul pavimento e aprì lentamente la cerniera, in modo che non facesse rumore. Una volta aperta, frugò all'interno fino a quando le sue dita entrarono in contatto con un involucro. Un *Milky Way*! La fame la divorava come se non mangiasse da giorni. Strappò la carta e poi si bloccò, la bocca che si spalancava per l'orrore del forte rumore che aveva prodotto, e che risuonò ancora più forte nella stanza senz'aria. Trattenne il respiro, ascoltando.

Il suono delle parole e degli utensili continuò. Shyla lasciò uscire il respiro e diede un grande morso alla barretta al caramello. Aveva comprato quella extra-large perché non ne avevano di più piccole, ma ora ne era contenta. Il rumore di piatti che sentì segnalò che il cameriere era arrivato per portarli via. Divorò il resto del dolcetto pregando che se ne andassero presto.

Aprì la porta per prendere un po' d'aria fresca e sentì le loro voci in modo più distinto. Ora, riusciva a distinguere la maggior parte delle parole.

«Andiamo a vedere se ci sono delle luci nell'oceano. È buio. Se ci sono delle navi là fuori, le accendono,» disse Harley.

Shyla sentì i loro passi sul pavimento mentre se ne andavano via. *Presto. Presto sarò fuori di qui. Andiamo, Harley. Portatela di sopra. Lo sai che lo vuoi.*

L'idea di lui che andava a letto con Cathy la fece infuriare. Poi, si rimproverò silenziosamente, perché non aveva il diritto di essere arrabbiata. Sentì Harley mormorare qualcosa sul volersi ritirare per la notte. Shyla era sollevata e sperava che ci sarebbe stata ancora la possibilità di una cena per lei da qualche parte perché il suo stomaco, non soddisfatto dalla barretta, richiedeva attenzione.

Poi, sentì un'altra voce. Era Sarah. «Avete visto la scenografa?»

«Chi?» chiese Harley.

Il cuore di Shyla arrivò in gola. Deglutì, ma non c'era verso di tranquillizzarsi. *No, no, Sarah. Non dire il mio nome. No. No. Per favore.*

«Non l'hai incontrata a Los Angeles?»

«Non credo proprio. Cathy?» rispose Harley.

«No,» rispose la rossa.

«Oh, pensavo che tutti sapessero chi era Shyla.»

Silenzio. Shy trattenne il respiro e chiuse gli occhi. *Forse lui non l'ha sentita?*

«Shyla? Shyla Hollings?» Era la voce di Harley, più alta di un'ottava rispetto a prima.

«Sì, è lei. Allora, l'hai incontrata. L'hai vista per caso?»

«Oh, sì l'ho incontrata. No, non l'ho vista.»

«Se lo fai, le dici che la sto cercando?»

«Lo farò sicuramente.» Il tono lento e pigro delle sue parole, che solo Shy sapeva rappresentare una rabbia cieca, le fece venire i brividi.

Un travolgente senso di terrore le strinse il petto. Le sue mani diventarono appiccicose, il respiro le usciva a scatti, e il cuore le batteva a mille. Era peggio che essere chiamata nell'ufficio del preside, peggio che venire licenziata: in quel momento avrebbe preferito affrontare un leone affamato piuttosto che Harley Brennan.

Aprì gli occhi. *Lui non sa che sono qui dentro.* Il sollievo l'attraversò. Ascoltò la coppia parlare di tornare nelle rispettive stanze. Premette il pulsante sul suo orologio accendendo la luce sul quadrante e vide che erano già le undici. Il clic che sentì le disse che la luce nella biblioteca era stata spenta. Aprì la porta e rimase in attesa. La stanza era completamente buia.

Si affrettò a uscire fuori dal ripostiglio, sbirciò dalla porta per controllare che il corridoio fosse vuoto, e si precipitò nella sua stanza. Una volta dentro, chiuse a chiave la porta. Chiamò Sarah, e le disse che non si sentiva bene e ordinò il servizio in camera. Quando sentì bussare, si spaventò, ma era solo il cameriere.

Sarah era dietro di lui. «Dove sei stata?»

«Stavo male, così mi sono fatta un pisolino.»

«Meglio ora?»

Lei annuì. «Muoio di fame.» Afferrò le posate e tagliò un pezzo del suo panino con bistecca.

«Prepara i bagagli,» disse Sarah.

«Cosa?» rispose, cominciando a sudare.

«Domani andremo ai Caraibi. A St. Thomas.» le sorrise Sarah.

«Oh, davvero?»

«È adesso che le cose si faranno interessanti. A proposito, ottimo lavoro in biblioteca. Harley e Cathy non hanno fatto che parlare di quanto fosse bella l'ambientazione. Ti sei superata.»

«Grazie.» Shy si infilò in bocca il pezzo di panino.

«Bene, ti lascio alla tua cena. Il check-out è alle nove. Ci vediamo nell'atrio.»

Shy annuì. *Harley troverà la mia stanza? Verrà a bussare alla mia porta? So che è arrabbiato.* Dopo aver finito il suo pasto e aver bevuto un piccolo bicchiere di vino, si fece una doccia e si infilò nel letto. Fortunatamente, Harley non si presentò e lei dormì tranquillamente fino alle sette, circa dieci minuti prima dell'arrivo del servizio in camera con la colazione.

SHYLA ALLE OTTO ERA pronta e prese una limousine per l'aeroporto. Una parte della troupe sarebbe partita prima. Shyla aveva supplicato Dan dicendogli che aveva bisogno di essere lì presto per iniziare a preparare la location per il prossimo appuntamento. Lui aveva ceduto, così lei aveva preso il volo precedente rispetto ad Harley.

Mentre l'aereo prendeva velocità per il decollo, sospirò, sollevata di non dover affrontare l'ostile running back. Sapeva quanto lui odiasse i bugiardi. Ed era questo quello che lei era, non avendogli detto per quale programma stesse lavorando. Se l'avesse saputo si sarebbe arrabbiato. Non avrebbe voluto che lei lo spiasse mentre lui cercava di entrare in contatto con altre donne, giusto? Probabilmente no.

Era comunque finita, no? Non gli importa di me. È qui per sostituir-mi. Allora, perché sono preoccupata?

Che lo ammettesse o meno, Shyla era ancora innamorata di Harley Brennan. Aveva smesso di cercare un altro uomo e viveva con il cuore spezzato. Sapere di aver preso parte alla decisione non rendeva le cose più facili. Poteva brindare al successo, ma non le era molto di conforto.

Probabilmente lui l'ha superata. È solo infastidito che non gli abbia detto la verità. È andato avanti. Ora ha Cathy, Vanessa, e forse persino Amber. Che cosa gliene importa di me? Scrollò le spalle e chiuse gli occhi, sperando di rifugiarsi nel sonno, mentre l'aereo si dirigeva verso sud.

Una volta in albergo, disfece le valigie, preparandosi per il periodo di due settimane al sole. La temperatura prevista variava da un minimo di venticinque a un massimo di trenta gradi. Cercò, ma non riuscì a trovare il suo costume da bagno. *Maledizione! Non l'ho portato. Dovrò comprarne uno qui al triplo del prezzo.* Si accigliò, spingendo in fuori il labbro inferiore e tirò fuori il suo asciugamano turchese.

«Non mi serve a molto senza il costume,» disse ad alta voce.

Dal momento che Harley sarebbe arrivato solo più tardi, con le ragazze, poteva vagare indisturbata. L'hotel Sand Dollar, decorato nei colori caraibici del sabbia, dell'acquamarina e di un caldo e leggero col-or corallo, era incastonato sulla riva della Sapphire Bay. Era lussuoso, con una grande piscina, una sala da pranzo all'aperto e una gigantesca vasca idromassaggio. La sua bocca sbavava all'idea di nuotare e poi rilassarsi nell'acqua calda. C'era una suite privata nascosta al primo piano, con una piscina tutta sua - il luogo in cui avrebbe avuto luogo il successivo appuntamento di Harley. Quella era la sua destinazione, e il suo lavoro sarebbe stato quello di creare la giusta atmosfera. *Perfetta perché Harley facesse sesso.*

Tirò fuori il suo blocco da disegno e fece alcuni schizzi. Era un ambiente incantevole con un sacco di piante verdi, l'ibisco e altri fiori di un rosa intenso, arancio elettrico, e giallo sole costeggiavano l'ampio sentiero di pietra. Delle palme di colore verde scuro abbracciavano il perimetro della piscina. Ogni tanto spuntava una lucertola. Le piccole creature la facevano ridere, sollevando la pesantezza dal suo cuore.

Quella sera, mangiò con la troupe. Avevano una stanza privata in fondo alla sala, lontano dalle donne e da Harley. Shyla pregò che lui non venisse a cercarla. Quando non lo fece, il sollievo si mischiò alla delusione. *Cosa ti aspettavi?*

Rimase vicino alla sua stanza e a quella di Sarah, sperando che Harley non si presentasse. Sbirciava giù per i corridoi prima di entrarvi e pregava che il portiere non gli desse il suo numero di stanza. Il suo stomaco si contraeva ogni volta che apriva la porta della sua camera. Harley le si sarebbe avvicinato di soppiatto? Cavolo, se l'avrebbe fatto. *Probabilmente in questo momento sta ribollendo di rabbia.* L'immagine della furia che gli oscurava il viso la faceva rabbrividire. Harley aveva un brutto carattere, e lei avrebbe fatto tutto il possibile per evitare uno scontro.

Aveva ancora fresco il ricordo di quando aveva fatto diventare rosa alcune delle sue magliette bianche nella lavatrice di un motel. Aveva dovuto correre fuori e comprargliene di nuove prima che lui se ne andasse perché aveva giurato che sarebbe morto se fosse stato costretto a indossarle dentro lo spogliatoio. Lei aveva riso, ma lui no.

Incoraggiata dai suoi ben riusciti tentativi di evitare Harley, fece un respiro profondo, rilassandosi, e decise di fare una passeggiata fino alla piscina. Eccola qui, in un posto meraviglioso, un vero paradiso, e lei che cercava di nascondersi. *Hah!* Si prese in giro per la sua codardia. *Probabilmente lui non vuole vedermi più di quanto non lo voglia io!*

Aprì la porta sul retro e si incamminò verso il ventoso sentiero di cemento che scompariva in un boschetto di arbusti tropicali. Parlando ad alta voce, sorrise mentre prendeva una profonda boccata di quell'aria dolce, «No. Lui non è qui. Scampato pericolo. Ci sono solo io.»

«Non sei per niente al sicuro. Proprio no,» disse una voce profonda dietro di lei.

Capitolo Quattro

Shyla deglutì a vuoto congelandosi. Sì, c'era Harley dietro di lei. Chiuse gli occhi. *Quando li riaprirò e mi volterò, lui non ci sarà. È stata solo la mia immaginazione.* Li riaprì girandosi e si trovò davanti un Harley Brennan mezzo nudo, che la guardava accigliato. Non sapeva se fissare il suo petto nudo o i suoi occhi che sputavano fuoco.

«Che cazzo ci fai qui?»

«Io...»

Lui alzò una mano interrompendola. «No, non rispondere. So cosa ci fai qui. Realizzi tutte le scenografie. Ma perché cazzo non mi hai detto che saresti stata qui?»

«Io...»

«"Io" non è una risposta.» I pugni poggiati sui fianchi, le gambe larghe, la guardò con tutta la pazienza di un toro pronto alla carica.

«Non volevo mentire. Solo non te l'ho detto. Non è una vera e propria bugia.»

«Sì, lo è.»

«Ho solo pensato che non significassimo più niente l'uno per l'altra, e il lavoro era ben pagato, quindi...»

«Non significavamo più niente l'uno per l'altra? Da dove diavolo ti è venuta quest'idea?»

«È passato molto tempo da quando stavamo insieme.»

«E allora?»

«Pensavo solo che ormai fossi andato avanti e che avrei potuto fare il lavoro, e stare lontano da te. Voglio dire, non avresti mai saputo che ero qui e cosa ci sarebbe stato di male? Avrei preso parecchi soldi, e...»

Di nuovo, lui alzò una mano per interromperla. «Basta così! Non si tratta dei soldi, vero?»

«Certo che sì,» rispose, nascondendo le dita incrociate dietro la schiena.

«No, non è così. Volevi assicurarti che io non trovassi l'amore della mia vita, non è vero? Sei gelosa. Ecco perché sei qui.»

Quell'idea non le era mai passata per la mente. «Assolutamente no!»

«Sì, lo sei. Sei qui per mandare tutto all'aria, non è vero?»

Lei scosse la testa. «Non potresti essere più lontano dalla verità.»

«Allora perché sei qui?»

«Non lo so. I soldi? Il prestigio?»

«Sembra che le cose ti stiano andando bene. Dubito che tu abbia bisogno di soldi. Andiamo, Shy, dimmi la verità.»

«Ho bisogno di soldi. Johnny deve ancora laurearsi. Papà è peggiorato.»

«Ti avevo detto che me ne sarei occupato io.» Si avvicinò a lei, posandole le mani sulle braccia.

La sua pelle formicolò sotto il suo tocco. «Un prestito? Mai. Guarda, lascia perdere. Tu hai la tua vita, e io ho le mie croci da portare. Ad ogni modo, amo quello che faccio. Lasciamo perdere. Dimentica questo incontro. Okay?»

Lui lasciò cadere le braccia, le labbra si piegarono in una piccola smorfia. «Se è questo che vuoi.»

«È quello che voglio.»

«Okay. Bene. Tu vai per la tua strada, io per la mia. Ma stai alla larga da me. Sono qui per trovare una moglie. Sono serio, e non ho bisogno che tu mandi tutto a puttane.» Poi se ne andò.

Shyla lasciò andare il respiro che aveva trattenuto. Il suo sguardo lo seguì fino alla porta. Sospirò, si voltò e continuò la sua passeggiata.

Niente più nascondersi. È una cosa buona, no? Se era una cosa positiva, come mai le lacrime le correvano lungo le guance? Shyla si lasciò cadere su una panchina scoppiando in singhiozzi. Ora poteva fare il suo lavoro alla luce del sole senza preoccuparsi che Sarah e Dan scoprissero che conosceva Harley.

Il giorno dopo, si recò al negozio di souvenir dell'hotel dove spese una quantità mostruosa di soldi per un bikini bianco e poi tornò nella sua stanza per ideare la scenografia del successivo appuntamento romantico. Immaginandosi di essere lei la donna con Harley, fu facile trovare idee originali per le decorazioni. Fece alcuni schizzi e mandò Bianca a frugare tra le grandi casse di tessuti, candele e altri materiali che erano arrivate da Los Angeles.

Dopo pranzo, si diresse insieme alla ragazza verso la stanza privata con piscina. Insegnò a Bianca come fissare il cellophane sopra i riflettori, trasformando la luce in un blu tenue. Aveva scelto l'acqua come tema, usando candele turchesi dentro supporti dorati.

Lavorando insieme, lei e Bianca si erano conosciute meglio. La giovane donna era una studentessa di design alla Rhode Island School of Design. Si era presa un semestre di pausa per lavorare nello show, immaginando che l'esperienza e i contatti che avrebbe acquisito le sarebbero valsi il fastidio di dover recuperare dei crediti o di laurearsi in ritardo. Era sottile, con i capelli corti e scuri, si lasciava guidare e alzava spesso lo sguardo verso Shyla in cerca di approvazione, cosa che faceva sorridere la scenografa. *Lei un mentore? A trent'anni?*

Quando terminarono l'allestimento, Shy andò a farsi la doccia cambiandosi per la cena. La troupe mangiava in una sala da pranzo privata sul retro, mentre le concorrenti cenavano insieme. Harley aveva portato Vanessa all'appuntamento nella piscina privata, che comprendeva anche una cena sontuosa a lume di candela.

Shyla cercò di mantenersi occupata. Chiacchierò con la troupe e perlustrò il negozio di souvenir alla ricerca di un regalo per Penny. Mentre era lì, entrarono tre delle concorrenti. Stavano parlando, e Shyla le ascoltò.

«Avete sentito quello che ha detto Helen?» domandò alle altre una bionda.

«Intendi quando parlava di voler diventare una modella?» le rispose una giovane donna con i capelli castani.

«Ha detto che farsi scegliere da Harley sarebbe stato il trampolino di lancio di cui avrebbe avuto bisogno.»

«Davvero? Quindi, vuole vincere solo per cambiare carriera?»

«Diavolo, è una cameriera. Come se lui potesse sceglierla!»

«Ha rubato l'ora dell'aperitivo con lui. L'ho vista sgattaiolare via e interromperlo.»

«Sì. Cathy ne stava parlando. Era arrabbiatissima.»

«Helen lo sta usando.»

«E ne sei sorpresa? Scommetto che la metà delle donne qui vuole qualcosa da lui.»

«Intendi, al di là dei suoi soldi e della sua fama?»

«Parla per te. Io sono qui per trovare il vero amore,» rispose la bionda andando alla cassa per pagare...

Helen, eh? Vuole usare Harley. E se lui la sceglie, pensando che lei sia innamorata di lui? Devo avvertirlo. Ma come? Lui non vuole parlare con me.

Tornata nella sua stanza, la capacità di Shyla di concentrarsi sul libro che stava leggendo era evaporata, rimpiazzata da una nuova ossessione: salvare Harley dalle grinfie di Helen. Si fece dare il numero di stanza dell'uomo da Sarah e dopo avergli fatto scivolare un biglietto sotto la porta, aspettò che le telefonasse. Guardando il telegiornale, si stese sul letto, e si addormentò.

All'una, la svegliò la suoneria del suo cellulare. Sbadigliò.

«Harley?»

«Ti avevo detto di lasciarmi in pace.»

«Devo parlarti.»

«Di cosa?»

«Di una delle donne.»

«Oh?» Il fastidio scomparve della sua voce, sostituito dalla curiosità. «E cosa ne sai di loro? Hai ficcanasato in giro?»

«Ho sentito delle cose. Ero nel negozio di souvenir, per cercare un regalo per Penny.»

«Cosa hai sentito?»

Shyla si sedette e incrociò le gambe raccontando la storia. Lui l'ascoltò.

«Helen, eh? Sì, la conosco. Continua a intromettersi. Le altre ragazze cominciano a seccarsi.»

«Ho solo pensato che dovessi sapere quali sono le sue motivazioni. Il perché è qui. Cosa sta cercando.»

«Ho capito.»

Silenzio.

«Grazie. Grazie per avermelo detto.»

«Non voglio che tu venga preso in giro, Harley.»

«Nessuno potrebbe prendermi in giro quanto hai fatto tu.»

«Non è così. Ero sincera quando dicevo di amarti.»

«Lo so, lo so. Lascia perdere. Grazie ancora. Devo andare.»

«Buonanotte,» gli rispose. La scenografa si alzò e andò in bagno a lavarsi i denti. Dopo essersi tolta i vestiti, si stese sotto le coperte. Tornare a dormire fu difficile.

Sbirciò fuori dalla finestra. Il chiaro di luna dipingeva d'argento le foglie delle palme. *St. Thomas è il luogo più romantico dopo Parigi.* Il pensiero di Parigi le riportò alla mente il padre e il fratello, e la sua promessa di mantenerli fino a quando Johnny non avesse avuto un reddito proprio.

Chiuse gli occhi e lasciò che il suo cervello vagasse al posto appartato dove Harley sarebbe stato a cena per il suo successivo appuntamento, il giorno dopo. Colori, stoffe, candele e profumi le volteggiarono nella testa. *Farò finta di essere io a cenare con lui.*

Alla fine, si addormentò.

L'IDEA GLI VENNE IN mente pian piano. All'inizio la scartò. *Lei non accetterà mai.* Ma sapeva che Shyla non poteva rifiutare questa richiesta. *È come barare.* Era barare sapere cosa dicevano le ragazze alle sue spalle? Ripensandoci, decise che era suo diritto saperlo.

Quella mattina, durante la colazione in camera sua, prese una decisione. Avrebbe chiesto a Shyla di spiare per lui. Dopo tutto, questa era la decisione più grande della sua vita, e aveva bisogno di tutte le informazioni – veritiere – che poteva ottenere. Diavolo, se un giocatore avesse dimenticato da qualche parte il raccoglitore con i loro schemi e un membro di una squadra rivale ci avesse messo sopra le mani, lo avrebbe riconsegnato con le sue scuse senza nemmeno aprirlo? Neanche per sogno! Avrebbe fotocopiato ogni pagina e consegnato le copie al suo allenatore prima di restituirlo al legittimo proprietario. Era barare? No. Era essere intelligente, e usare tutte le risorse a portata di mano, ed era esattamente quello che avrebbe fatto qui.

Harley aspettò nel parcheggio fino a quando Shyla non uscì. Era circondata da vari produttori e da Bianca, la sua stagista. Rimase all'ombra di un palmeto, aspettando, impaziente, che tutti si disperdessero e lasciassero il suo obiettivo solo e indifeso. Alla fine, andarono via tutti, compresa Bianca, che si diresse verso la limousine.

Harley si fece avanti.

«Psst! Psst!» chiamò. Shyla si guardò intorno prima di individuarlo vicino agli alberi. Le fece cenno di avvicinarsi. Mettendole un braccio sulle spalle, la condusse all'ombra. «Ho bisogno di un favore.»

«Un favore? Da me? Cosa posso fare?»

«Puoi spiare per me.»

«Cosa?»

«Spiare per me.»

«Spiare chi?»

«Le donne.»

«Oh, andiamo. Davvero? Cosa ti aspetti che scopra?»

«Quali sono qui per le giuste ragioni e quali no.»

«Perché dovrei farlo?»

«Perché sono qui per trovare una moglie e non voglio farmi fregare.»

«Se mi scoprono verrò licenziata.»

«Non ti scopriranno. Sei brava.»

«Perché dovrei?» Si posò una mano sul fianco.

«Perché sei in debito con me.»

«Per cosa?»

«Per aver rifiutato di sposarmi.»

«Me lo hai chiesto? Sto ancora aspettando di sentire la proposta.»

«Accetteresti?»

«No.»

«Allora perché dovrei proportelo?»

«Harley, cosa vuoi da me?»

«Che mi aiuti a ottenere la vita che voglio. Se non puoi essere mia moglie, il minimo che tu possa fare è aiutarmi a trovare una donna sincera che lo faccia.»

Lei ci pensò per un momento. «Okay. Ma solo quando ne avrò la possibilità, e solo se non starò rischiando il collo.»

«Affare fatto.»

«Devo essere impazzita a darti corda.»

Lui sorrise in quel modo che la faceva sciogliere ogni volta. «Sai che non puoi dirmi di no.»

«Posso, ma non lo farò. Hai ragione. Hai diritto a una vita felice. Se non può essere con me, beh, il minimo che posso fare è impedire che ti spezzino il cuore.»

«Sapevo che avresti capito.»

«Vedrò cosa posso fare. Ma non metterò a repentaglio il mio lavoro.»

«Non ti chiederei di farlo.»

Lei annuì e si diresse verso la limousine. Harley tornò in camera sua per mettersi il costume da bagno. Mentre camminava per il corridoio, un senso di disagio si fece strada dentro di lui. Era giusto chiedere a Shyla di aiutarlo a trovare una moglie? *Probabilmente no.* Ma quella sensazione fu presto spazzata via da un'altra di benessere nei confronti del programma e del processo di selezione. Aveva la sua spia, una garanzia per smascherare le bugiarde.

Sospirò. Una delle sue più grandi paure era stata quella di fare la figura dello sciocco in televisione di fronte a milioni di persone, innamorandosi di una ragazza che lo stava solo prendendo in giro. Ora, Shyla lo avrebbe aiutato. *Se non può essere lei, allora dovrà essere qualcun'altra.* Dietro alla sua fretta di sposarsi c'era una paura che si rifiutava di affrontare. Harley aveva già quasi raggiunto il numero massimo di commozioni cerebrali che un cervello potesse sopportare – se esisteva tale limite. Troppi traumi alla testa avrebbero minacciato la sua carriera nel football.

Era sua convinzione che se voleva una moglie sexy, bella e devota, avrebbe fatto meglio a trovarla mentre era ancora all'apice della sua carriera. Chi sapeva cosa gli avrebbe riservato la successiva stagione? Il football continuava a diventare sempre più duro e la posta in gioco sempre più alta. Ritardare la garanzia di avere una solida vita famigliare sarebbe stato come giocare d'azzardo con la sua felicità per gli anni a venire. Il momento giusto era adesso, e aveva bisogno di ogni vantaggio possibile.

E ora, l'aveva. Shyla era nella sua squadra, creando diversivi, bloccando i placcaggi per lui. Era a posto. Non poteva fallire. Come ogni buon running back, aveva trovato il buco nella difesa dell'avversario e avrebbe corso fino in fondo per fare touchdown.

MENTRE ALLESTIVA LA scena della cena di Harley sulla terrazza dell'appartamento con vista sulle piccole luci di Charlotte Amalie, Shayla si confidò con Bianca, raccontandole del piano di Harley.

Le sopracciglia di Bianca si alzarono e i suoi occhi si spalancarono a mano a mano che Shyla confessava. «Potresti essere licenziata per questo, vero?»

«Non credo proprio. Non stiamo facendo niente di male, stiamo solo riportando un po' di verità sulle donne e su quello che succede dietro le quinte.»

«Dan si arrabbierà lo stesso.»

«Non deve saperlo per forza,» disse Shyla, mentre ripiegava un tessuto. «Posso fare molto per aiutare la tua carriera, Bianca. Sono in questo settore da dieci anni. Conosco Gunther Quill. È lui che mi ha raccomandato per questo lavoro.»

«Gunther Quill? Il produttore?»

«Sì.»

«E tu mi aiuteresti?»

«Se mi aiuti, certo.»

«Cosa vuoi che faccia?» La giovane donna dispose dei piatti con un motivo caraibico nei toni del blu e bianco su un piccolo tavolo rotondo ricoperto da una stoffa della stessa tonalità. Posizionò le posate d'argento nei posti giusti e rifinì il tutto con dei tovaglioli che si abbinavano alla tovaglia.

«Se spiamo a turno – più che altro ascolteremo quello che dicono veramente – allora nessuno sospetterà di noi.»

Bianca annuì. «Ma non voglio essere io a riferire al signor Brennan. Questo potrebbe mettere a repentaglio il mio lavoro.»

«Non preoccuparti di questo. Parlerò io con Harley.»

«Harley? Lo conosci?»

«Ci siamo conosciuti in passato,» mentì Shyla. *Non è proprio una bugia. Solo una verità parziale. Non è lo stesso che mentire.*

«Okay. Finché non dovrò farlo io.»

«Grazie,» disse Shyla, abbracciando la sua complice. «Sei la migliore.»

«Non ti dimenticherai di me, vero?»

«Non se ne parla, tesoro.» Shy dispose un gran foulard con un bel motivo a fantasia, di fattura locale, sul divano.

Le due finirono di sistemare le molte candele in giro per la stanza, mettendone due sul tavolo. Poi Shyla esaminò il loro lavoro, annuì e ripose i tessuti di cui non avevano bisogno. Bianca chiamò la limousine, e le due donne si sedettero sulle sedie di vimini in balcone, aspettando di fare ritorno in albergo.

Al loro rientro, Shyla offrì un drink a Bianca. C'erano un paio di concorrenti al bar. Le due designer ascoltarono attentamente la loro conversazione mentre sorseggiavano i drink.

«Penso che Helen se ne stia approfittando. Cerca sempre di rubare tutta la sua attenzione ai cocktail party,» disse Belinda.

«Lo so. Mi ha interrotto due volte mentre parlavo con Harley,» aggiunse Casey.

«Penso che dovremmo creare un piano per assicurarci di interromperlo quando è con lei.»

«È un'idea brillante, Belinda.»

«Sapevo che ti sarebbe piaciuto. Coinvolgiamo anche un paio di altre ragazze. La faremo uscire.»

Shyla sorseggiò il suo drink, diede uno sguardo a Bianca e alzò un sopracciglio. Le cospiratrici intanto portarono le loro bevande in piscina. Arrivarono altre tre ragazze.

«Mary ha detto di voler intraprendere la carriera di attrice, e che se si fidanza con Harley, allora avrà tutta la pubblicità di cui ha bisogno. Ha detto che se si sposeranno in diretta TV, sarà sicuro che otterrà almeno un posto come ospite in una soap o una serie TV.»

«Oh? Wow. Alcune ragazze non sono qui per le giuste ragioni.»

«Scommetto che andrebbe a letto con lui solo per essere sicura che la scelga.»

Shyla pagò il conto. Lei e Bianca se ne andarono, tornando nelle loro stanze e Shyla camminò avanti e indietro davanti alla sua finestra. *Devo dire ad Harley di Mary. Maledizione! Prenderlo in giro così.* Mary era la ragazza che avrebbe portato all'appuntamento in terrazza quella sera. Quella che sarebbe rimasta sola con un Harley eccitato dell'ambiente seducente che aveva appena allestito.

Shy iniziò a sudare. Afferrò il suo telefono e gli inviò un messaggio. *Probabilmente l'ha spento. Probabilmente gli hanno detto di farlo.*

Ho delle informazioni importanti. Dobbiamo parlare.

Prese una bottiglietta d'acqua dal mini-frigo e si sistemò sulla poltrona, rivolta verso una grande finestra con vista sui Caraibi. Il cuore le faceva male. Come avrebbe desiderato essere lì con Harley, in luna di miele. Nessun problema. Nessun fratello o padre di cui preoccuparsi. Due amanti, soli, insieme. Sospirò.

Le squillò il telefono. Apparve il nome di Harley.

«Okay, spara. Che cosa hai sentito?»

«Hai un appuntamento con Mary stasera?»

«Sì. Allora?»

«La ragazza potrebbe non essere esattamente quello che sembra,» iniziò Shy, scalciando via le scarpe e mettendosi a proprio agio sul letto.

Capitolo Cinque

«Non starai solo cercando di rovinare il mio appuntamento, vero?» Il sospetto trapelava dalla sua voce profonda.

«Harley Brennan! Sei tu quello che mi ha spinto a fare questo. Sai che ti dico? Non ascoltarmi. Bianca e io eravamo al bar. Abbiamo sentito delle cose. Ah, sì. Le ragazze sono piuttosto arrabbiate con Helen, per aver cercato di monopolizzarti tutto il tempo. Stanno ideando un piano per vendicarsi.»

«Merda! Che diavolo faccio?»

«Non chiederlo a me. Non ne ho idea. Sei sempre stato bravo con le donne, lo capirai.»

«Grazie mille per aver disertato una nave che affonda.»

«Ehi, ho promesso di spiare per te, non di interferire con le ragazze. Se riesci a trovare un buco nella linea difensiva del Super Bowl, puoi capire anche questo.»

Premette il pulsante "termina chiamata" e si succhiò il labbro inferiore, la rabbia che cresceva nel suo petto. *Chi si crede di essere, comunque? Non me ne frega niente se trova una moglie.*

All'inizio della cerimonia dei cuori Shy e Bianca si trovarono un divanetto vuoto, dove non avrebbero intralciato nessuno, nella hall dell'hotel. Si sedettero, con le orecchie puntate verso i suoni ovattati provenienti dalla piccola sala da ballo.

Non si sorpresero di vedere una Mary in lacrime di ritorno dalla cena, senza il cuore di feltro in mano e con la valigia che l'aspettava nell'entrata. La ragazza diede un grande spettacolo nel fingere di avere il cuore spezzato, ma Shyla e la stagista conoscevano la verità.

«Forse dovrebbe davvero fare l'attrice. Questa è una performance degna dell'Academy Award per la donna col cuore spezzato cacciata nella notte.» Shyla fece un gesto drammatico facendo ridere Bianca.

«Mi sento un po' in colpa però,» disse la giovane donna.

«Ti saresti sentita meno in colpa se Harley l'avesse scelta e lei gli avesse spezzato il cuore?»

«Credo che questo sia il minore dei due mali.»

«Fare la cosa giusta non è sempre facile.»

Guardarono tranquillamente una Helen che correva in lacrime lungo il corridoio che portava all'ingresso principale. Shy era felice di vederla buttata fuori.

«Se lo merita,» sussurrò Bianca. Shy annuì.

Gli autisti delle limousine caricarono i bagagli e le due giovani donne si allontanarono verso l'aeroporto.

A mano a mano che lei e Bianca aiutavano Harley a ridurre il numero di donne, l'ansia cresceva nel petto di Shy. Presto, Harley avrebbe dovuto scegliere una moglie. Una che non era lei. Aveva bisogno di fare un piano, in modo da poter affrontare la cosa.

Il terrore la riempì al pensiero di sentire la notizia del suo fidanzamento. Non poteva assolutamente fingere che non si sarebbe sentita devastata una volta che lui non fosse stato più disponibile. Rabbrividì all'idea di accendere la TV e vedere il suo volto sorridente insieme a una delle concorrenti. *La futura signora Brennan*. Il pensiero le fece correre dei brividi lungo la schiena.

Ogni giorno che passava, la avvicinava a quel momento, portandola a interrogarsi sempre di più sulle sue scelte. Era troppo tardi per cambiare idea? Quanto mancava a John per finire la scuola e guadagnarsi da vivere da solo? Avrebbe potuto rinunciare al suo lavoro, correre il rischio? E se non avesse funzionato? Non avrebbe più avuto niente. E suo padre? E John? Se lei e Harley se ne fossero andati, i due uomini sarebbero finiti in strada.

Forse era giunto il momento di fare pressione su John. Dopo tutto, frequentava la scuola già da sei anni. Avrebbe presto dovuto laurearsi. Lo stress si accumulava dentro di lei. L'orologio continuava a correre, e la sua possibilità di essere felice sembrava scivolarle tra le dita. Era ora che John si prendesse le sue responsabilità.

Si bloccò. Lui si stava prendendo cura del loro padre, compito non facile. Inoltre, lei e l'uomo non andavano d'accordo. Se suo fratello lo avesse spedito da lei, Shyla avrebbe dovuto metterlo in una casa di cura, che probabilmente sarebbe costata molto di più delle poche ore di cure a domicilio che riceveva ogni giorno. In nessun modo avrebbe acconsentito a vivere insieme a lei, quindi la cosa migliore era che restasse con John.

Per riprendere il controllo della sua vita avrebbe, però, dovuto dargli una scadenza. Era passato molto tempo dall'ultima volta che aveva parlato con suo fratello così afferrò il telefono.

«John? Ehi, come state?» Si sedette sul suo letto, avvolgendosi una ciocca di capelli tra le dita.

«Bene. Tu?»

«Oh, io sto bene. Mi chiedevo... hai già in vista qualche prospettiva di lavoro?»

«La laurea non sarà prima di gennaio, sorellina.»

«Non è mai troppo presto per iniziare a guardarsi intorno.»

«So che è difficile per te. Apprezzo ogni dollaro che ci mandi. Credimi. Ma anche vivere con papà non è una passeggiata. È sempre scontroso.»

«Non mi sorprende. Non è mai stato un uomo facile.»

«Facile? No. E ora, è molto peggio.»

«Mi dispiace, Johnny.»

«Spero che tu non stia facendo troppi sacrifici per noi.»

Shyla si morse il labbro. Le lacrime minacciarono di spuntarle, ma lei le respinse. Un respiro profondo la aiutò a mantenere salda la voce.

«Niente che non possa gestire.»

«Bene. Per un attimo mi sono preoccupato.»

Sentì il sollievo nelle sue parole. «Va tutto bene. È tutto sotto controllo.»

Il calore le arrossò il viso. Mai prima d'ora così tante bugie erano uscite così facilmente dalla sua bocca.

IL SENSO DI COLPA NON faceva parte di Harley Brennan. Così, quando aveva chiesto per la prima volta a Shyla di spiare per lui, aveva avuto qualche problemino a riguardo. Aveva razionalizzato la cosa riconoscendo la serietà di ciò che stava facendo. Era alla ricerca di una compagna di vita e non voleva essere preso in giro da qualche falsa pretendente con progetti diversi. Gli era sembrato giusto. *Tutto è lecito in amore e in guerra.*

Però era rimasto sorpreso che Shy avesse accettato di farlo. Lo aveva depresso il fatto che lei sembrasse a suo agio nel parlare di lui che stava con un'altra donna. Si sarebbe aspettato che lei gli desse una risposta sarcastica e lo fulminasse con gli occhi. Invece aveva abbassato lo sguardo sulle sue mani, rendendogli impossibile leggere ciò che aveva in mente. Il suo assenso gli era apparso strano, ma Shyla era imprevedibile, una caratteristica di lei che gli era sempre piaciuta molto. *Forse non questa volta.*

I suoi consigli erano stati azzeccati. All'inizio, non sapeva se poteva credere ai suoi avvertimenti su questa o quella ragazza. Ma la sua analisi di quello che stava succedendo tra le donne e i falsi motivi di alcune di loro si era rivelata veritiera. Le era grato per la sua opinione.

Anche così, il piano gli si era ritorto contro. La sua disponibilità a mettere il suo benessere davanti a tutto gliela faceva amare di più, e lo convinse che lei provasse ancora dei sentimenti per lui. A mano a mano che si avvicinava la fine, la confusione cresceva e decise di chiamare il suo migliore amico, Mark Davis.

«Vuoi chiedermi di Shyla? Lei è la migliore amica di mia moglie. Non aspettarti che ne parli male.»

«Non è questo. Sono confuso. Ci sono un paio di ragazze qui che sembrano essere perfette. Sono sexy e potrebbero essere delle brave mogli. Ma provo ancora dei sentimenti per Shyla. Credi che dovrei aspettarla?»

«Non hai già aspettato abbastanza?»

«Lo pensavo anche io. Ma lei è qui, e...»

«È lì? Porca puttana.»

«Sì. Sta vagliando le donne per aiutarmi.»

«Lei cosa? Sei impazzito?» urlò Mark.

Harley allontanò il telefono dall'orecchio. «Va tutto bene. Sta facendo un buon lavoro.»

«Hai davvero perso la testa. È troppo strano. Chiarisciti le idee e vedi di crescere un po', amico.»

La conversazione si interruppe. Harley si passò le dita tra i capelli e si avvicinò alla finestra. Guardò fuori verso il limpido Mar dei Caraibi, osservando la tavolozza dei colori del tramonto che da rossi e viola divennero rosa intenso. Quella vista mozzafiato cancellò tutti i pensieri dalla sua mente. Il suo cuore batté più velocemente mentre il cielo danzava attraverso un caleidoscopio di colori, come se stesse mettendo su uno spettacolo privato solo per lui.

Quando il colore si stabilizzò in una combinazione di turchese scuro e blu notte, afferrò la giacca e si diresse verso la porta. Il sonno gli era passato. Non si era mai sentito più sveglio in vita sua. Il bar era ancora aperto così sbirciò dentro, sperando che non ci fosse nessuna delle concorrenti. Lasciò uscire il respiro che aveva trattenuto nel vedere il posto praticamente vuoto, tranne che per una coppia nell'angolo posteriore. Si sedette al bancone.

«Cosa ti porto?» gli chiese il barista, un bell'uomo sulla ventina.

«Una Vodka. Con ghiaccio.»

«La Stoli va bene?»

«Sì.» Questo non era un momento da birra. Nessuna bevanda leggera avrebbe potuto aiutarlo.

«Tu non sei il tipo di *Marriage Minded*?» L'uomo posò un bicchiere davanti al running back.

«Sì, sono io. E tu sei?»

«Skip. Piacere di conoscerti.»

«Altrettanto.»

Si fecero un cenno con la testa l'un l'altro prima che Harley bevesse un sorso del forte liquido. Gli bruciò la gola. La potenza della bevanda ora gli scorreva nelle vene. Guardò Skip pulire il bancone e riordinare bicchieri.

«Sembri un tipo che ha un discreto successo con le donne...»

Il giovane rise sorridendo ad Harley. «Si potrebbe dire così.»

«Ho bisogno di un consiglio.»

«Spara.»

Quando il giocatore di football finì di spiegare la sua situazione, si era già scolato tre vodka.

Skip si strofinò la nuca. «Wow, amico. Questo va al di là della mia esperienza. Non so cosa dirti.»

«Grazie. Siamo in due.»

L'alcol scorreva nelle sue vene, scatenando pensieri sensuali. *Questo sarebbe il momento perfetto perché si presentasse Vanessa. Me la porterei di sopra per concederle un colloquio difficile da dimenticare.*

Si fece beffe dei suoi pensieri volgari. Anche con tutto quell'alcol in corpo, non aveva sonno. Così, fece quello che faceva solitamente – andò a correre sulla spiaggia. Harley si allenava quando era teso, ansioso o agitato. Gli riduceva lo stress, riportandolo alla normalità in modo da poter riposare tutta la notte.

Tornò nella sua stanza e indossò dei pantaloncini e una canotta. Dopo aver fatto un po' di stretching, si diresse verso la porta d'ingresso. Il fatto che fossero le due del mattino non lo disturbava. Aveva semplicemente bisogno di un po' di tempo per fare quello che desiderava.

Corse per un po' e poi si sedette sulla sabbia, fissando la luna. Il suo corpo si rilassò, l'alcol che attenuava la sua ansia. Harley ora stava bene, ma si sentiva solo. *Sono le tre del mattino. L'orario perfetto per infilarsi nel letto e fare l'amore con la donna che ti giace accanto.* Sospirò, si ripulì il viso con l'asciugamano che aveva appeso intorno al collo, e si diresse verso l'hotel.

NUDA, SHYLA SI ERA messa a letto presto. Esausta come era per la tensione, il sonno la raggiunse rapidamente. Tuttavia, presto si svegliò in preda a un incubo. Aveva sognato di marciare lungo la navata in un abito da sposa insieme a Vanessa e Cathy per incontrare Harley. Lui avrebbe scelto quale di loro sposare una volta raggiunto l'altare e le altre due avrebbero dovuto riconsegnare immediatamente i loro abiti.

Agitata, si era aggrovigliata nel lenzuolo svegliandosi di soprassalto. Sudata, accaldata e sconvolta com'era, non riusciva a respirare. Gettò di lato le lenzuola e andò ad aprire la finestra. Appoggiata sul davanzale, ascoltò il suono rilassante delle onde in lontananza. Erano le due del mattino.

Guardò da dietro la tenda, non vide fuori nessuno quindi si fece scivolare la chiave della stanza in tasca, si infilò le infradito e uscì sul patio. I fasci argentei della luna si riflettevano sulle ampie foglie verdi e lucide e sui tavoli in vetro. Trovò una sedia a sdraio nascosta nell'ombra di una palma e si accomodò. L'aria le accarezzava la pelle con dita soffici e gentili. C'era una leggera brezza rinfrescante. Quello era un luogo adatto a due innamorati.

Cathy e Vanessa erano quelle che avevano avuto il maggiore impatto su Harley. Shyla sospettava che alla fine avrebbe sposato una di loro. Un brivido l'attraversò mentre la brezza le faceva provare freddo. Guardò a destra e a sinistra, e non vedendo nessuno, camminò fino alla vasca idromassaggio. Dopo aver schiacciato il pulsante per far partire i getti, si tolse il prendisole e le scarpe, e immerse il suo corpo nudo nell'acqua calda.

Dio, quanto è bello! Appoggiandosi indietro contro il legno, chiuse gli occhi cercando di allontanare dalla sua mente tutte le preoccupazioni a mano a mano che i getti allentavano la tensione nei suoi muscoli. Non si rese conto di aver parlato ad alta voce finché una voce decisamente maschile non le rispose.

«Di cosa ti dovresti preoccupare?»

I suoi occhi si spalancarono di colpo. Alla sua destra, con solo una canotta addosso, c'era Harley Brennan, con il sudore che gli scivolava lungo la fronte e il petto. Dio, era bellissimo, con il chiaro di luna che gli baciava le spalle nude. Il ricordo della sensazione che provava, mentre faceva scorrere i palmi delle mani tra i peli del suo petto, le fece tremare le dita. Delle ciocche di capelli umidi gli erano scivolate sulla fronte.

Lei guardò in alto e i loro sguardi si incontrarono. «Che ci fai qui?»

«Potrei farti la stessa domanda. Ma c'è una cosa che vorrei chiederti da quando ho scoperto che sei qui... Perché diavolo sei venuta a lavorare qui senza nemmeno dirmelo?»

Deglutì, temporeggiando per trovare una risposta plausibile.

Lui scosse la testa, le parole che gli uscivano di bocca. «Non hai una risposta, vero? Stavi cercando di rovinarmi anche questo? Come hai rovinato la mia vita? Mi hai reso impossibile stare con qualcun'altra. È solo colpa tua. E ora lo stai facendo di nuovo. Che diavolo, Shy?»

«Ehi, la nostra separazione è stata consensuale. Eri d'accordo. Eravamo d'accordo.»

«Sì. Quindi, ripeto, cosa ci fai qui? E non dirmi per cercare di proteggermi da queste donne cattive.»

Deglutì di nuovo, abbassando lo sguardo. «Mi dispiace. Sapevo che non sarei dovuta venire. Ma quando mi hanno offerto di lavorare allo show e mi hanno detto che avresti partecipato, ho pensato che fosse come una sorta di Serendipity?»

«Serendipity?»

«Il Karma? Il Destino?»

«Sono stronzate. Voglio la verità. Ora.»

«Non potevo dire di no a un'altra occasione per vederti e farmi anche pagare molti soldi. Dopo aver firmato il contratto, avevo già cambiato idea, ma ormai era troppo tardi. C'erano troppe persone coinvolte che mi avevano fatto un favore per farmi avere questo lavoro, perché potessi semplicemente andarmene. Le persone in questo settore sono state fatte fuori per molto meno che non onorare un contratto.»

«Cosa pensavi che sarebbe successo qui? Avresti rovinato la mia occasione con un'altra donna? È per questo che le stai bocciando, una per una?»

Lei scosse la testa. «Assolutamente no. Quando ho ricominciato a ragionare, ho capito che stavi solo cercando di andare avanti. Mi sono detta che sarei venuta, avrei fatto il mio lavoro, sarei rimasta dietro le quinte, e non avresti mai saputo che ero qui.»

«Davvero? Non è durato a lungo, no?» Spostò il suo peso da un piede all'altro, attirando il suo sguardo sui suoi addominali.

«Avrebbe funzionato perfettamente se non avessi dimenticato la mia borsa.» *Oh, merda!*

«Cosa?»

«Niente, niente.» Agitò una mano per negare. Aveva dimenticato che lui non sapeva che quel giorno lei era nascosta nell'armadio, e aveva ascoltato tutto quello che si erano detti. Sarebbe andato su tutte le furie se l'avesse scoperto.

«Quando Sarah è arrivata in biblioteca per cercarti, mi è quasi venuto un infarto.»

«Mi dispiace.»

«Scommetto di sì. La tua offerta di controllare le donne per me... avevi intenzione di bocciarle tutte?»

«Non faceva parte del piano. Non avevo mai pensato di spiarle e riferirti. Ma quando ho sentito Helen complottare, non sono riuscita a rimanere in disparte.»

«Vero. Stare zitta non è mai stato il tuo punto di forza.» Si poggiò la mano sul fianco.

«Ehi, non c'è bisogno di insultare.»

«Non mi starai mettendo contro di loro in modo da poter stare insieme a me?»

«Non lo farei mai. È una cosa disonesta, manipolativa...»

«Sì, sì, lo so.»

«Non lo farei mai.»

Il silenzio nell'aria era pesante.

«In effetti, per essere del tutto onesta, Vanessa sembra la migliore per te.»

Lui restrinse gli occhi a due fessure. «Cosa intendi con "la migliore"?»

«Sembra essere la più sincera. Voglio dire, cosa vuoi che ti dica dopo aver sentito solo degli stralci di conversazione? Ma sembra piacere alle altre.»

«Strano che tu lo dica, perché in effetti è la mia prima scelta al momento.»

Dimenticando di essere nuda, Shyla si alzò e appoggiò le braccia sulla parete della vasca.

«Non sapevo che tu fossi... nuda lì dentro,» disse, raccogliendo con la lingua l'umidità sul suo labbro superiore.

Shyla si abbassò distogliendo lo sguardo. «Mi dispiace. Me ne ero dimenticata.»

«Ti sei dimenticata di essere nuda?» Sollevò le sopracciglia. «Non scusarti.» Sorrise.

«Immagino di essere troppo a mio agio con te.»

Lui rise. «Troppo abituata a spogliarti davanti a me?»

«Qualcosa del genere.» Lanciò uno sguardo all'orizzonte.

Lui le si avvicinò, e la sua voce si fece più profonda. «Vederti così. Accidenti, Shy. Sei sempre la più bella.»

Lei alzò lo sguardo verso il suo. Lui le circondò il viso con la mano e abbassò la bocca sulla sua.

Poi, alzò la testa. «Cosa non darei per farlo un'altra volta con te,» sussurrò.

«Anch'io.»

Una scossa di desiderio l'attraversò nel vedere lo sguardo di lussuria sul suo viso. Si spinse un po' più in alto, esponendo i suoi seni.

«Sei bellissima.»

Lei gli afferrò le spalle, attirandolo di nuovo contro le sue labbra. «Unisciti a me,» gli bisbigliò nell'orecchio.

«Non ho il costume.»

«Non ha fermato me.»

«Niente ti ferma.»

«È una cosa brutta?»

La sua risata era bassa, profonda e sexy. «Diavolo, no.»

La sua libido impazzì. *Lui non è tuo. Svegliati. Non ti vuole. Vuole le altre ragazze, e ne avrà una da amare e stringere, per sempre. Non tu. Solo un'altra volta. Un'ultima volta, e poi mi lascerò tutto alle spalle.*

Il suo autocontrollo si infranse. Il bisogno le pulsò nelle vene, non appena lui spinse giù i pantaloncini fino alle caviglie. Si girò di lato, ma non prima che lei vedesse che non era immune al suo fascino, per niente. Anche se non era ancora completamente eretto, era già sulla buona strada. La pelle d'oca le ricoprì le braccia, nonostante il caldo.

Le si formarono delle lacrime agli angoli degli occhi al pensiero che presto lui avrebbe sposato qualcun'altra.

Con un piccolo balzo, lui fu nell'acqua accanto a lei, i suoi occhi che si riempivano del suo corpo, le braccia che le scivolavano intorno alla vita, attirandola a sé. Essere nuda insieme ad Harley era stata la norma ogni volta che erano riusciti a rubare un fine settimana, o anche una notte, da passare insieme.

Anche lì nella penombra, lo sguardo di lui era affamato. Si leccava le labbra, e lei poteva già immaginarle premute contro altre parti del suo corpo.

«Non dovremmo farlo,» le disse.

«Lo so,» gracchiò.

Le inclinò il mento fino a quando il riflesso della luna fece brillare le sue lacrime. «Non piangere, piccola. Hai una carriera incredibile. Arriverai in alto. Materiale per gli Academy Award. Sarai famosa. Ogni attore, produttore e uomo ricco del mondo sarà ai tuoi piedi.»

«Sì, giusto. Mi sto preservando per lo Scià di Persia. Ops, è morto, vero?»

Harley rise.

«Perché sono così infelice senza di te? Ci siamo lasciati di comune accordo.»

Le coprì un seno con il palmo della mano. «Abbiamo un po' di tempo per darci un vero addio, Shy. Che ne dici?»

«Dico, facciamolo. Un'ultima volta.» La voce le tremava leggermente.

Le prese la mano e la baciò. «Sei irresistibile. Una dea.»

«Fai quello che sai fare meglio di chiunque altro al mondo,» gli sussurrò.

Il suo bacio era gentile. Ma Shyla non desiderava questo. Bruciava di un bisogno represso troppo a lungo. Si aprì a lui e la fame prese il sopravvento mentre il desiderio per Harley cresceva sempre di più.

Gli salì in grembo. Lui la strinse a sé ripetendo il suo nome nell'orecchio. Le sue mani sembravano avere una mente propria vagando attraverso la peluria sul suo petto. Era una droga di cui lei era dipendente. Il suo profumo, la sensazione della sua pelle e il gusto della sua bocca la accendevano.

Raggiunse la sua asta, chiudendogli intorno le dita, sentendo la setosità della sua pelle e là durezza del suo desiderio. Lui le fece scivolare dentro un dito. Gemette, lasciando cadere la testa sulla sua spalla. Si piegò per baciarle la gola, aggiungendo un secondo dito, muovendolo ritmicamente. I suoi fianchi si inarcarono contro di lui mentre i suoi occhi si chiudevano per il piacere.

Il calore dentro di lei crebbe fino a eguagliare quello dell'acqua che li cullava.

«Fallo, fallo, fallo. Prendimi, Harley, Dio,» ansimò, aggrappandosi a lui, afferrandogli la schiena, scavando con le unghie nei suoi muscoli.

Harley le cingeva la vita e la fece girare in modo che lei fosse seduta sul sedile e lui si trovasse in ginocchio tra le sue gambe. Gliele spinse verso l'alto, facendole piegare le ginocchia. La sua asta, dura come una roccia, poggiava contro la sua coscia. Shy gli agganciò le caviglie dietro la schiena, tirandolo più vicino fino a quando non fu quasi dentro di lei. Una spinta, ed entrò.

Lei gemette, assecondando le sue spinte.

«Shy, piccola,» mormorò contro i suoi capelli umidi, mentre muoveva i fianchi avanti e indietro. Alzò il suo seno generoso fuori dall'acqua e succhiò un capezzolo duro nella sua bocca. Lei inarcò la schiena, sibilando mentre lo strattonava, alzando di più il suo livello di calore. La passione saliva sempre di più, a ogni movimento dei suoi fianchi, dentro e fuori, ancora e ancora. I suoi muscoli guizzavano sotto le sue dita, il suo respiro bollente sul suo collo. L'odore basico e sessuale di sudore, dopobarba, e Harley esasperavano il suo desiderio. Quando il pollice di lui trovò il suo centro, fu attraversata da un intenso orgasmo. Le sue pareti si contrassero intorno a lui, e gli seppellì il viso nel collo.

Harley le avvolse le lunghe dita intorno alla schiena e la tirò a sé. Fu percorso da un brivido, chiuse gli occhi, e spinse forte un'ultima volta prima di fermarsi. Senza fiato, gli amanti si aggrapparono l'una all'altro. Shyla gli leccò la gola, godendo del suo sapore salato. Lui fece scorrere le mani sul suo seno, e giù lungo la schiena fino alle sue natiche, ancora e ancora.

C'erano così tante cose che voleva dirgli, ma le parole erano troppo deboli per descrivere ciò che era appena successo, perciò strinse la presa e lo abbracciò con tutto il desiderio che aveva represso per così tanto tempo. Lui le passò le dita tra i capelli, spostandoli dal suo viso.

«Amore,» le disse.

«Amore, un corno! Che cazzo state facendo?» Una forte voce maschile ruppe l'incantesimo.

Harley e Shyla si alzarono in piedi di scatto. Lei si coprì i seni con le braccia prima di sprofondare nell'acqua fino al mento. Harley la protesse guidandola dietro di lui.

«Dan? Ma che cazzo?» esclamò Harley.

«Quella è Shyla Hollings? Sarà meglio che si tratti di una delle concorrenti e non di una della troupe.» Le parole di Dan grondavano accusa.

«Che differenza fa chi è?» Per Harley, la miglior difesa era sempre stata un buon attacco. «Sono libero di andare a letto con chi voglio. Non c'è niente nel mio contratto che me lo vieti.»

«Hai ragione. Ma c'è nel suo.» Dan puntò l'indice contro la scenografa.

Harley risucchiò l'aria. Girò la testa per parlare da sopra la sua spalla. «Merda. È vero?»

«Sì,» gli sussurrò lei all'orecchio.

«Cazzo. Perché non me lo hai detto? Non lo sapevo, tesoro. Mi dispiace tanto.»

«Ma lei lo sapeva. Raccogli i tuoi vestiti, signora Hollings, e andiamo.»

Shy si avvicinò al bordo per recuperare il suo prendisole.

«Il minimo che potresti fare è girarti, Dan,» abbaiò Harley.

Il produttore fece come gli era stato richiesto dalla star. Shyla indossò l'indumento in un lampo e poi infilò i piedi nelle infradito. Si fermò per far scivolare la mano attorno alla guancia di Harley e gli sfiorò le labbra con le sue.

«Sei pronta?» chiese Dan.

«Sì,» rispose.

«Andiamo.» Camminò con passo svelto, con Shyla che si affrettava alle sue spalle. Mandò un bacio ad Harley e seguì il produttore all'interno.

Quando arrivarono alla sua stanza, Dan si fece da parte per permetterle di aprire la porta, seguendola poi all'interno. Quando la porta fu chiusa, esplose.

«Ma che cazzo? Eri la miglior designer che abbiamo mai avuto. Perché hai dovuto fare una cosa così maledettamente stupida?» Aprì l'armadio, tirando fuori la sua valigia e la gettò sul letto. «Fai le valigie.»

«Le valigie?»

«Sei licenziata e tornerai a casa. Con il primo aereo!»

«Mi dispiace, Dan. Non era previsto. È successo e basta,» disse.

«Dormi sempre con le persone cinque minuti dopo averle conosciute?» Lui la fissò.

«Beh, io... noi... voglio dire,» balbettava, sentendo il calore imporporarle le guance.

«Oh, cazzo, no. Non dirmi che lo conoscevi da prima?»

Lei si limitò ad annuire, le parole bloccate nella sua gola.

«Tu stupida, piccola puttana! È meglio che quel coglione non sia innamorato di te. Ha preso un impegno. Shyla, ci sono donne innamorate di quell'idiota. Che mi dici di loro? E del programma? Avevi firmato un contratto.»

«Non chiamarlo idiota.»

«È tutto quello che hai da dire?»

«No. Non chiamarmi neanche stupida puttana.»

Mentre lui continuava la sua invettiva, le lacrime le scorrevano lungo le guance. Tirò fuori i vestiti dall'armadio e li mise nella valigia. I cassetti vennero svuotati e il contenuto infilato nel suo bagaglio. Per tutto il tempo, pianse in silenzio.

«E non pensare che non lo dirò a Gunther Quill, perché lo farò. Sarà la prima persona che chiamerò, dopo che te ne sarai andata. Che cazzo farò adesso? Dove diavolo lo trovo un altro scenografo?»

«Potrei restare? Se prometto di restare lontano da Harley? Potresti chiudermi nella mia stanza.»

Sbuffò. «Vorresti. Ma non rimarrai qui neanche un minuto di più. Dopo che avrai fatto i bagagli, la limousine ti porterà all'aeroporto.»

«Per favore, non chiamare Gunther Quill.»

Le rivolse uno sguardo ostile. «Certo che lo chiamerò. Ti ho assunto su sua raccomandazione. Deve sapere che razza di puttana traditrice tu sia.»

Le parole la schiaffeggiarono come se fosse stata la sua mano a colpirla. Si morse la punta di un dito per evitare di piangere, ma le lacrime non si fermarono.

«Vai in bagno e vestiti.» Prese in mano il suo cellulare.

«Se chiami Gunther, la mia carriera sarà finita. Sai quanto è vendicativo.»

«Avresti dovuto pensarci prima di scoparti Harley Brennan. Gesù Cristo. Non hai avuto nemmeno la decenza di farlo in una stanza.»

«Te l'ho detto. Non era previsto. È stata una cosa spontanea. È arrivato... e...»

«Non importa! Non voglio sentirlo.» Si voltò per parlare al telefono con Sarah.

Shyla entrò nel bagno. Le sue mani che tremavano le resero difficile vestirsi. Un'ondata di nausea la colpì, facendola correre. Le gambe le tremarono e la debolezza gravò su di lei. Si lasciò cadere a terra. L'umiliazione la fece vergognare. Come poteva raccontare a qualcuno quello che era successo? Avrebbe mai più lavorato? Harley non c'era più, e la sua carriera vacillava sull'orlo del baratro. La sua vita, come un terremoto, rombava minacciando di crollare.

Una volta vestita, si spruzzò dell'acqua fresca sul viso, si sciacquò la bocca, si lavò i denti, raccolse i suoi articoli da bagno e aprì la porta.

Dan se n'era andato, ma una Sarah ancora intontita dal sonno, e vestita con un accappatoio, aveva preso il suo posto. Shyla non riusciva a guardarla in faccia.

«Shy, che errore stupido. Non ti farò una ramanzina. Credo che Dan se ne sia già occupato. Andiamo. La limousine è arrivata, e il tuo biglietto ti aspetta alla biglietteria della Eagle Airlines.»

«Sarah... mi dispiace.»

«Lo so. Lo so. Odio perdere qualcuno di talento come te. Ma queste sono le regole.»

Shyla annuì, grata che almeno Sarah non le avesse urlato contro. Avrebbe voluto poter dire addio ad Harley. Probabilmente non lo avrebbe rivisto mai più. Separarsi in quel modo le spezzò ancora di più il cuore. Lui si sarebbe sentito in colpa per averle fatto perdere il lavoro. Sicuro come l'inferno non l'avrebbe chiamata mai più dopo tutto quello.

Le sue spalle si abbassarono mentre lottava con la sua valigia. L'autista della limousine uscì fuori, e le tolse di mano la borsa caricandola nel bagagliaio. Non disse nulla, ma le lanciò uno sguardo comprensivo.

Il dolore rimbalzò attraverso di lei mentre guardava fuori dal finestrino, una splendida alba che si affacciava. Sarebbe stata un'altra giornata mozzafiato a St. Thomas. Harley si sarebbe svegliato e lei non sarebbe stata lì. Licenziata e rimandata negli Stati Uniti. Senza nemmeno poter dire "arrivederci". Gli sarebbe importato? Forse. Ma lui era pronto ad andare avanti con la sua vita, fare il passo successivo, prendere un nuovo impegno. E lei invece era bloccata, ancora stupidamente innamorata di qualcuno che non avrebbe mai potuto avere.

DOPO CHE DAN AVEVA portato via Shyla, Harley tornò nella sua stanza e cercò di mettersi a dormire, ma era troppo turbato per riposare. Alzò il telefono per provare a chiamarla, ma si inseriva direttamente la segreteria telefonica. Infine, verso le sei del mattino, cadde in un sonno profondo e senza sogni. Un colpo alla porta, alle dieci, lo svegliò. Si grattò la barba che non aveva ancora rasato mentre incespicava fino alla porta. Era Dan.

Il produttore si spinse all'interno. «Non ti eri ancora alzato? Ma che diavolo?»

«Dov'è Shyla?» Harley sbadigliò e si diresse verso il bagno.

«Se n'è andata.»

Il running back tornò con uno spazzolino da denti in bocca e dentifricio schiumoso intorno alle labbra. «Andata?»

«Sì. L'ho rimandata negli Stati Uniti. È stata licenziata. Era tutto scritto nel suo contratto.»

«L'hai licenziata per essere venuta a letto con me?» Harley borbottò con la bocca piena, prima di sputare nel lavandino.

«Questo è il contratto che ha accettato di firmare – qualsiasi fraternizzazione con la star del programma, e sarebbe stata fuori.»

«Merda! È una cosa crudele. Tutto quello che abbiamo fatto è stato fare sesso. L'ultima volta che ho controllato, non era illegale tra due adulti consenzienti.»

«Ascolta, Harley. Non fare l'ingenuo atleta senza cervello con me. Questo programma è basato sulla stella che trova l'amore e si fidanza. Come puoi impegnarti con una ragazza se sei innamorato di un'altra? Anche tu hai firmato un contratto. E noi ti faremo tenere fede a questo impegno che hai preso. Questo è un business. Quindi, non farti venire in mente di rovinare lo spettacolo, perché ti denunceremo per violazione del contratto. L'abbiamo già fatto in passato, e abbiamo tasche molto profonde.»

«È una minaccia?»

«Puoi scommetterci che lo è.»

«Cosa diavolo pensi che farei?»

«Non lo so. Ma questo non significa che non ti tirerai indietro alla fine. Potresti chiamare le ragazze brutte stronze. Non ne ho idea. Ma non puoi farlo, e hai accettato i nostri termini, per iscritto.»

«Non lo farei mai. Come diavolo pensi che mi senta? Ci sono diverse ragazze qui che mi interessano molto. Pensi che voglia spezzare i loro cuori? Distruggerle? Non ho alcun desiderio di farlo.»

«Allora risolvi questo problema.»

«Come? Diventerà una notizia? In TV, su Internet e sui giornali?»

«Meglio di no. Shyla ha firmato un accordo di riservatezza. Farà meglio a tenere la bocca chiusa.»

«Dubito che parlerà. Tu lo diresti in giro? Io sicuramente non lo farei mai.»

«Qui nessuno lo farà, o saranno licenziati.»

«Merda.» Si lasciò cadere sul letto. *Ho distrutto la carriera di Shy?*

«Hai espresso anche i miei sentimenti alla perfezione. Spero che ne sia valsa la pena. Ora, vestiti. Le concorrenti si aspettano di pranzare con te.» Dan uscì dalla stanza.

Harley aprì la doccia. *Ne era valsa la pena? Certo che sì.* La sua mente ricordava la sensazione della sua pelle, il sapore della sua bocca. Quante volte le aveva seppellito il viso tra i capelli, inebriandosi del suo dolce profumo di foresta dopo la pioggia? Aveva perso il conto. Il modo in cui si muoveva quando facevano l'amore, il loro ritmo, totalmente in sincronia. Lui poteva anticiparla, sapeva cosa voleva prima di lei. Il suo seno – era oltre la descrizione. Spremette il sapone finché il liquido si riversò nella mano, mentre cercava di ricreare la sensazione della sua pelle.

Per non parlare di come lei l'accendesse, di quanto si eccitasse al pensiero che di lì a pochi secondi avrebbero fatto l'amore. Nessuna donna lo aveva mai colpito in quel modo. Non che avesse difficoltà a farselo alzare. Al contrario, di solito aveva problemi a contenersi. Soprattutto con Shyla. Il bagliore dei suoi occhi, il suo sorriso sexy, che lo invitava ad andare a giocare, lo facevano partire direttamente in terza. Lei avrebbe potuto rigirarselo intorno al mignolo, ma non lo aveva mai fatto. Non aveva mai fatto giochetti con lui, lo aveva preso in giro, o gli aveva mentito... fino a questo ingaggio.

Mentre si lavava i capelli, si chiedeva come avrebbe potuto tornare a scegliere la propria futura moglie tra le concorrenti. Quando Shyla si era rifiutata di passare la notte con lui in albergo, lui era stato certo che tra loro fosse finita. Allora aveva approcciato *Marriage Minded* con un atteggiamento positivo, decidendo che qui avrebbe trovato la sua futura partner, oppure che si sarebbe arreso e sarebbe diventato un monaco. Beh, forse non un monaco, ma uno scapolo perenne.

Ora, le cose erano diverse. La fiamma quasi spenta da Shyla era stata riaccesa, e la scintilla bruciava come sempre. Si applicò la schiuma sul viso e prese il rasoio. Doveva fare uno sforzo. Doveva essere sincero. Doveva trovare un'altra ragazza per sostituire Shy. *Non c'è una sola anima gemella per ogni uomo, vero? Cosa succederebbe se Shy morisse o sposasse qualcun altro?*

Dio non voglia. Si infilò la camicia e si tirò su i jeans. *Ecco. Farò finta che Shy sia fidanzata con un altro. Così, dovrei per forza trovarmi qualcun'altra.* Fece un sorriso veloce al suo riflesso nello specchio per aver trovato una soluzione, si pettinò i capelli, e si diresse verso la sala da pranzo.

Era ora di trovare la sua futura moglie. Lei lo stava aspettando. Tutto quello che doveva fare era sceglierla nella massa, come la rosa più bella e profumata. *Sarà Cathy, Vanessa, Melanie, Cassandra o Roxanne? Un gioco da ragazzi, giusto?*

Capitolo Sei

S hyla scese dall'aereo e salì su un taxi. Sulla strada per la stazione di Penn per prendere il treno Amtrak per il Delaware, guardò fuori dal finestrino. La primavera sbocciava a New York City. Il cielo era limpido e la luce del sole riscaldava il sedile in pelle dell'auto. I fiori le scorrevano davanti come vibranti macchie di colore rosa e viola nei vasi appollaiati sui davanzali degli appartamenti.

Ma la allegra luminosità non fece nulla per alleggerire il suo stato d'animo. L'umiliazione le bruciava ancora nel sangue. Il volto le pizzicava per gli epiteti che le erano stati lanciati addosso. Nessuno le aveva urlato contro o l'aveva chiamata nel modo in cui aveva fatto Dan da quando aveva detto a suo padre che voleva studiare design. Si rendeva conto di aver infranto le regole, e in modo piuttosto plateale, ma non era necessario insultare, maledire e rimproverare. Era stata pronta a subire le conseguenze delle sue azioni, ma la risposta di Dan era andata molto oltre il consentito, a suo giudizio.

Il fatto che avesse pianificato di rovinarle la carriera le risucchiava l'aria dai polmoni. Come si può impazzire così per un momento di passione fuori controllo? Non era come se lei e Harley l'avessero pianificato. Naturalmente, Dan non lo sapeva. Eppure, essere abbastanza vendicativo da rovinare qualcuno professionalmente era davvero troppo. O almeno, era quello che pensava Shyla.

A quest'ora, Gunther Quill, il produttore più potente di Hollywood, sa già tutto. La mia carriera è finita. Non dovrei più parlare con Harley, tra un paio di settimane farà la proposta a un'altra. Peggiorerei solo le cose. Devo lasciarlo andare. Ora, non ho più niente.

Salì sul treno, dormendo durante l'ora e mezza di viaggio. Arrivata a destinazione, portò la valigia pesante come il suo cuore sul binario. La vista della sua migliore amica, Penny Davis, che la aspettava, la riscaldò dentro. Poi si aprirono le cateratte. Era riuscita a contenere l'emozione che le divorava le budella per tutto il viaggio, ma ora Shyla non riuscì più a trattenersi.

La tristezza scoppiò. Piangeva così tanto che non riuscì a vedere Penny avvicinarsi. Prima di poter prendere fiato, l'altra donna l'aveva già avvolta in un caldo abbraccio. Shy posò la testa contro la spalla della sua amica, mentre i singhiozzi rallentavano e inspirava in un lungo respiro tremolante. Penny le diede delle pacche sulla schiena sussurrandole parole di conforto.

Infine, si allontanò. «La mia carriera è finita. Ho perso Harley per sempre...»

«Mi dispiace tanto, Shy.»

«Ma ho fatto il sesso più bello della mia vita.»

L'espressione comprensiva di Penny si sciolse in una risata. Shyla sorrise attraverso le lacrime.

«Andiamo a casa. C'è della cioccolata calda che ti aspetta.» Quello era la loro bevanda consolatoria quando una delle due era sconvolta per una rottura o per un lavoro andato male.

Shyla caricò la sua valigia nel bagagliaio del SUV, e Penny guidò fino alla sua grande casa, dolcemente annidata su un terreno di quindici acri. Nella parte posteriore, a circa metà della lunghezza di un campo di football dalla casa, c'era un grazioso cottage per gli ospiti. L'accogliente abitazione aveva una camera da letto in stile rustico, una piccola cucina e un'elegante combinazione soggiorno/sala da pranzo con caminetto. Shyla ci aveva già soggiornato prima.

«Con la bambina in casa, ho pensato che avresti preferito stare qui. È più silenziosa.»

«Qualsiasi cosa vada bene per te.»

Salirono i gradini fino alla casa principale. Quando entrarono, Mark Davis, marito di Penny e quarterback dei Delaware Demons, nonché migliore amico di Harley Brennan, aveva la bambina in braccio e la dondolava sulla sua spalla.

Shyla aveva già incontrato la piccola Emily Davis. I suoi occhi erano blu come quelli dei suoi genitori, e il suo ciuffetto di capelli era biondo. Mark mise la bella bambina nel seggiolino, dove si addormentò subito. Penny servì la cioccolata calda e mise un piatto di deliziosi biscotti con gocce di cioccolato sul tavolo della cucina.

A metà della tazza, il telefono di Shyla squillò. Era suo cugino, Grant Hollings, l'uomo che l'aveva raccomandata a Gunther Quill.

«Ehi, Shy. Che cosa è successo a St. Thomas?»

Prima di rispondere si era spostata in soggiorno per avere un po' di privacy quindi gli spiegò tutto fornendogli meno dettagli possibile. Grant, che all'inizio era sembrato infastidito, divenne subito comprensivo.

«Mi dispiace tanto, Grant. Onestamente. Non ho pensato che questo si sarebbe riflesso anche su di te. Spero che Cara non sia arrabbiata o che non abbia dovuto sorbirsi troppe stronzate da Gunther.»

«No, no, ha troppo bisogno di lei in questo momento.»

«Questo è un bene.»

«Dovresti chiamarlo e mettere le cose in chiaro con lui.»

Tremò. «Ho paura.»

«Lo so. Se fossi lì, ti terrei la mano.»

«Come quando abbiamo fatto i test per la tubercolosi a scuola quando eravamo bambini?»

«Esattamente. Ti mando un abbraccio. Anche da parte di Cara. Passerà e tu starai bene.»

«Grazie. Vi amo entrambi.»

Le parole di Grant la tranquillizzarono un po', ma lei non gli credette del tutto. Gunther Quill non ci sarebbe passato sopra. La sua carriera era danneggiata, se non addirittura finita. Raggiunse i suoi amici e cercò di ritrovare un po' di buon umore.

Mark mise la mano sulla sua. «Mi ha chiamato Harley. Si sente in colpa.»

«Mi ha lasciato un messaggio in segreteria.»

«Credo in lui. Andrà tutto bene. E anche lui starà bene,» le disse Mark.

«Troverà qualcuno, si sistemerà e avrà tre figli.»

«Vorrei che quel qualcuno fossi tu,» rispose Mark, rivolgendole un caldo sorriso.

La voce le tremava, ma riuscì lo stesso a rispondere: «Anch'io.»

Le arrivò un messaggio di testo con il numero di Gunther Quill.

«È giunta l'ora che io paghi le conseguenze. Strisciare non è esattamente il mio forte.»

«Fai quello che devi fare,» disse Penny.

«È colpa mia. Ho letto il contratto. L'ho firmato. Da qualche parte nel retro della mia mente, sapevo che non avrei dovuto. Ma era Harley. Immagino di non aver pensato che ci avrebbero scoperto. Cavolo, erano le due del mattino, per l'amor di Dio! Chi è ancora in piedi a quell'ora?»

«Dan e Harley, a quanto pare,» disse Penny.

Shyla sorrise un secondo prima di tornare al suo compito. Con mano tremante, digitò il numero sul suo telefono. «Vorrei parlare con il signor Quill, per favore.»

Ci fu un momento di silenzio.

«Oh, penso che vorrà parlare con me. Ti prego, digli che lo cerca Shyla Hollings.»

Si morse il labbro e chiuse gli occhi. «Gunther?»

HARLEY GIRONZOLÒ PER il corridoio, ritardando il suo arrivo per il pranzo il più a lungo possibile. Si fermò sotto l'arco che dava sulla sala da pranzo, sorvegliando la situazione. Al buffet c'erano sei donne che si riempirono i piatti prima di mettersi a sedere intorno alla piscina. Tutti quei corpi lussureggianti in bikini lo tentavano, come cioccolatini in un negozio di caramelle.

Ma questo non era come essere single nel mondo reale. No. Nel mondo reale, poteva andare a letto con chiunque desiderasse, senza pensare al domani. Qui, non poteva semplicemente andare a letto con qualcuna senza impegnarsi a tenerla almeno un'altra settimana, se non di più. Inoltre, c'erano telecamere ovunque, in agguato, in attesa, aspettando di catturare ogni passo falso, ogni errore, ogni passaggio o incontro segreto.

Rabbrividì all'idea che i suoi genitori, o anche i ragazzi della squadra, potessero vederlo incasinare le cose o sgattaiolare via per fare del sesso bollente con una di quelle ragazze. Tutto il mondo lo stava guardando, o almeno era così che gli sembrava. Harley doveva essere sempre consapevole del suo comportamento. Non si poteva permettere nemmeno di fissare per più di dieci secondi le loro scollature provocanti, usate per attirarlo e mandarlo oltre il limite. *No. Nessuno sguardo, nessun ansito, nessuno sbavare e niente sesso. Questo show non era così bello come poteva sembrare.*

Il suo cervello spense l'interruttore della libido ricordandogli che qui si trattava di amore, non di lussuria. Inutile discutere con se stesso sostenendo che le due cose andassero di pari passo, era una causa persa. La lussuria avrebbe dovuto aspettare più tardi. Sospirò, ammirando il paesaggio con la nostalgia nel cuore. Come avrebbe potuto fare una scelta basata sull'amore quando aveva già perso il suo cuore?

Un basso brontolio dalla sua pancia gli ricordò che era ora di mangiare. Prese un piatto, ma guardò il cibo senza appetito. Le donne accorsero intorno a lui, dandogli suggerimenti su cosa prendere, balbettando di cose stupide e mondane, come la temperatura dell'acqua in piscina, e spingendosi l'un l'altra per farsi strada verso di lui. Erano gesti sottili, ma lui se ne accorse. Un running back non era altro che un buon osservatore. Poteva individuare un buco che si apriva nella difesa avversaria prima della maggior parte degli altri. E poi sarebbe stato lì, pronto a prendere velocità per sfruttarla e correre come se fosse inseguito dai cani dell'inferno.

Nessuno poteva ingannare Harley Brennan. Notò chi spingeva chi, e chi, sfoggiando un sorriso finto, guardava di traverso un'altra donna. Non gli piaceva quel tipo di comportamento. Anche se provava simpatia per la loro situazione, per cercare di farsi notare di fronte a tanta concorrenza. Quelle che lo attiravano erano le sicure di sé che non lasciavano che la situazione le disturbasse. Quelle donne – quelle che lasciavano che le altre avessero il loro momento con lui senza mettere il broncio, che erano sempre gentili con tutte, proprio come avrebbe fatto Shyla – avevano catturato la sua attenzione.

Si meravigliò delle complicità che crescevano tra alcune delle ragazze. Le sue prime due scelte, Vanessa e Cathy, erano diventate amiche. Gli piaceva, anche se dovette cancellare dalla testa le immagini di un rapporto a tre con le signore. Non era facile. Dover stare intorno a tutte quelle donne seminude, mentre il ricordo del suo incontro con Shyla ribolliva e lo faceva eccitare maledettamente.

Trovò un posto all'ombra vicino alla piscina e si sedette per mangiare. Una dopo l'altra, le giovani donne gli si avvicinarono e si sedettero di fronte a lui o accanto a lui. Mentre mangiava, lo intrattennero con le loro storie, in realtà, soprattutto con i loro successi, accennando sempre al motivo per cui sarebbero state le migliori compagne di vita per lui.

Dopo pranzo, avevano del tempo libero, così andarono a nuotare. Una coppia si tolse il pezzo di sopra, mandando Harley in modalità di super controllo. Alla fine, dovette andarsene. Si ritirò nella sua stanza e accese la televisione. Provò a chiamare Trunk Mahoney, ma non aveva molto tempo per chiacchierare. Poi chiamò Mark Davis.

«Allora, quale sceglierai?»

«Non lo so. In ogni caso, non potrei dirtelo. Vorrei non doverne scegliere nessuna. Vorrei poter tornare a casa adesso.»

«Nonostante il bel viaggio gratuito? Con tutte le spese incluse? E tutte le ragazze sexy che si contendono la tua attenzione? Scommetto che verrebbero tutte a letto con te al minimo cenno.»

«Non è così, Mark. Devo trattenermi.»

«Vuoi dire niente sesso? Maledizione! Non era questa la ragione per cui partecipare?»

«Trovare l'amore era la ragione. Shy non c'era più. Mi ero arreso. Avevo bisogno di una partner.»

«Il matrimonio è fantastico ma quando è con la ragazza giusta.»

«Sei felice, vero?»

«Mai stato più felice.»

«Anche con la bambina, fai ancora sesso, vero?»

«Ad essere onesti, non così spesso come prima. Ma quando Emily crescerà un po', ci rifaremo. Difficile da credere, vecchio mio, ma nella vita c'è più del sesso.»

«Davvero? E questo lo dice il tizio che si scopava qualsiasi cosa camminasse?»

Mark rise. «È stato molto tempo fa. Ora ho una vita.»

«Anch'io ne voglio una,» rispose Harley.

«Ci arriverai. Tienitelo nei pantaloni e osserva bene ogni ragazza. Poi, scegli quella che è la più gentile con te e con tutti gli altri.»

«Questo è il tuo consiglio? Gentilezza?»

«Sì. La gentilezza migliora la vita.»

«Sei tu l'esperto.»

Mark rise. «Beh, forse non proprio l'esperto, ma ho sposato una donna gentile. Rende più facile la quotidianità. Fidati di me.»

«Sì, sì, capitano. Gentilezza. Ho capito.»

«Non una di quelle ragazze che sono sempre cattive e scontrose. Ma una che segue la corrente.»

«Mi assicurerò di inserirlo nel mio questionario.»

«Buona fortuna. Ne avrai bisogno.»

«Perché?»

«Perché sei tu, Harley. Quale donna sana di mente vorrebbe sposarti?» rise Mark.

«Sono un gran bel partito.»

Il suo amico sbuffò. «Continua a ripetertelo.»

«Non sei di alcun aiuto.»

«Temo che dovrai cavartela da solo, amico.»

«Tieni le dita incrociate,» gli rispose Harley.

«Le dita e tutto il resto.»

Terminò la chiamata e si distese sul letto. Doveva prepararsi per il suo grande appuntamento con Cassandra. Sarebbero andati a pescare in alto mare su un enorme yacht, dove avrebbero cenato. Gli piaceva la parte della pesca. Cassandra era una sexy brunetta, da cui era incuriosito. Sembrava troppo dolce per essere vera. Quella sera, l'avrebbe scoperto. Se l'appuntamento fosse andato bene, lei sarebbe entrata nella sua top four. In caso contrario, sarebbe tornata a casa.

Mandare le donne a casa era la cosa più difficile che avesse mai fatto. Distruggere le loro speranze, umiliarle in TV, era qualcosa che un vero gentiluomo non avrebbe mai fatto. Questo era ciò che suo padre gli aveva insegnato, e Harley aveva fatto tesoro di questo principio.

Anche se era stato un donnaiolo, non era mai stato cattivo, non aveva mai trattato male una donna o le aveva mancato di rispetto. Magari non le richiamava, ma non le aveva mai portate a credere che lo avrebbe fatto. Harley Brennan era sempre stato chiaro di essere interessato solo a una serata bollente, ma non a un impegno. Se una donna rifiutava quello che lui offriva, avrebbe nascosto il suo rammarico, si sarebbe inchinato, le avrebbe sorriso, e sarebbe passato a quella successiva. Quindi, ridurre una donna in lacrime mandandola a casa gli faceva torcere le budella.

Pensava che ci avrebbe fatto l'abitudine. Alcune di loro lo meritavano, e lui non rimpiangeva la sua decisione in quei momenti. Ma altre erano innocenti, la loro unica colpa era stata di non interessarlo, e vederle piangere, lo uccideva.

Un colpo alla porta lo strappò ai suoi pensieri. «Chi è?»

«Dan.»

Harley aprì. «Che c'è?»

«Mi assicuro solo che tu ti stia preparando per il grande appuntamento di stasera.»

«Certo che lo sto facendo. Anch'io non vedo l'ora. Amo pescare.»

«Cassandra è piuttosto sexy. Se dovesse succedere qualcosa a bordo? Beh, sono fatti tuoi, e anche suoi. Non miei.»

«Quindi, mi stai dando il permesso di fare sesso con Cassandra sulla barca?»

«Non sto incoraggiando o scoraggiando niente. Siete due adulti consenzienti.»

«E cosa dovrei fare con il cameramen? Invitarlo a fare una cosa a tre?»

Dan rise. «Buona questa, Harley. Le telecamere non sono dappertutto.»

«Oh, sì, che lo sono. Ti piacerebbe, vero? Una bella scena succosa di pomiciate che poi viene trasferita in camera da letto?»

«Non farebbe male agli ascolti.» Dan inarcò un sopracciglio.

«C'è una parola per questo...»

«Ehi, non è una mia idea. Sto solo dicendo... Voglio dire, dopo ieri sera. Solo che stasera, con una concorrente, è una luce verde, amico.»

«Quindi, Shyla era off-limits, ma Cassandra non lo è. Capito.»

Dan alzò le mani. «La decisione è tua.»

«E sua, no?»

«E sua.»

«E di cinquanta milioni di telespettatori... devo andare a farmi la doccia ora.» Harley aprì la porta, e Dan capì l'antifona.

L'acqua calda che gli scendeva sul corpo gli ricordò il suo fare l'amore con Shyla nella vasca idromassaggio. Aveva dei dubbi su Cassandra. Harley che era sempre stato fiducioso con le donne, cominciò a dubitare del suo istinto. Era giusto favorire Vanessa e Cathy ed essere sospettoso nei confronti di Cassandra? Stavano semplicemente recitando e lui si stava innamorando di questo, o erano davvero delle donne gentili? *Gentile! Di nuovo quella parola.*

Perché qualcuno avrebbe voluto ingannarlo? Era forse un premio? Alcune delle donne erano incuriosite dall'aspetto della competizione? Si trattava solo di vincere per loro? Harley poteva capirlo. Capire la necessità di vincere. La sua vita era tutta incentrata sul raggiungere il vertice e fare tutto il necessario per restarci. Ma questo era diverso, giusto? Non si trattava di una partita di football, lui era una persona. Con sangue che gli scorreva nelle vene, e dei sentimenti.

Poi, c'erano anche le due "pazze" – delle svitate, che lo show lo aveva convinto a tenere per divertimento, rendendo la decisione su chi far rimanere e chi lasciar andare ancora più difficile. Aveva puntato i piedi e mandato a casa una di loro durante l'ultima cerimonia. Quella sera era la serata del *o la va o la spacca* per Cassandra. L'altra lunatica, che era stato costretto a tenere, se ne sarebbe andata.

Si insaponò il petto, si risciacquò e afferrò un asciugamano. Doveva scegliere una donna fantastica.

Con Shyla fuori dai giochi, aveva bisogno della seconda miglior scelta possibile. La solitudine lo stava consumando. Voleva tornare a casa da qualcuno. Voleva una moglie e un pasto caldo ad aspettarlo dopo un allenamento o una partita, come gli altri ragazzi. Gli mancava il chiamare una donna che lo amava per commiserarsi di una sconfitta o condividere una vittoria.

Si pettinò i capelli, applicò il dopobarba e si allacciò le scarpe. Fece un respiro profondo e poi aprì la porta. Stasera si trattava di andare avanti. Harley aumentò la sua determinazione. Avrebbe fatto tutto quello che doveva fare nel programma per ottenere ciò di cui aveva bisogno: una vita casalinga con una magnifica partner.

AL MOLO, LUI E CASSANDRA salirono a bordo di una piccola barca per essere traghettati sulla nave più grande. Harley scese per primo e poi tese la mano alla ragazza che indossava delle scarpe del tutto inappropriate. Lei gli cadde tra le braccia per un momento. Lui allora le tolse dai piedi i tacchi alti, li gettò sul ponte, e l'aiutò a salire la scala a piedi nudi. Lei ridacchiò e gli lanciò uno sguardo sexy.

No, tesoro, non sono un feticista dei piedi.

La seguì, le sue scarpe da ginnastica che facevano presa sui pioli in modo sicuro. Lo yacht era incredibile. I ponti in teak erano bellissimi, la vista mozzafiato. Attaccata alla poppa c'era una corda che reggeva una barca molto più piccola. Harley osservò le sedie e i supporti per le canne da pesca. Un membro dell'equipaggio gli offrì un Bloody Mary e una piccola ciotola con dentro una salsa in cui immergere le coste di sedano.

Il capitano li salutò e spiegò loro che avrebbero navigato fino al luogo ideale per pescare, e poi l'avventura avrebbe avuto inizio. Cassandra fece scivolare la mano nella sua, mentre si sedevano a poppa e lo yacht iniziava a dirigersi verso la loro meta. Harley tentò di fare conversazione, ma il rombo dei motori e il vento lo rendevano difficile.

Invece, studiò Cassie. Indossava un copricostume di spugna bianco che non nascondeva molto. Le cinghie rosa brillanti del suo bikini risaltavano sulle sue spalle nude. Le passò la crema solare. Lei si tolse l'indumento, e gli passò il tubetto inarcando le sopracciglia.

Mentre il suo sguardo sfiorava la sua figura, si sentì tirare l'inguine. *No, no, no. Non qui.*

La sua pelle era pallida. Le spalmò uno spesso strato di crema sulle spalle e sulla schiena. Lei si inarcò leggermente tenendosi con una mano i lunghi capelli scuri per permettergli di raggiungere il collo. Sapeva che quello poteva essere un punto sensibile per una donna, quindi applicò la protezione rapidamente.

Lo yacht si fermò e gettarono l'àncora. Il piccolo equipaggio li fece accomodare sulla barca più piccola che calarono in mare.

«Sarà divertente vedervi cercare di pescare un pesce delfino,» disse il capitano, guardando le sottili braccia di Cassie.

Lei fece una faccia strana. «Delfino? Quei pesci carini che salvano le persone che stanno annegando?»

«Quelli sono mammiferi. Noi stiamo parlando della lampuga detta anche pesce delfino. Sono ottime da mangiare. Potresti conoscerla anche come corifena.»

«È squisita,» si intromise Harley. «Ma può essere davvero grande.»

Il capitano rise. «Siamo qui per aiutare. Immagino che la signorina potrebbe avere qualche difficoltà a tirare su un pesce di tredici chili.»

«Non so niente sulla pesca,» disse lei, sbattendo le ciglia verso il capitano che era abbastanza grande da poter essere suo padre e aveva almeno una decina di chili di troppo intorno alla vita.

«Non preoccuparti, tesoro. Tu li fai abboccare, e ti aiuteremo a tirarlo su.» L'uomo si toccò l'orlo del cappello e accese i motori.

Ad Harley non importava se avrebbero preso qualcosa o meno. Il mare era una distesa d'acqua limpida, fresca e traslucida. La luce si rifletteva come manciate di diamanti disposti sulla sua superficie. Sorseggiarono Piña Colada mentre l'imbarcazione navigava sul mare e poi si fermava.

Il primo ufficiale lasciò la lenza in mare. «Ecco a voi. State pronti,» disse, facendo un passo indietro e sedendosi lì vicino.

Il capitano aumentò la velocità fino a quando non trainarono le lenze attraverso l'acqua tranquilla.

Cassie afferrò il braccio di Harley. «Ho paura. Non l'ho mai fatto prima.»

Le prese le mani e gliele avvolse intorno al manico della canna da pesca, poi fece lo stesso con la sua. La ragazza non era poi così bella con l'eyeliner che le colava sul viso come sudore che le imbrattava gli occhi. Il trucco sulle guance e il suo rossetto erano sbiaditi. La rosa aveva perso il suo profumo. Harley pregò che avesse almeno una bella personalità, perché qualsiasi attrazione fisica che potesse esserci tra loro era appena svanita sotto l'aspro sole dei Caraibi.

«Non si preoccupi. L'aiuteremo noi.»

E ovviamente fu alla sua lenza che abboccò il primo pesce e lei si fece prendere dal panico.

Harley le disse cosa fare. «Riavvolgi il mulinello. Un rapido scatto dei polsi per agganciarlo. Poi, ti aiuteremo a portarlo su.»

Ma lei non obbedì. La canna venne trascinata fuori dal supporto. Harley riuscì ad afferrarla poco prima che cadesse in mare. Il capitano e il primo ufficiale imprecarono sullo sfondo. Harley cercò di rimediare, ma era troppo tardi. Il pesce era scappato.

Mentre armeggiava con la canna, la sua cominciò a tirare. Luì l'afferrò e la tirò verso l'alto.

«Mi dispiace. Ho provato a fare quello che hai detto, ma non ci sono riuscita.» Dopo iniziò a piangere.

Normalmente, Harley sarebbe stato comprensivo, ma quelle erano lacrime di coccodrillo. Piangeva perché non aveva ascoltato e ora era in cerca di conforto. *Ovviamente, la pesca non è nelle sue corde. A meno che non stia pescando un marito.*

Non le rispose, perché era troppo impegnato a destreggiarsi con entrambe le canne e a cercare di tenere il suo pesce sulla lenza. Il primo ufficiale si avvicinò alla canna di Cassie, facendola alzare per recuperare la lenza. Questo la fece piangere di più. Il capitano la consolò, dandogli delle pacche sulla schiena e facendola sedere in disparte.

La canna del running back scivolò tra le sue mani, bagnate di sudore e spruzzi d'acqua di mare. Ne pulì una sulla tuta, poi l'altra, e strinse forte le dita intorno alla base.

«Signor Harley, se riesce ad afferrare un pallone da football, riuscirà di sicuro a tirarlo su,» gli disse il capitano.

Harley sorrise e tirò la canna verso di lui con una mano mentre faceva girare la bobina con l'altra.

Quando nessuno prestò più attenzione a Cassandra, lei smise di piangere.

Il primo ufficiale si scusò più volte. «Non volevo perdere la canna. Sono molto costose, sa.»

Harley rise dentro di sé. *Come se a lei gliene fregasse qualcosa. Lo spettacolo avrebbe pagato per sostituirla.*

La lampuga alla lenza di Harley non si arrendeva. Saltò fuori all'aria, torcendosi e girandosi, prima di cadere indietro con uno splash. Non appena saltava, Harley avvolgeva il mulinello come un matto. Ma il pesce era forte. La lotta non era finita.

Non appena l'ufficiale riportò la canna all'interno, Cassie reclamò di nuovo il suo posto accanto a Harley ponendogli un milione di domande. Lui la fissò, ma lei continuò a chiacchierare finché lui non perse la pazienza.

«Vuoi stare zitta! Mi fai perdere la concentrazione.»

Stizzita si alzò ed entrò nella piccola cabina. Harley non riusciva a vedere cosa stesse facendo e non gli importava. Questo era l'evento più emozionante al di fuori del campo da football che avesse mai vissuto nella sua vita.

Il primo ufficiale si sedette al posto di Cassie, incitando Harley e incoraggiandolo. «Si sta stancando. Lo prenderai. Lo prenderai. Non arrenderti.»

La battaglia fu estenuante. Dopo quindici minuti, il primo ufficiale prese un attimo il suo posto. Il capitano passò ad Harley una grande bottiglia d'acqua che l'atleta si scolò rapidamente prima di strofinare le sue mani doloranti sui vestiti mentre guardava il pescatore esperto continuare la lotta.

Alla fine, Harley prese il sopravvento e il pesce si arrese. L'equipaggio applaudì. Lui si era completamente dimenticato di Cassandra. Riuscirono a far entrare la lampuga nel retino e lo tirarono a bordo.

«Direi che pesa almeno tredici chili,» disse il capitano.

Scattarono diverse foto di Harley con il pesce in mano, alcune insieme a Cassandra e altre da solo. Lei si era rifatta il trucco, aveva bevuto un po' d'acqua e sembrava pronta per andare a una festa.

Si sdraiò sulla sedia accanto a lui mentre la barca virava per tornare allo yacht. «Spero che tu non sia arrabbiato con me.»

«Certo che no. Era la tua prima volta,» mentì Harley, cercando di sorridere. *Perché non ci ha nemmeno provato?*

«Non mi piacciono le cose viscide, le lotte e cose del genere.»

Le toccò il braccio. «Non preoccuparti. Va bene.»

Ma non andava bene. Non andava affatto bene. Probabilmente Cassandra si era tirata la zappa sui piedi da sola ma Harley le avrebbe dato un'altra possibilità.

Capitolo Sette

Di ritorno sullo yacht, l'equipaggio decise di servire per cena il pesce che aveva pescato Harley. Lui e Cassandra si tolsero i vestiti e andarono a nuotare, ma lei aveva paura degli squali e degli altri pesci e si rifiutò di rimanere in mare per molto tempo da sola. Se ne stava appiccicata ad Harley, straparlando di pesci mangia-uomini. *La più grande guastafeste del mondo.*

Harley si tuffò in mare e si godette l'acqua calda e salata, facendosi una vigorosa nuotata a stile libero prima di girarsi e nuotare a dorso per un po'. Quando tornò, Cassandra prendeva il sole con il suo corpo sexy steso su una sedia a sdraio, bevendo un'altra Piña Colada e sgranocchiando antipasti. Notò che l'equipaggio guardava il suo corpo praticamente nudo con interesse.

Il primo ufficiale le disse: «Dovrebbe coprirsi.»

«Perché?» chiese, fulminandolo con lo sguardo.

«Il sole dei Caraibi può essere brutale.»

A malincuore, indossò l'accappatoio. Harley notò che gli uomini tornarono al loro lavoro, ignorando l'ospite.

Sul ponte fu allestito un tavolo per due persone. Con il sole che iniziava a calare all'orizzonte, lo yacht si voltò e si diresse verso la riva. Piccole e romantiche luci dentro lampade antivento gettavano una calda luce su di loro. Harley non poté fare a meno di chiedersi come l'avrebbe decorato Shyla. Spinse quel pensiero fuori dalla sua mente. Questa era la serata di Cassandra, e lui doveva ricordarselo. Iniziarono la cena con cuori di palma e birre ghiacciate.

«Ti piace pescare?» gli chiese.

«Sì. Ma non avevo mai fatto pesca d'altura. È stato fantastico. Oggi siamo stati molto fortunati.»

Lei fece una smorfia. «Non sono sicura di poterla definire fortuna.»

«Stai scherzando? È stata l'esperienza di pesca più emozionante che abbia mai avuto.»

Si accigliò. «Non per me. Sono finita con il culo per terra.»

«Mi dispiace per questo.» Le prese la mano e gliela strinse.

Il suo sorriso tornò. «Vorrei che avessimo avuto uno di quegli appuntamenti romantici. Sai, a un concerto, o a fare shopping, o una carrozza trainata da cavalli. In un posto, comunque, dove avremmo potuto stare vicini.» Bevve un sorso di birra.

Shyla avrebbe adorato questo appuntamento. Lei stessa avrebbe tirato su quel pesce. Beh, forse non da sola, ma ci avrebbe provato. Perché tu non ci hai provato, Cassie?

«Questo è una specie di appuntamento da perdenti.» Quando si rese conto di quello che stava dicendo, gli mise una mano sul braccio. «Non che tu sia un perdente. Intendo il posto. L'appuntamento. Sai cosa voglio dire. Avrei voluto poter scambiare l'appuntamento con Cathy. Lei è abbastanza maschiaccio da apprezzare tutto questo.»

«Pensi che sia un maschiaccio?»

Cassie rise. «Beh, più o meno. Non si trucca molto. Non possiede nemmeno un eyeliner. Riesci a immaginartelo?»

Sì, posso. Nemmeno Shyla ne ha uno. «Mi piacciono le ragazze naturali.»

«Sono naturale dove conta.» Lei gli lanciò uno sguardo lussurioso.

Le pupille di Harley si dilatarono, e sentì una contrazione tra le gambe. *No. Non andare lì.* Abbassò lo sguardo sul suo cibo.

«Abbiamo lo yacht fino alle otto, giusto? Poi ci sarà l'ultimo drink e la consegna del cuore in albergo?»

Annuì, masticando un pezzo di lampuga. «Dio, è squisito. Non potrebbe essere più fresco di così.»

«Non sono una fan del pesce. Eccetto per i crostacei, naturalmente. E una buona insalata di mare. Cathy sarebbe molto più adatta a questo tipo di gioco. Le sarebbe piaciuto molto questo appuntamento. Lei è più robusta di me. Sai cosa voglio dire. È più in carne.»

Ne aveva abbastanza di lei che mancava di rispetto a Cathy e si lamentava. Quando la guardò, invece di apparirgli come una tentazione, vide il viso di una bella bambina piagnucolosa. Tornarono in albergo e bevvero un bicchierino di Drambuie. Poi, arrivò il momento della consegna del cuore. Harley sapeva cosa fare, ma non sarebbe stato facile.

«Cassie, mi dispiace, tesoro, ma non posso darti il cuore. Non credo che saremmo adatti l'uno all'altra.»

«Cosa?»

«Scusa, piccola, ma non funzionerebbe. Mi piacciono le ragazze che amano l'avventura.»

Lei spinse via la sua mano mentre grandi lacrime si raccoglievano nei suoi occhi. Harley si mise in piedi per fare una veloce ritirata prima di essere colpito. Greg apparve come per magia.

«Mi dispiace, Cassandra. Da questa parte, per favore.» Si trovava tra lei e Harley, che era grato per l'intervento del presentatore. Colse il suggerimento e si diresse verso la sua stanza. Nell'atrio, vide tre delle concorrenti, così decise di prendere le scale e salì al terzo piano.

Una volta dentro, si buttò sul letto. Silenziosamente fece il voto di offrire da bere a Greg Carson. Doveva molto all'uomo per avergli facilitato le cose. Harley prese in mano il suo telefono ma poi lo rimise giù. *Non sarebbe giusto chiamare Shy.*

La tristezza lo avvolse. La notte successiva avrebbe mandato a casa un'altra donna, e gliene sarebbero rimaste tre. Aveva già deciso di tenere Vanessa e Cathy. Sembrava che Melanie avrebbe ottenuto il terzo posto. Ma se avesse sentito altre maldicenze, come quelle che Cassie aveva lanciato a Cathy, l'avrebbe rispedita a casa immediatamente.

Si spogliò, scivolò sotto le coperte e giacque lì, con la testa appoggiata sul braccio. Si chiese cosa stesse facendo Shyla. *Devo smetterla di pensare a lei. Probabilmente è già impegnata con un nuovo lavoro, a flirtare con il produttore, e io sono la cosa più lontana dalla sua mente.* Cercò di convincersi che a lei non importasse niente di lui, ma non ebbe successo.

Pregò di fidanzarsi prima di lei. Non pensava che avrebbe potuto sopportarlo se lei lo avesse chiamato per dirgli che stava per sposare qualcun altro. E si rifiutò di pensare a come si sarebbe sentita lei se fosse stato lui a fare quella stessa telefonata.

HARLEY FU SORPRESO di scoprire che scegliere le tre finaliste era stato più facile di quanto si aspettasse. Aveva scelto Vanessa, Cathy e Melanie, una bruna prosperosa con gli occhi verdi. Lei rideva a tutte le sue battute e sembrava sempre allegra. Ragionò che sarebbe stato più facile vivere con una donna solare. Gli ricordava come Shyla lo faceva ridere, anche a letto. Quando era sotto pressione per una partita importante, lui la chiamava e lei riusciva a farlo ridere ancor prima che fossero passati due minuti.

Il programma li aveva portati in un ranch in Nevada. Il quartetto passava le giornate in piscina o nella vasca idromassaggio, anche se lui fece attenzione a evitarla a tarda notte. Le tre signore sembravano andare d'accordo.

Era arrivato il momento di essere totalmente onesti. Harley dovette rivelare di più di se stesso - cosa voleva, che tipo di vita vedeva per sé e per la sua futura moglie. Dopo un fiasco nel prendere al lazo un vitello, Melanie tornò a casa con una caviglia slogata e un umore scontroso. Harley aveva odiato doverle dire addio. Si era commosso, sapendo che le stava facendo del male e che lei si era ferita in quest'avventura e non poteva continuare. Se avesse pensato che lei fosse quella giusta, sarebbe stato il momento ideale per dirlo. Ma non lo era, così lui aveva nascosto le sue lacrime e l'aveva abbracciata più a lungo di quanto avesse fatto con le altre.

Ora, ne rimanevano due. Vanessa, con i suoi capelli corvini, le labbra rosse e gli occhi color cioccolato fuso, aveva una bellezza elegante che gli toglieva il fiato. Cathy, una rossa vivace, con i capelli ricci e gli occhi azzurri e brillanti, aveva un sorriso lussurioso che lo accendeva.

La scelta sarebbe stata difficile. Greg Carson lo bloccò e lo accompagnò in una stanza privata per un drink e una chiacchierata. Il running back notò che le telecamere li seguirono.

Greg alzò il bicchiere. «A te, Harley. Dannazione, ce l'hai fatta a trovare le ultime due finaliste. Diavolo, non pensavamo che avresti resistito fino alla fine.»

«Avete fatto una scommessa?»

«A essere onesti, sì. Finora è Sarah quella che sta vincendo.»

Harley sorrise. «Volevi parlarmi?»

«Ci chiedevamo come ti senti. Propendi più per l'una che per l'altra?»

«Forse. Sto aspettando l'appuntamento che durerà tutta la notte.»

«Uhm. Capisco. Vogliamo assicurarci che tu sia felice. Non vogliamo che tu commetta un errore.»

«Ma alla fine se dicessi che non voglio fare la proposta a nessuna delle due ragazze, sareste piuttosto infelici, no?»

Greg si agitò sulla sedia. Era accigliato. «Beh, non vogliamo obbligarti a fare niente, ma...»

«Sì, lo so. Ho avuto un sacco di possibilità per tirarmi indietro. Non preoccuparti. Non ho intenzione di farlo.»

Un sorriso illuminò il volto del presentatore. Si asciugò qualche goccia di sudore dalla fronte con un tovagliolo. «Quando l'uomo non sceglie una moglie, uccide gli indici di ascolto. A Dan verrebbe un infarto.»

Vennero interrotti da Sarah. «È ora di fare le valigie. Andremo a New York City per le ultime riprese. Il tuo appuntamento da tutta la notte avverrà all'Hotel Plaza. Le due donne hanno già sorteggiato e vedrai Cathy per prima. Andiamo.» Uscì velocemente così come era arrivata.

Harley si diresse verso la sua stanza, e chiamò Mark lungo il tragitto. Quando il quarterback rispose, Harley gli spiegò cosa stava succedendo.

«Anche noi saremo a New York per un paio di settimane con la bambina.»

«Bene. Forse potrei passare per qualche consiglio.»

Mark rise. «Vuoi chiedere a me consigli sulle donne? Non sei tu l'esperto? Il Maestro? Mi inchino alla tua superiorità.»

«Fanculo. Non ho idea di quello che sto facendo.»

«Non è come se fosse la prima volta. A proposito, Shyla sta da noi.»

«Nel Delaware?»

«Sì. La porteremo con noi domani, quando arriveremo a New York. Ho pensato che forse volessi sapere dove si trova. Hai parlato con lei?»

«Non l'ho fatto. Non so cosa dirle. Le ho lasciato un messaggio in segreteria per chiederle scusa. Che altro c'è da dire? Ha già un nuovo lavoro?»

«Non che lei me ne abbia parlato. Ma penso che siano rimaste questioni in sospeso,» disse Mark.

«Se io e lei vogliamo lasciarci definitivamente, continuare a sentirci potrebbe non essere una buona idea.»

«Allora falla finita, Harley, e vai avanti.»

«Lei è colpevole quanto me.»

«Ti ha chiamato?»

«Beh, no.»

«Allora, direi che per lei è già finita.»

«Probabilmente hai ragione.»

«Ora devo andare. Passa appena puoi. Saremo a casa con la bambina.»

Mark riattaccò. Harley ripensò alle parole del suo amico mentre faceva i bagagli per il viaggio verso est.

New York era bella a maggio. Dopo essersi stabilito nella sua stanza, Harley si diresse fuori dall'hotel girando a sinistra sulla Fifth Avenue, lontano dai negozi. Al fine di concentrarsi sulla sua vita senza distrazioni, si diresse a piedi verso il lato ovest della strada, lungo Central Park. Conosceva bene la città, essendo stato con i Kings per diversi anni e i Delaware Demons ancora prima. Fuori stagione, aveva spesso fatto viaggi in città con Mark quando erano entrambi single, in cerca di donne e facendo festa fino a notte fonda.

Controllò il suo orologio. Cinque minuti a mezzogiorno. Mentre si avvicinava all'ingresso del Children's Zoo sulla Sessantottesima strada, sorrise. L'orologio di Delacorte avrebbe suonato nel giro di poco e la scultura a forma di animale avrebbe ruotato di un'ora. Accelerò il passo per arrivare in tempo.

Quando le lancette colpirono le dodici, la musica cominciò a suonare. Le figure di bronzo che suonano gli strumenti ruotarono, poi la scimmia cominciò a oscillare il suo martello per colpire il gong dodici volte, per far risuonare l'ora. Sorrise, ricordando la prima volta che aveva visto quello spettacolo meraviglioso che aveva resistito a molte stagioni fredde e piovose di New York. Lo trovò incantevole ora come allora.

Quando terminò, continuò la sua passeggiata attraverso Central Park. Gli alberi erano in piena fioritura e dei fiori coloratissimi ornavano le fioriere. Dopo un'altra ora di aria fresca e luce abbagliante, Harley tornò fino al Plaza. Era ora di fare la doccia e cambiarsi. Aveva un appuntamento a cena con Cathy.

Non aveva idea se lei avrebbe accettato di passare la notte con lui, ma sperava che lo avrebbe fatto. Per determinare se la rossa, amante del divertimento, era la ragazza per lui, avevano bisogno di allontanarsi dalle telecamere e passare un po' di tempo da soli insieme. Harley voleva vederla con la guardia abbassata, quando il mondo intero non stava guardando, anche se il sesso non fosse stato incluso.

Gli era piaciuto il suo atteggiamento da spirito libero. Era sempre pronta a tutto, o almeno così diceva lei. Erano stati a un parco divertimenti a L.A., avevano fatto paracadutismo a St. Thomas, e lancio con il lazo in Nevada. Cathy era stata una partner entusiasta durante ogni avventura. Era un po' più bassa di Vanessa, e sembrava più a suo agio in stivali o jeans che in un abito da sera, ma il suo atteggiamento allegro e positivo aveva reso divertente il loro tempo insieme.

Naturalmente, c'era la speranza che il suo entusiasmo si mostrasse anche in camera da letto. Sperava di passare una notte eccitante con la ragazza allegra. Ma ne sapeva abbastanza da non contarci.

Iniziarono il loro appuntamento nel tardo pomeriggio con una passeggiata attraverso Central Park e un tè con degli scone al The Boathouse. Le tenne la mano mentre vagavano lungo sentieri che si snodavano tra campi aperti e radure verdeggianti. L'aria di primavera era fresca e richiedeva giacche leggere. La luce del sole faceva capolino da dietro le nuvole di tanto in tanto, solo per nascondersi di nuovo.

«Se tu potessi vivere in qualunque posto, quale sceglieresti?» le chiese.

«Bella domanda.» Lei lo guardò poi distolse lo sguardo, risucchiandosi il labbro inferiore. «In Colorado, credo.»

Alzò le sopracciglia. «Colorado? Scelta interessante. Come mai?»

«Sciare in inverno e fare escursioni in montagna in estate.»

Annuì. Cathy non si faceva scrupolo ad ammettere di essere una ragazza atletica, che amava stare all'aperto ed essere attiva. Lo trovava attraente. Ma vivere in Colorado non era nella sua lista dei desideri. Forse avrebbe potuto essere persuaso?

«E tu invece?» gli girò la domanda.

Rise. «In realtà, non ci ho mai pensato. Mi piace vivere nel Connecticut. Ci sono delle piccole montagne - immagino che le chiameresti colline pedemontane se le paragoni alle Montagne Rocciose. Si può fare un po' di sci, sicuramente escursioni, ed è anche vicino alla città.»

«Ti piace New York?»

«Oh, sì. Qui succedono tante cose. Ha come un cuore pulsante.»

«Quindi, non vorresti vivere troppo lontano?»

Pensò che lei stesse sondando i suoi piani futuri per vedere se avessero voluto vivere almeno nello stesso Stato. Si accarezzò la corta barba sul mento. *Bella domanda.* «Credo che con la ragazza giusta, potrei essere felice praticamente ovunque.»

La sua risposta la fece sorridere.

Dopo il loro spuntino, tornarono in albergo. La cena era prevista nella sua suite, con vista su Central Park. Si fermò e l'attirò a sé per un bacio leggero prima di raggiungere l'hotel. «Passerai la notte con me?» le chiese corrugando la fronte.

Lei annuì, anche se lui non riusciva a leggere l'espressione sul suo viso.

Era felice? Spaventata? Nervosa? Diavolo, io sono nervoso, e sono andato a letto con un sacco di donne. Le fece un grande sorriso. «Bene. Sono contento. Dobbiamo passare un po' di tempo da soli.»

«Non dare per scontato che verrò a letto con te. Non ho ancora preso una decisione in merito.»

«Va bene. Una relazione permanente non è fatta di solo sesso,» le disse. *Forse no, ma se il sesso fosse stato contemplato, la signora non sarebbe mai diventata la signora Harley Brennan.*

Andarono nelle rispettive stanze per farsi la doccia e cambiarsi. Harley indossò dei pantaloni kaki e una camicia blu botton down. Si fece la barba, perché ad alcune donne non piacevano i menti ispidi che sfregavano nelle loro zone più sensibili. Non che presumesse qualcosa. Ma lui sperava che lei avrebbe detto "sì". Quello era il suo ultimo test.

Un bussare alla porta attirò la sua attenzione mentre si trovava davanti alla finestra, ad ammirare il meraviglioso panorama. Cathy era graziosa, e finalmente indossava un vestito. Era un abito glitterato, dorato, che le lasciava le spalle scoperte. Harley si fece l'appunto mentale che sarebbe stato più facile da sfilare, e non c'era nessun reggiseno con cui dover litigare.

«Sei bellissima,» le disse, facendosi da parte per farla entrare. Il tavolo era apparecchiato con posate in argento sterling lucido e splendide porcellane Villeroy & Boch a motivi floreali.

Cathy entrò, sorridendo nervosamente.

Harley pregò di non chiamarla Shyla nel momento sbagliato, e poi chiuse la porta.

Capitolo Otto

The Savage Beast, un bar a Monroe, Connecticut

Tuffer Demson, defensive linebacker per i Connecticut Kings, si avvicinò alla porta d'ingresso del The Beast. Il cartello diceva "chiuso", ma lui bussò comunque. La proprietaria, Carla Ricci, venne ad aprire.

«Tuffer! Sono felice di vederti.» Lo tirò dentro dove vide un paio di scale, dei teli disposti su metà del pavimento, e dei secchi di vernice già aperti. Carla aveva una piccola macchia di azzurro sul mento. Indossava una maglia da uomo più grande di molte taglie, pantaloncini corti che rimanevano coperti dalla maglia, ed era senza scarpe.

«Tuffer, amico mio! È bello sapere chi sono i miei amici. Entra, entra,» la voce profonda provenne dalla cucina, proprio prima che apparisse Al "Trunk" Mahoney. Sfoggiava un ampio sorriso, della vernice sui capelli e una vecchia maglietta, striata di sudore mentre allungava la mano per salutarlo. Tuffer sorrise. Trunk era il suo mentore e collega difensore nei Kings.

«Qui c'è un vero casino.»

«Puoi dirlo forte. Sei arrivato al momento giusto.»

«Cosa posso fare?» Tuffer si tolse la giacca, la piegò e la poggiò su una delle scale.

«Vogliamo rinnovare il posto prima dell'inizio della stagione. Dobbiamo finire di dipingere prima che gli operai possano rifinire i pavimenti,» gli disse il suo amico.

«Cambieremo anche i tavoli e le sedie,» aggiunse Carla.

«Bello,» disse il giovane, annuendo.

Un corto latrato, seguito da un altro, venne dalla cucina.

«Sono solo Fred ed Ethel, i nostri cuccioli. Devono rimanere lì dentro,» disse Trunk.

«Tuffer è alto, Al. Forse si può occupare delle modanature intorno alle finestre?» suggerì Carla.

«Hai mai pitturato prima d'ora, Tuffer?»

«Certo. A casa dei miei genitori, un paio di stanze.»

«Quindi sai come si usa un pennello.»

Tuffer rise. «Non è scienza missilistica, Trunk. Mostrami cosa vuoi che faccia e dov'è la roba.»

Carla lo accompagnò ai vari secchi, controllando ognuno di essi fino a quando non trovò quello con il colore che cercava, poi diede la caccia a un pennello pulito.

«Hai preferenze?» gli chiese, in piedi accanto al jukebox.

Tuffer le diede i titoli di quattro canzoni, e lei pigiò i bottoni. Poi mescolò la vernice e iniziò ad applicarla con lente pennellate. Nel frattempo, spiò Trunk e sua moglie, Carla, con la coda dell'occhio. Erano vicini, e parlavano di ciò che doveva essere ancora fatto. Trunk aveva il braccio intorno alle spalle della moglie. Quando si separarono, il grande uomo si diresse verso la scala, portando un secchio di vernice blu cielo per il soffitto. Carla lo seguì con un pennello, un rullo e una vaschetta sotto il braccio. Dopo aver consegnato gli attrezzi al marito, si fermarono per scambiarsi un lungo bacio sensuale. Tuffer arrossì e distolse lo sguardo, più o meno.

Loro avevano quello che anche lui desiderava. Sul punto di compiere ventiquattro anni, Tuffer Demson era all'inizio della sua seconda stagione nella NFL, con i Kings, e amava quasi tutto del football professionistico. Adorava i suoi compagni di squadra, che erano diventati la sua famiglia lontano da casa. Trunk era il suo modello da seguire.

Tuffer frequentava la figlia del loro allenatore. Ci era andato davvero calmo con lei, perché sentiva su di sé lo sguardo protettivo del Coach ogni volta che incontrava Alexia Sebastian. Non voleva commettere un errore, metterle fretta e spingerla verso qualcosa di serio, anche se lui si sentiva pronto a sistemarsi.

Anche se era attraente, Tuffer non era mai stato un playboy con le ragazze. Era sempre stato timido e troppo consapevole di sé – era sempre stato molto più grande rispetto agli altri bambini, ed essendo anche stato adottato, era stato lento nelle interazioni sociali. Non aveva iniziato a frequentare le ragazze fino alla fine del suo ultimo anno di liceo, se si può chiamare andare al ballo del diploma, e nient'altro, uscire con qualcuno. Era ancora vergine quando aveva iniziato il college, e aveva perso la sua verginità sotto la tenera guida di una ragazza più grande che aveva avuto pietà di lui.

Tuffer era abbastanza intelligente da sapere che aveva moltissimo da imparare quando si trattava di donne, e aveva bisogno di iniziare subito quell'istruzione. Chi meglio di Trunk Mahoney e del suo migliore amico, Bullhorn Brodsky, due dei più grandi ex-donnaioli della squadra, avrebbero potuto insegnagli qualcosa?

Fino a ora, lui e Lexie avevano fatto solo alcune sessioni di pomiciate spinte, ma non erano andati fino in fondo. Tuffer era timido e anche Lexie lo era. Non voleva sembrarle un animale ma diventava sempre più difficile dover tornare a casa e occuparsi della sua erezione da solo, quando avrebbe preferito alleviare quel bisogno con lei. Aveva bisogno di aiuto.

Carla fece un giro, controllando prima Tuffer poi Trunk per assicurarsi che avessero tutto quello di cui avevano bisogno. Poi, prese il cellulare e scomparve in cucina.

Trunk aveva finito di delimitare la parte del soffitto dove Tuffer stava lavorando. Al versò la vernice nella vaschetta e fece scorrere più volte il rullo dentro di essa, poi lo sollevò e applicò il blu cielo sulla superficie che aveva delimitato. Si trovava vicino a Tuffer. Il più giovane si schiarì la gola.

Trunk guardò verso Tuff mentre applicava la pittura. «Tutto bene?»

«Sì, sì. Tu e Carla sembrate davvero felici.»

«È la cosa migliore che mi sia mai capitata, al di fuori del football.»

«So cosa intendi.»

«Come state andando tu e Lexie? Spero che non le spezzerai il cuore. L'allenatore potrebbe spezzare in due te.»

«Siamo a posto.»

Trunk annuì. Tuffer si schiarì di nuovo la gola, appoggiò il pennello contro il muro e deglutì. «Mi stavo chiedendo...»

Trunk ridacchiò. «Sapevo che oggi non eri venuto solo per pitturare. Che c'è?»

«No, no. Sono felice di aiutarvi. Amo il The Beast. E anche voi ragazzi.»

«Sì, certo. Ma c'è qualcosa che ti frulla in mente.»

«Beh, sì.»

«Sputa il rospo,» disse Trunk, versando altra vernice nella vaschetta.

«Non è così facile. Non sono abituato a parlare di queste cose.»

«Oh, si tratta di sesso, allora?»

Tuffer arrossì. «Come facevi a saperlo?»

«È evidente, amico. Se non sei vergine, sei la cosa che più ci si avvicina.»

«Non sono vergine. Sono andato a letto con delle ragazze. Un paio di ragazze. Un paio di volte.»

Trunk rise. «Quanti anni hai?»

«Ventiquattro. Quasi ventiquattro.»

L'uomo adulto rise di nuovo. «Sei un bambino. Sarebbe ora che tu iniziassi a scopare. Regolarmente. Migliorerà anche le tue prestazioni di gioco.»

«Allora, potrei dire a Lexie che devo andare a letto con lei per il bene della squadra.»

Trunk alzò le mani in segno di resa. «Aspetta un minuto! Non farlo. Potrebbe colpirti.»

«Davvero?»

«Davvero. Questa conversazione rimane tra me e te. Lei vuole farlo? Non forzare mai una ragazza. "No" significa "no", anche se sei duro come una roccia. Hai capito?»

«Certo, certo. Non lo farei mai. Mai. Non sono così. Penso che Lexie voglia portare le cose, uh, al livello successivo?»

«Oh?» Trunk sollevò le sopracciglia. «La stai preparando per la terza base?»

«Terza base?»

«Andare fino in fondo?»

«Oh. Sì. Immagino. Penso che lei voglia farlo. Credo.»

«Questo è il primo passo. Sai cosa fare? Cosa va dove?»

Tuffer strinse le labbra per un attimo prima di parlare. «Certo che lo so! Te l'ho detto. Non sono vergine.»

«Allora, qual è il problema?» Trunk fece ruotare il rullo nella vaschetta.

«È piuttosto imbarazzante.»

«È la parte migliore,» sghignazzò Al.

«Beh, voglio essere bravo.»

«Tu e tutti gli altri ragazzi là fuori. Vuoi farle urlare il tuo nome, eh?»

«Sì, sì. Esatto. Ma...» Tuffer si fermò e immerse il pennello nella vernice.

«Ma cosa? Hai un cazzo. Usalo.»

«C'è molto di più di questo.»

«Cosa?»

«È solo che sono un po' inesperto e a volte... Beh, in passato, è stato un po'... un po'... veloce?»

«Vuoi dire che il cavallo è uscito dal fienile prima ancora che tu ci arrivassi?»

Tuffer annuì. «Sì. Più o meno.»

«Ho capito. Vieni troppo in fretta.»

«Ecco, sì!»

Trunk si strofinò il collo. «Un problema antico quanto il mondo. Più vuoi la ragazza, più è difficile trattenerti.»

«Esattamente! Come facevi a saperlo?»

«I ragazzi sono tutti uguali.»

«Oh, sì. Hai ragione. Immagino di sì. Allora, cosa faccio?»

«È piuttosto difficile trattenersi. Alcuni ragazzi provano a immaginare qualcosa che non li ecciti, come bambini o cuccioli. Un ragazzo che conosco ha provato a pensare a sua madre, ma questo lo ha fatto ammosciare del tutto, e dopo non è riuscito a farselo alzare per settimane.»

I due uomini risero.

«Ho provato a pensare alle cascate e cose del genere. Ma quando sono con Lexie, niente riesce a distrarmi. Non sono ancora venuto nei pantaloni, ma sono sicuro che prima o poi lo farò. Tu cosa fai?»

Trunk si raddrizzò. «È piuttosto personale.»

«Mi dispiace. È solo che ho bisogno di aiuto, e tu sai tutto sulle donne.»

«Tranquillo, ragazzo. Va tutto bene,» disse Trunk, dando al linebacker una pacca sulla spalla. «Non so tutto, ma so che prima devi farla venire. Il controllo si ottiene con la pratica e l'età. Quando avevo la tua età, mi assicuravo che la ragazza si divertisse prima di prendermi il mio piacere.»

«Cosa?»

«Falla venire prima di fare qualsiasi altra cosa. Con qualsiasi mezzo. La tua mano, la bocca, qualsiasi cosa funzioni. L'hai già fatto?»

La risposta di Trunk colse Tuffer impreparato. Non si aspettava una tale onestà e quantità di dettagli. Scosse la testa.

«Hai mai toccato la sua fica?»

Tuffer scosse la testa.

«Lei ha toccato il tuo uccello?»

Ancora una volta, il giovane uomo scosse la testa.

Trunk scosse la testa. «Forse è meglio se partiamo dall'inizio. I preliminari vengono prima di tutto. Devi conoscere lei, il suo corpo. Cosa la eccita.»

«Come posso farlo?»

«Tentativi ed errori, amico. Hai mai toccato le sue tette?»

Il linebacker annuì. «Oh, sì. L'abbiamo fatto.»

«Grazie a Dio! Quando le stimoli le tette con la bocca, fai scivolare la mano su per la sua gamba, sotto la gonna.»

«La mia bocca?»

Trunk rise. «Penso che ti comprerò un libro.»

Carla tornò, interrompendo la loro lezione. Trunk si mise il dito indice sulle labbra, e Tuffer annuì.

«Stavate parlarlo di sesso o flatulenze?»

«Niente, piccola.»

«Sembrate entrambi colpevoli. Non preoccupatevi, sto andando a incontrare l'appaltatore per scegliere una nuova cucina e gli armadietti. Mi tolgo dai piedi.» Si fermò a baciare Trunk. «Grazie, Al, per aver fatto tutto questo per me.»

«Piccola, è un piacere. Inoltre, è un investimento. Una volta sistemato, questo posto farà molti più soldi.»

«È vero. Sei il migliore.» Lo baciò di nuovo e si diresse verso la porta, dove si fermò per mandare un bacio anche all'aiutante di Trunk. «Anche tu, Tuffer.»

Una volta che se fu andata, Trunk si rivolse al suo giovane amico. «Dove eravamo?»

«Avevo la mia mano sotto la sua gonna.»

«Oh, sì. Meglio se ti dico del video.»

«Video?»

«Si intitola 'O Face Race'. Cercalo online e studiatelo.»

«O Face Race?» Tuffer se lo appuntò sul telefono.

«Sì. Sono circa otto ragazzi che si sfidano per vedere chi riuscirà a far venire per prima la propria ragazza.»

«Dici che funzionerà?»

«Diavolo, se non riesci a farla venire dopo aver visto il video una dozzina di volte, niente potrebbe aiutarti.»

Tuffer rise e arrossì. «Grazie, Trunk.»

«Nessun problema, ragazzo.»

«Potresti doverlo intingere di nuovo nella vernice.»

«Cosa?»

«Non c'è abbastanza vernice sul rullo. Il colore verrà irregolare e avrà un aspetto di merda.»

L'altro sorrise. «Grazie,» disse, facendo scorrere il rullo nella vaschetta.

CASA AL MARE DEL COACH Pete Sebastian alla periferia di Monroe

Jo Sebastian andava avanti e indietro davanti alla finestra.

«Dovresti sederti, Jo,» le disse il Coach, sgranocchiando popcorn e guardando un film.

«Sto aspettando che mi chiami il dottore.»

«Perché?» le chiese, ma la sua attenzione era ancora rivolta al grande schermo televisivo.

«Non importa. Vado a fare una passeggiata.»

Il Coach Bass annuì mentre lei lottava per mettersi il cappotto prima di dirigersi verso la spiaggia. C'era vento e faceva freddo per essere aprile. Da quando era incinta, Jo non aveva avuto freddo per mesi. Si sentiva enorme, sgraziata e poco attraente - una sensazione del tutto nuova per lei. Pete, suo marito, le aveva assicurato che pensava ancora che fosse sexy, ma lei sapeva che l'allenatore poteva dire stronzate facilmente quando la situazione lo richiedeva. Lei non gli aveva creduto neanche per minuto e si era chiesta se lui avesse adocchiato le cheerleader durante i playoff.

Scosse la testa ridendo della sua stessa paranoia. Il Coach Pete Sebastian era troppo concentrato sulla vittoria per farsi distrarre da qualsiasi cosa durante i playoff. Cavolo, Marilyn Monroe avrebbe potuto passeggiare nuda per il campo e lui le avrebbe urlato contro che gli faceva perdere tempo. Lei ridacchiò all'immagine.

Jo Parker Sebastian, una donna forte e di successo, era spaventata dalla sua stessa arguzia. Era terrorizzata al pensiero del parto. Ben oltre la media dell'età fertile, Jo era rimasta incinta. Questo aveva entusiasmato Pete, che era ansioso di avere un altro figlio.

L'unica parte dell'equazione che non la spaventava era la genitorialità vera e propria. Pete aveva cresciuto due figlie da solo. Non solo era esperto, ma anche bravo. Lei ammirava le sue tecniche. Naturalmente, aveva cresciuto delle femmine, e loro aspettavano un maschio, ma i bambini sono bambini, giusto?

Jo aveva sempre desiderato un figlio, anche se la sua educazione era stata tutt'altro che ideale. I suoi negligenti genitori l'avevano lasciata a occuparsi di se stessa per la maggior parte del tempo, anche da bambina. Non avrebbe mai fatto questo a Trevor. Questo era il nome che voleva dare a suo figlio, anche se a Pete non piaceva.

"Che nome da femminuccia! Trevor? Stai scherzando? Ogni prepotente nell'arco di cinque contee si presenterà alla nostra porta solo per picchiarlo di brutto. Bill, Tom, Dave, Sam: questi sono i nomi per un bambino che non verrà picchiato."

Sorrise al ricordo di quella discussione. Pete aveva un modo di essere diretto che era accattivante e fastidioso allo stesso tempo. Almeno non era un bugiardo. Infatti, era il peggior bugiardo che lei avesse mai incontrato. Non era mai stato in grado di mentirle. Certo, poteva sparare a zero, gonfiare un po' la verità, ma se gli facevi una domanda diretta? Sputava fuori la verità. Anche quando aveva indovinato uno dei suoi regali di Natale.

Anche se occupato la maggior parte del tempo, Pete Sebastian era comunque un marito meraviglioso. Il suo buon carattere si addiceva alla vita domestica come un'anatra all'acqua. Si era chiesta come si sarebbe adattato, visto che era stato divorziato per tanti anni. Lui le aveva detto che stava aspettando che lei arrivasse. A giudicare dalla sua attenzione, passione e cavalleria, lei gli credeva.

Si era fermata per riposare su una roccia quando il suo telefono squillò. Era il medico.

«È molto insolito, Jo. Per una donna della tua età, intendo.»

«Cosa?» Il suo battito cardiaco accelerò.

«Beh, la gestosi è qualcosa che di solito vediamo in donne di almeno dieci anni più giovani di te. Ma il livello delle proteine nel tuo sangue è molto elevato. Vogliamo che tu venga subito in ospedale. Indurremo il parto.»

Jo andò in panico. «Certo, certo.» La sua voce - diavolo, tutto il suo corpo - tremava.

«Non agitarti. Possiamo gestirlo. La cura è far nascere il bambino. Ho allertato il personale che stai per arrivare.»

Il medico riattaccò e Jo camminò il più velocemente possibile sulla sabbia. Il suo cuore saltò un battito e le lacrime le bruciavano gli occhi. Aveva sentito parlare della gestosi al corso preparto, ma le era stato assicurato che era troppo vecchia per questo. *Così tante rassicurazioni.*

Quando arrivò a casa, respirava pesantemente. Appoggiandosi allo stipite della porta, lottò per riprendere fiato. «Noi... noi... dobbiamo... dobbiamo...»

Pete stava fissando lo schermo, portandosi alla bocca dei biscotti. «Cosa, tesoro?»

«Il medico...»

«Cosa?» Ma non staccò lo sguardo dal televisore.

Lei raccolse le forze che le rimanevano per gridare: «Pete!»

Questo attirò la sua attenzione. Si voltò per guardarla mentre lei scoppiava in lacrime. A corto di energia e spaventata, scivolò giù lungo il muro fino al pavimento. In un attimo lui le fu accanto e la rimise in piedi.

«Amore, che cosa succede?»

Tirò fuori un fazzoletto dalla tasca posteriore e le asciugò il viso. Lei gli si aggrappò come meglio poteva, viste le sue attuali dimensioni.

«Dobbiamo andare.»

«Cosa? Ti si sono rotte le acque?»

Lei scosse la testa.

«Mancano altre due o forse tre settimane, tesoro. So che sei nervosa.»

«Il dottore ha chiamato e ha detto che dobbiamo andare ora!»

Il colore gli abbandonò il viso. «Cosa intendi dire con ora? C'è qualcosa che non va? Jo, piccola, non dirmi che c'è qualche problema con la gravidanza.»

«Certo che ci sono problemi. Prendi le chiavi. La borsa l'avevo già preparata.»

Pete volò come se fosse in groppa alla scopa di una strega, fino alla camera da letto per prendere la borsa e le chiavi, poi in cucina per prendere una bottiglia d'acqua, infine fuori per portare la macchina il più vicino possibile alla porta d'ingresso. Tirò il freno a mano, aiutò la moglie a sedersi sul sedile anteriore, e le allacciò la cintura di sicurezza. Le prese a coppa la guancia con la mano e tirò fuori un piccolo sorriso. «Andrà tutto bene, Jo. Il dottore è fantastico, e io sarò lì con te.»

Lei si asciugò le lacrime dalle guance e annuì. Pete corse intorno al veicolo e saltò dietro al volante. Quando stava per uscire dal vialetto, si fermò vedendo le sue figlie, Lexie e Lyssa, avvicinarsi dal marciapiede. Abbassò il finestrino.

«Non posso fermarmi ora, ragazze. Sto portando Jo all'ospedale.»

«Non mancavano ancora tre settimane?» chiese Alyssa.

«Non ora, Lyssa,» abbaiò Pete a sua figlia. Rimise in moto la macchina e corse via.

«Stai tranquillo. Vai con calma,» gli disse Jo, con la voce tremante.

Quando arrivarono all'ospedale, il volto di Pete era ancora bianco. Jo gli aveva spiegato, durante il tragitto, cosa c'era che non andava.

«Non so cosa fare,» borbottò lui, continuando a camminare.

Il medico li raggiunse mentre si recavano nella stanza di Jo.

«Dottore, allora cosa dobbiamo fare?» gli chiese Pete in preda al panico.

«Le indurremo il parto. Se non funziona, allora dovremo fare un cesareo.»

«Un cesareo!» esclamò l'uomo.

«Pete, non è un intervento chirurgico importante. Le faremo l'epidurale quindi non dovremo nemmeno addormentarla.»

«Ma la taglierete.»

Il medico diede una pacca sulla spalla dell'uomo distrutto. «Andrà tutto bene, Pete. Io sarò lì per tutto il tempo, a vegliare su di lei.»

Alle sue parole, Jo riuscì a tirar fuori un debole sorriso. «Ma chi terrà la mano di Pete?»

Il medico rise prima di allontanarsi. L'infermiera aiutò Jo a spogliarsi.

«Solo cubetti di ghiaccio, Coach. È tutto quello che le è permesso prendere. Niente liquidi. Se si dilata e faremo un parto naturale, allora potrà avere dell'acqua. Ma se dovremo operarla, solo cubetti di ghiaccio.»

L'infermiera allestì il monitor per controllare il battito fetale, le prese la pressione sanguigna, e annotò i risultati sulla sua cartella prima di andarsene.

Pete baciò sua moglie. «Ti amo, Jo. Non voglio che ti succeda niente.» I suoi occhi erano lucidi.

Lei prese la sua grande mano tra le sue. «Andrà tutto bene.»

«So che il Dottor Peterson si prenderà cura di te, ma non mi piace comunque.»

«Nemmeno a me.» Altre lacrime le bagnarono le guance.

«Oh, tesoro. Non piangere. Starai bene.»

«E il bambino?»

«Anche lui.»

Lei si chinò per controllare il monitor cardiaco del bambino. Il battito era forte e costante. Jo sorrise. «Sta bene.»

Pete le porse il suo fazzoletto e le baciò la mano. «Questa è la mia ragazza. Tienilo al sicuro lì dentro finché non sarà il momento di farlo uscire. E rimani al sicuro anche tu. Ti amo, Jo. Non potrei sopportarlo se ti succedesse qualcosa.»

«Non succederà niente a tua moglie, se dipenderà da me.» Il dottor Peterson entrò nella stanza e prese la cartella di Jo.

PETE ANDÒ IN SALA D'ATTESA per prendere un caffè e chiamare le figlie mentre il medico controllava la dilatazione. Sorseggiò il liquido caldo ascoltando gli squilli del telefono di casa.

«Ehi, papà, come va? Come sta Jo? E il nostro fratellino?» Era Lexie, la più giudiziosa delle due gemelle.

«Sta bene. Ma ci vorrà più tempo di quanto pensassero. Voi come state?»

«Non preoccuparti per noi,» disse Lyssa, che aveva preso il posto della sorella. «Sto preparando la pasta. Robbie e Tuffer vengono a cena da noi.»

«Robbie Anthony e Tuffer Demson?»

«Conosci qualcun altro di nome Tuffer?»

«Non voglio quei due animali da soli in casa con le mie bambine.»

«Non siamo più esattamente delle bambine, papà. Nel caso non te ne fossi accorto, ora abbiamo entrambe ventuno anni. Quindi, chi frequentiamo non sono affari tuoi.»

«Finché vivrete a casa mia, saranno affari miei,» gridò Pete nel telefono. Il viso gli si arrossò per l'agitazione.

Prima che potesse aggiungere qualcosa, notò diverse persone entrare nella stanza di Jo.

«Devo andare.» Pete riagganciò e si fermò sulla porta. «Che succede?» chiese a un'infermiera che usciva dalla stanza.

«La gestosi. La portiamo in sala operatoria.»

«Il cesareo? È proprio necessario?»

Il medico uscì dalla stanza, prese Pete per il gomito e lo tirò in disparte. L'allenatore sbirciò nella stanza e vide le infermiere che preparavano Jo per l'operazione.

«Avevo sperato che non saremmo arrivati a questo punto, ma la gestosi è peggiorata. I suoi segni vitali non sono buoni. Il suo fegato sta cedendo, e la conta delle piastrine è quasi al dieci percento. Se non la operiamo ora, potrebbe morire dissanguata quando lo faremo.»

Pete strinse il braccio del medico per evitare di collassare e sussurrò: «Morire?»

«L'unico modo per risolvere il problema, per fermare la gestosi, è far nascere il bambino. Quindi, questo è quello che faremo.»

«Poi cosa succederà?»

«Ci aspettiamo che ritorni alla normalità. Vai a lavarti. Dobbiamo muoverci.»

«Lavarmi?»

«Non vuoi essere lì subito dopo che porteremo tuo figlio al mondo? Gli anestesisti dovrebbero aver finito di somministrarle l'epidurale ormai. Abbiamo dato a Jo degli antidolorifici, quindi sarà un po' stordita. Beth ti preparerà. Devo andare.»

Prima che Pete potesse rispondere, il dottore se n'era già andato, diretto in fondo al corridoio. Un attimo dopo, la porta della stanza si aprì e Jo venne portata via. Le sbarre sul lato del suo letto erano alzate, e c'era un uomo per ogni lato.

Sembrava stanca e pallida. Era immobile, ma i suoi occhi erano aperti.

«Jo!» Il battito cardiaco di Pete aumentò. La vena del suo collo pulsava e la sua fronte si ricoprì di sudore.

«Pete?» Sembrava incerta, come se avesse bevuto.

«La portiamo subito in sala operatoria.»

L'infermiera, Beth, li aveva seguiti. «Andiamo, Coach. Dobbiamo prepararla. Mi segua.»

«Non posso andare con lei?»

La donna scosse la testa. «No. La aiuterò a prepararsi. Loro faranno l'intervento da soli, ma lei potrà entrare subito dopo. Andiamo. Va tutto bene. Ci sono almeno due medici insieme a lei.»

Gli vennero le lacrime agli occhi. Pete Sebastian, quarterback eccezionale, grande allenatore, stava combattendo con le sue emozioni. Adorava sua moglie. La paura lo trapassò come un dardo. La formidabile Jo Parker Sebastian. *Beh, diavolo, non sembra poi così forte ora.* Aveva bisogno di lui.

Rimettiti in sesto. Sii forte per lei. È in crisi.

Il suo addestramento iniziò a fare effetto mentre marciava dietro l'infermiera. Concentrare la sua attenzione sulle parole che lei diceva era un'impresa titanica. Rallentare per rimanere al passo con lei, quando tutto quello che voleva era correre giù per il corridoio fino a Jo, richiedeva ogni grammo del suo autocontrollo.

Indossò il camice e camminò avanti e indietro fuori dalla sala operatoria. Quando ricevette la chiamata, si lavò per la quantità di tempo prescritto poi entrò nella stanza sterile.

Pete per poco non rimise il pranzo. Il suo stomaco si contorse, e non riuscì a contenere le lacrime. Lei era stesa sulla schiena, le braccia, dritte in fuori erano legate verso il basso. Sembrava quasi come Gesù Cristo sdraiato. Il suo volto era pallido, gli occhi chiusi.

Le grida di un bambino catturarono la sua attenzione.

L'infermiera teneva in braccio un piccolo bambino. Lo asciugò, lo fasciò e si voltò verso Pete. «Ecco qui tuo figlio.»

La bocca di Pete era asciutta come il deserto, mentre fissava il neonato. Non poteva deglutire e respirare allo stesso tempo. «Come sta Jo?» gracchiò.

«Starà bene. La terremo in terapia intensiva finché la conta delle piastrine non ritornerà alla normalità.»

«Com'è adesso?»

«Dieci percento.»

Pete risucchiò l'aria con un sibilo, allora Beth gli batté sulla spalla. Si voltò per fronteggiarla e aprì le braccia. Lei gli passò il bambino, che lui istintivamente cullò contro il suo petto. Un solo sguardo e rimase catturato da un paio di occhi azzurri e un viso perfetto. *Assomiglia a Jo.*

Agitava le piccole braccia. Lo sguardo di Pete seguì gli arti e si posò su un paio di mani che sembravano un po' troppo grandi in confronto al resto del bambino. «Mani grandi. Diventerà di sicuro un quarterback,» borbottò.

I medici risero. Uno di loro stava finendo di mettere i punti a Jo.

Pete si precipitò al suo fianco. «Come stai, tesoro? Ecco nostro figlio. È bellissimo. Se vuoi chiamarlo Trevor, per me va bene.» Pete afferrò saldamente il bambino con le sue grandi mani e lo sollevò in modo che sua madre potesse vederlo.

Le sue palpebre tremarono e poi si aprirono. Guardò il bimbo per un momento e fece un piccolo sorriso prima di perdere conoscenza.

«Sta solo dormendo.»

Pete annuì.

«Mi aspetto che ritorni alla normalità in un paio di giorni. Intendiamo tenerla qui con il bambino per cinque giorni. Ma se si riprende prima, allora potranno tornare a casa.»

Pete strinse la mano a entrambi i medici. Un inserviente si presentò e spinse Jo in fondo al corridoio. Pete lo seguì, portando con sé suo figlio. Si aspettava che la stanchezza si abbattesse su di lui una volta svanito l'effetto dell'adrenalina. Nel frattempo, volava alto come un aquilone. Il bambino cominciò ad agitarsi. Quando lo consegnò alla donna in terapia intensiva, sentì la mancanza del suo calore tra le braccia.

«Il dottor Phillips arriverà più tardi per visitare il bambino. Sua moglie dormirà per un po'. Perché non va a casa a riposarsi?»

«Dormirò un po' su quella sedia, se per lei va bene. Vorrei essere qui se si sveglia.»

«Faccia come vuole. Se le serve qualcosa, il mio nome è Sheila.»

«Grazie.»

L'infermiera posò il neonato nella culla. «Ha fame. Gli darò da mangiare, a meno che non voglia farlo lei, Coach?»

Il suo viso si aprì in un ampio sorriso. «Eccome se voglio. Voglio dire, sì. Sarebbe fantastico. Mi dia un minuto.»

Sheila annuì prima di andare a preparare un biberon, portandosi via la culla.

Pete si avvicinò al letto. Accarezzò la fronte di Jo, facendola agitare. Si chinò e le sfiorò le labbra con le sue. «Piccola, ce l'hai fatta. È perfetto. Bellissimo. Grazie, tesoro. Grazie per nostro figlio.»

Lei gli fece un debole sorriso e sollevò la mano di qualche centimetro. Pete l'afferrò portandola alla bocca per baciarle il dorso. La donna era ancora sotto l'effetto degli antidolorifici e stanca, ma il colore cominciava già a tornarle sulle guance, anche se lentamente.

«C'è mancato poco, ma ci sei riuscita. Sono orgoglioso di te,» le sussurrò.

«Vai da lui. Lasciami dormire,» rispose.

Pete la baciò di nuovo e si diresse verso la neonatologia. L'orgoglio gli gonfiava il petto e pensò che gli sarebbe scoppiato. Si sedette, prese il biberon con dentro l'acqua e zucchero e lo diede al più bel bambino del mondo: suo figlio, Trevor Sebastian. Immaginò che alla fine lui lo avrebbe chiamato "Skip" o "Butch" così tutti sarebbero stati felici.

Capitolo Nove

H*otel Plaza, New York City*

Il sole che filtrava attraverso la finestra riscaldava il tessuto del divano a due posti, rendendolo una piacevole fonte di calore rispetto all'aria condizionata che ogni hotel del mondo adottava per il comfort dei propri ospiti. Harley odiava l'aria condizionata, quindi si sedette al sole.

Stava sorseggiando la sua seconda tazza di caffè recuperata dal tavolo trasportato dal servizio in camera. Aveva passato la notte con Vanessa, la seconda delle due finaliste che aveva scelto. Aveva passato la notte con Cathy due giorni prima.

Non essendo il tipo che prendeva alla leggera quando si trattava di fare l'amore, Harley aveva proceduto molto più lentamente del solito. *Merda, siamo sulla televisione nazionale.* Non voleva dare l'impressione di essere uno stupratore o l'uomo più eccitato sulla faccia della Terra, anche se lo era. Eccitato non arrivava nemmeno a descrivere come si sentiva. Essere costantemente circondato da ragazze sexy, e poco vestite senza la possibilità di consumare aveva portato la sua libido a livelli elevatissimi. Aveva bisogno di tornare alle sue vecchie abitudini, che includevano il fare sesso regolarmente.

Aveva contato sul fatto che Vanessa si sarebbe arresa ai suoi stessi desideri, ma anche lei aveva lo stesso problema: il pubblico. Quando venivano poste così tante domande mirate, come si poteva mantenere il riserbo sul fatto di aver condiviso il letto? Quindi, lei aveva rinviato dicendo che era troppo presto, e che non lo conosceva abbastanza bene, anche se lui era convinto che lo stesse mettendo alla prova. L'avrebbe mandata a casa perché lei non aveva ceduto?

Per quanto fosse frustrato sessualmente, Harley non poteva farlo. Così, avevano passato una notte piacevole, ingozzandosi di gelato al caramello caldo, e guardando dei film fino a quando esausti non si erano addormentati nel letto, in pochi secondi.

Aveva funzionato. Dopo aver ordinato il servizio in camera, ognuno si era fatto una doccia - separatamente - e si era unito all'altro per una pacifica colazione di fronte alla splendida vista di Central Park. Mentre Vanessa raccoglieva le sue cose, Harley si chiese cosa stesse facendo Shyla e dove fosse ora il suo nuovo lavoro. *Devo smetterla di pensare a lei. Ma siamo comunque amici, giusto? Stronzate.*

Vanessa ancora non lo sapeva, ma aveva vinto. La donna aveva molta classe oltre a essere bella. I suoi lunghi capelli, così scuri da essere quasi neri, le ricadevano folti ed eleganti intorno alle spalle. Harley aveva avuto il piacere di pettinarli più volte con le dita. I suoi occhi scuri sostenevano il suo sguardo, e la sua figura provocante lo tentava all'inverosimile.

Era anche intelligente, e sapeva quello che voleva. Aveva fatto la modella nella sua piccola città dell'Ohio, e ora era pronta a scalare la vetta della recitazione. Aveva già fatto qualche pubblicità e desiderava di più. Harley si era preoccupato per la sua ambizione. Voleva una moglie e una madre per i suoi figli. Ma Vanessa gli aveva assicurato che condivideva i suoi obiettivi.

Cathy gli aveva confessato di volere cinque figli, il che spaventava da morire Harley. Vanessa aveva convenuto che due erano un numero più gestibile. Più metteva a confronto le due donne, più Vanessa gli appariva come la migliore. Sarebbero stati una squadra perfetta.

Cathy, una rossa atletica, non gli era parsa così interessata ad andare oltre, come Vanessa, durante le varie settimane, cosa che aveva fatto riflettere Harley sulla loro compatibilità sessuale, quindi era rimasto sorpreso quando lei aveva accettato di dormire con lui. L'esperienza, anche se aveva alleviato la sua frustrazione sessuale, non li aveva avvicinati. Lei non aveva raggiunto l'orgasmo, sorprendendolo, visto che aveva fatto tutto il possibile. Poi, si era scusata profusamente, rendendo l'atmosfera ancora più imbarazzata. Quando il giorno dopo erano andati ognuno per la sua strada, il sollievo, e non l'amore, gli aveva fatto spuntare un sorriso sul viso.

Cathy giocava a calcio semi-professionistico. Il loro amore per lo sport li aveva avvicinati. Con lei, si era anche preoccupato di come si sarebbe sentita nel dover mettere da parte la sua carriera per fare la mamma, fino a quando lei gli aveva rivelato che voleva tanti bambini. Anche se era riluttante a giudicare, sulla base di un viaggio in camera da letto, quello che era successo squalificava comunque Cathy come possibile partner di Harley.

Quella sera, avrebbe dovuto prendere una decisione, e l'indomani, doveva essere pronto a fare la proposta ad una ragazza o mandarle entrambe a casa fallendo nel tentativo di trovarsi una moglie. Il fallimento non era contemplato. Lui sapeva chi avrebbe scelto, ma rabbrividì al pensiero di dover mandare a casa l'altra.

Greg Carson lo portò fuori a cena mentre le due donne cenavano insieme. Seduto in un caffè all'aperto a Central Park, Harley si appoggiò all'indietro sulla sedia, con in mano una birra ghiacciata.

«Allora, sei pronto a scegliere una moglie?»

Harley annuì.

«Ho preparato l'anello che hai scelto. Sei sicuro?»

«Sì, ne sono sicuro.»

«Non vogliamo che tu abbia rimpianti. Nessun ripensamento dell'ultimo minuto.»

«No. Sono venuto qui per trovare una moglie, e ne ho trovata una.»

«Vanessa?»

«Come hai fatto a indovinare?»

«Sembrate compatibili.»

«Lo siamo. O almeno, spero sia così.» Harley mantenne ogni suo fastidioso dubbio, circa la loro chimica sessuale, dentro di sé, lontano dalla curiosità dell'ospite.

Greg alzò il bicchiere in un brindisi. Dopo altre due birre, gli uomini tornarono in albergo. Harley si trovava davanti la sua finestra aperta, da cui entrava la fresca brezza estiva che ammantava la città. Anche se le stelle di solito erano nascoste dietro un cielo nebuloso, quella era una notte particolarmente chiara. Fissò i minuscoli puntini luminosi che brillavano come diamanti e sospirò.

Non poteva fare a meno di chiedersi come stesse Shyla. *Non è giusto chiamarla. Come prenderà la notizia del mio fidanzamento?* Sapeva già la risposta a quella domanda, e gli logorava lo stomaco. Stava per ferire la donna che aveva tenuto in mano il suo cuore per così tanto tempo, ferirla profondamente, e questo lo uccideva. Ma il treno era partito e non poteva più fermarlo.

Se si fosse tirato indietro, sarebbe stato come nel domino, così tante cose sarebbero cadute, così tante persone avrebbero sofferto, la loro fiducia si sarebbe spezzata. Non poteva farlo. Inoltre, anche se lo avesse fatto, cosa gli sarebbe rimasto? Niente. Niente sposa, niente orgoglio, e il disprezzo di tutto il pubblico. No, questo treno sarebbe arrivato in stazione, che gli piacesse o no.

Gli squillò il cellulare. La speranza che fosse Shyla che aveva cambiato idea svanì quando vide l'identità del chiamante sullo schermo.

«Ehi, papà, che succede?»

«Chiamavo per vedere come stai. Hai preso una decisione?» chiese il padre di Harley.

«Stai guardando lo show?»

«Certo che lo stiamo guardando.»

«Anche mamma? Uhm. Okay. Uh, sì. L'ho fatto.»

«Bene. Non vogliamo che tu faccia una figuraccia alla televisione nazionale. In bocca al lupo e tutte quelle stronzate lì.»

In un attimo, si ritrovò a fissare il telefono. Suo padre aveva riattaccato.

Un triste sorriso gli piegò le labbra. *Caro vecchio papà. Sempre preoccupato di quello che penseranno gli altri.*

Harley chiuse le tende e si preparò per andare a letto.

IL DELAWARE ERA CALDO a maggio perciò Shyla si era unita a Penny e Mark Davis nella loro fuga verso nord alla ricerca di un clima più fresco. Avevano un grande appartamento a Central Park West. La camera degli ospiti era piccola, ma più che sufficiente per lei. Aveva subaffittato il suo appartamento per un mese per ridurre le spese. Li aiutava con la bambina e cucinava per loro di tanto in tanto.

Sabato sera, Penny e Mark andarono a teatro. Alcuni degli amici di Penny recitavano nello spettacolo, quindi dopo sarebbero andati a salutarli dietro le quinte e forse sarebbero rimasti fuori fino a tardi. Shyla si accontentò di fare da babysitter e di intrattenersi con un romanzo rosa che stava leggendo. Erano passate settimane da quando si era scusata con Gunther Quill, ma non aveva ancora ricevuto nessuna offerta di lavoro.

Grazie a Dio, aveva i suoi risparmi, ma chi poteva dire per quanto tempo sarebbe stata in grado di mantenersi, e anche di portare il cibo sulla tavola del fratello. Si sarebbe laureato a gennaio. Aveva parlato anche di cercare un lavoro. Doveva solo resistere ancora per un po'.

Shyla si sedette sulla terrazza, guardando il tramonto e sorseggiando un tè freddo. Si era rifiutata di seguire *Marriage Minded*. Non voleva sapere come stesse procedendo tra Harley e le concorrenti. Sentendosi inquieta, vagò in cucina e afferrò il giornale. Era stato poggiato a faccia in giù. Quando lo girò, il titolo di prima pagina fu come un pugno nello stomaco, risucchiando tutta l'aria dai suoi polmoni.

Famoso scapolo Running Back trova l'amore con una magnifica brunetta.

C'era una foto enorme di Harley in ginocchio di fronte a Vanessa. Le si aggrovigliarono le budella, e dovette correre in bagno a vomitare. Rimise più volte, poi crollò sul freddo pavimento di piastrelle. Le lacrime le correvano lungo le guance, formando una piccola pozza sul suo ginocchio.

Se lui l'avesse picchiata, non avrebbe potuto infliggerle tanto dolore. Le dolevano il cuore, i muscoli e anche la testa. Come se soffrisse di un gigantesco dopo sbornia, le bruciava ogni centimetro, ogni nervo del suo corpo. La cosa che più temeva era accaduta. Harley si era proposto a un'altra donna ed era stato accettato. Shyla si sarebbe lasciata andare a un buon pianto e poi sarebbe andata avanti con la sua vita. Lo aveva perso per sempre. Si mise a letto e pianse fino ad addormentarsi.

La mattina seguente, Mark dormì fino a tardi. Penny si era alzata presto per occuparsi della bambina, aveva gli occhi gonfi per la stanchezza, ma il suo viso si animò quando cominciò a descriverle lo spettacolo e la loro cena fuori con i suoi amici del cast. Shyla amava scambiare storie sul business dello spettacolo con la sua amica, anche se le sue riguardavano il dietro le quinte. Mentre Penny faceva mangiare la bambina, Shyla preparò la colazione, nascondendosi dietro pancetta e uova per evitare di parlare di Harley.

Essendo una donna "da bicchiere mezzo pieno", cercò di trovare qualcosa di positivo nel fidanzamento di Harley. Ora era libera di frequentare qualsiasi uomo, ovunque e in qualsiasi momento, senza sensi di colpa, senza alcuna preoccupazione che Harley avrebbe potuto vederla sulla copertina di un tabloid con qualche strafigo. La sua bocca si strinse in una linea dura. *Spero che mi veda sulla copertina di Celebs 'R Us. Magari con Ash Richards.* Aveva incontrato Ash brevemente durante il suo ultimo film, e lui non le era sembrato affatto interessato. *Troppo occupato a sbavare sul produttore, che poteva fare qualcosa per la sua carriera.*

Shy aveva avuto la sua parte di tresche con registi e attori, soprattutto in viaggio. C'era qualcosa di seducente nel trovarsi fuori città, a volte in un posto bellissimo, con in cielo la luna piena, il vino, e nessuno che li scoprisse. Come se fosse possibile! Tutti sul set lo sarebbero venuti a sapere entro le dieci del mattino seguente. Eppure, occasionalmente, si era lasciata andare.

L'idea di fare sesso sul set la depresse. *Inoltre, nessuno mi assumerà, quindi che differenza farebbe?* Prese un respiro profondo e si voltò verso la finestra. Mentre Shyla si godeva la vista su Central Park, il suo cervello si arrovellava su come trovare lavoro. Aveva bisogno di un reddito. John e suo padre contavano su di lei, per non parlare del fatto che doveva pagare la retta condominiale e comprare da mangiare.

Il suo sguardo si fissò su un maestoso pino. La forma e il colore attirarono la sua attenzione. Poi, le venne in mente un'idea! La sua amica, Mindy Winslow, proprietaria della Pine Grove Playhouse, le aveva fatto un'offerta un anno prima. Si lambiccò il cervello per ricordare le esatte parole della donna.

Era un teatro dove si tenevano spettacoli con cena nella piccola cittadina di Pine Grove a New York. Shyla vi aveva lavorato per un'estate tra un film e l'altro e lei e Mindy erano diventate amiche. Buttò fuori il respiro che aveva trattenuto. La gratitudine verso la sua amica le riempì il cuore. *Funzionerà, se Mindy non ha ancora trovato nessun altro.* L'attraversò un brivido di paura. Prese il telefono, cercò il numero tra i suoi contatti, e chiamò.

«Mindy? Sono Shyla. Mi chiedevo... ricordi quando mi hai chiesto se ero interessata a lavorare alla Playhouse?»

LE QUATTRO SETTIMANE successive di Harley passarono in una confusione di pubblicità, cene con personaggi famosi, e notti a cercare di abituarsi a dormire nello stesso letto con Vanessa. Era rimasto sorpreso di quanto fosse rigida sul sesso. Per una donna così focosa all'apparenza, aveva bisogno di molti preliminari per rilassarsi. Il sesso spontaneo, di cui aveva goduto con Shyla, non era contemplato con Vanessa.

Segretamente, sospettava che lei se lo appuntasse sul suo calendario: *"Scopare a morte Harley stasera, dalle 9-10 p.m. Doccia dalle 10-10:20."* Rise dei suoi stessi pensieri e poi pensò che Vanessa non avrebbe mai usato quella parola con la "S".

Harley era determinato a dare alla sua nuova fidanzata ogni opportunità di adattarsi al suo ideale. Non sapeva cucinare, mangiava come un coniglio per tenere il suo peso sotto controllo, e passava ore davanti allo specchio. Capiva che la sua ambizione di diventare una famosa attrice implicava un aspetto sempre perfetto, ma Harley era più a suo agio con una ragazza acqua e sapone e sensuale – come Shyla.

Purtroppo, aveva scelto Vanessa, e spettava a lui fare del suo meglio per farla funzionare. Ma le due ore che passava a truccarsi prima di uscire, perché non sapevi mai chi avresti potuto incontrare insieme ai lunghi bagni, le manicure e pedicure settimanali, lo shopping senza fine, e le insopportabili chiacchierate al telefono con ogni editore di riviste e aiuto produttore cinematografico a cui riusciva ad accedere, per non parlare della sua agente, che la chiamava nei momenti più impensabili, mettevano a dura prova la sua pazienza. Il sesso veniva inserito nella sua affollata agenda, di tanto in tanto, ma non abbastanza spesso.

«Ma, tesoro, noi possiamo sempre farlo. Steffie è al telefono ora, e il suo aereo decolla tra mezz'ora. Mi capisci, non è vero? Questa potrebbe essere la mia grande occasione.»

Harley riuscì a sorridere e si tirò su i boxer. Solo la menzione del nome "Steffie" gli aveva fatto perdere l'erezione. Anche se aveva accettato di passare sopra a tutto il tempo che la sua nuova fidanzata impiegava a prepararsi, lo stesso non valeva per la sua agente. Quella donna era assillante, odiosa e chiaramente non le piaceva Harley, cosa che del resto era reciproca.

Quella ciarlatana raggirava Vanessa parlandole di un'audizione dopo l'altra, ma nessuna si concretizzò mai. Nel frattempo, mandava la giovane da tutti i suoi stilisti preferiti in modo che Vanessa potesse avere il look giusto per la parte prima ancora di ottenere il contratto. Il running back si era convinto che Steffie ricevesse una percentuale dei soldi che Vanessa stava sperperando per perseguire il suo sogno. Si chiese anche da dove venissero tutti quei soldi.

Non passò molto tempo prima che Harley scoprisse che era il padre a finanziare la carriera in erba di Vanessa e tutti gli oltraggiosi preparativi che andavano di pari passo. Il cervello di Harley ebbe la meglio sul suo cazzo abbastanza a lungo per rendersi conto che il lavoro di finanziare questo diamante grezzo che stava per sposare sarebbe ricaduto su di lui.

Certo, Vanessa aveva avuto alcuni ingaggi come modella, e uno o due spot pubblicitari, ma non aveva un reddito regolare. Suo padre pagava per il suo appartamento in un quartiere di Manhattan. Harley affittava un bilocale nell'Upper West Side fuori stagione. Aveva una casa confortevole a Monroe, Connecticut.

Quel giorno, finalmente, sarebbe riuscito a strappare la sua fidanzata dai suoi piani di carriera, abbastanza a lungo per trascorrere un fine settimana a casa sua a Monroe. Voleva che incontrasse tutta la banda, i giocatori con le loro mogli e fidanzate. Era un test? Eccome se lo era. Vanessa si sarebbe inserita nella sua vita? I suoi amici l'avrebbero accettata? Aveva tante domande che avevano bisogno di risposte.

Inoltre, c'era il primo incontro di football al campo estivo di due settimane a cui Harley si era impegnato a partecipare, e aveva bisogno di esserci. Giugno a Monroe era bellissimo. Sperava che stare insieme nella sua casa l'avrebbe messa più a suo agio con lui. Avrebbe lasciato un po' del suo armamentario per il trucco a New York per mostrarsi più naturale? Se l'avesse fatto, forse la loro vita sessuale sarebbe finalmente decollata.

Non si conoscevano da molto tempo, e i loro appuntamenti erano stati intensi, con l'intero paese a guardarli. Ora, sarebbero stati soli, senza telecamere. Era il momento di scoprire se avevano abbastanza in comune per poter sopravvivere insieme per tutta la vita. Harley non ne era sicuro, e il dubbio lo divorava.

La casa di Harley era modesta per gli standard di un giocatore della NFL, l'unica indulgenza che si era concesso era la sua Maserati Gran Turismo con tettuccio convertibile, rossa. Si fermò davanti all'appartamento di lei chiamandola per farla scendere.

Quando arrivò, lui uscì per sistemare le sue valigie nel bagagliaio.

«Alza il tettuccio, per favore,» gli disse, facendo scivolare il suo raffinato didietro sul sedile in pelle italiana.

«Cosa? Questa decappottabile è stata fatta per guidare con la capote abbassata. Ho una roll bar. È sicuro.»

«No. Il vento mi scompiglierà i capelli.»

Lui restrinse gli occhi a due fessure mentre si allacciava la cintura di sicurezza. «Stiamo andando nel Connecticut. Non ci saranno telecamere, flash o giornalisti. Sarà un weekend tranquillo con i miei amici, Nessa. Questo è tutto. Stai benissimo, anche con i capelli in disordine.»

Lei incrociò le braccia sul petto. «Alzala o io resto qui.»

Harley grugnì ma rialzò la capote. La fermò dietro lo specchietto e prese un bel respiro, cercando di calmarsi.

«Queste sciocchezze riguardo al tuo aspetto stanno cominciando a stancarmi, tesoro,» le disse, la sua rabbia a stento controllata.

«Il mio viso è il mio mezzo di sostentamento.»

«Lo capisco. Il mio corpo è il mio. Ma non ventiquattro ore su ventiquattro, sette giorni su sette. A volte devi anche rilassarti.»

«Okay, okay. Se significa così tanto per te, riabbassala.» Tirò fuori un elastico per capelli dalla sua borsa e si legò i capelli in una coda di cavallo.

Il vapore sembrò uscirgli dalle orecchie. «Deciditi, cazzo!» le disse sbattendo il pugno sul cruscotto.

Vanessa sussultò per il forte rumore. «Non c'è bisogno di essere violenti.»

«Volevi che l'alzassi, e l'ho fatto, e resterà alzata fino a quando non arriveremo a casa mia.» Mise in moto la macchina e si allontanò dal marciapiede. Fortunatamente, c'era poco traffico quindi fecero in fretta. Il calore prodotto dalla rabbia gli fece sudare la fronte. Non ci furono tentativi di conversazione, e lui ne fu sollevato. Aveva bisogno di tempo per calmarsi.

Vanessa fissò fuori dal finestrino, con la testa voltata dall'altra parte. Di tanto in tanto, lui la guardava, chiedendosi se potesse funzionare. Il fascino di una relazione tranquilla aveva ormai un senso per lui. Affrettare le cose non faceva altro che trasformare le differenze in ostacoli.

Eppure, Vanessa era piacevole da guardare e non aveva cattive intenzioni. Non c'era malizia in quella ragazza. Ma era troppo concentrata su se stessa. La sua ricerca della fama lo disturbava. *E se non fosse mai successo? Si accontenterà di essere solo una moglie e una madre?* Più a lungo la conosceva, più aumentavano le domande. Abbassò il finestrino prendendo una profonda boccata d'aria fresca del Connecticut. Quel dolce odore riportò il sorriso sul suo viso.

«Mucche. Vedo delle mucche. Non mi avevi detto che vivi in una fattoria. Non vivi in una fattoria, vero, Harley?» Si voltò verso di lui, la preoccupazione che le formava una piccola linea tra le sopracciglia. Era adorabile, come una bambina a cui era stato appena detto che doveva uscire a giocare con i ragazzi.

«Non vivo in una fattoria. Ma è piuttosto rurale. Ci sono delle fattorie. Le mucche, i cavalli e roba del genere.»

«Non sono mai stata in una fattoria.»

«Sembra che sarà un'altra prima volta per te.»

Lei lo guardò e gli lanciò un sorriso smagliante. «Sei pieno di sorprese.»

«Fa parte del mio fascino, piccola. Non hai ancora visto niente.»

Harley parcheggiò davanti la casa. Scaricarono i loro bagagli e fecero sesso. Harley fu sorpreso che Vanessa avesse acconsentito. Fu davvero bello. Le cose stavano migliorando. Non vedeva l'ora di portarla a cena nel suo locale preferito.

«C'è qualche buon ristorante in questa città di mucche?» gli chiese, rimettendosi il rossetto.

«Sì, andremo al The Savage Beast.»

I suoi occhi si spalancarono. «Al cosa?»

«È un bar in cui si riunisce la squadra. Possiamo mangiare lì e tu potrai incontrare i miei amici.»

«Come preferisci. Questo fine settimana riguarda te.» Si allacciò il reggiseno, indossò un paio di jeans firmati, una maglia scollata e poi uscirono.

La trepidazione attraversò il corpo di Harley mentre si avvicinavano all'edificio. I suoi nervi tremarono per un momento. Non si aspettava problemi, ma i suoi amici erano un po' volgari. Si chiese se l'incontro di Vanessa con i Kings sarebbe stato come lasciare un Chihuahua e un lupo da soli nella stessa stanza con la porta chiusa.

«QUI È DOVE SI RIUNISCONO i Kings,» le disse di nuovo Harley, aprendo la porta.

Vanessa lo seguì all'interno. Anche se la stagione non era ancora iniziata, c'erano già alcuni giocatori seduti al bar.

«È tornato Harley!» gridò Trunk Mahoney.

Diversi uomini si voltarono.

Robbie Anthony, il kicker della squadra, gli andò incontro. «Sei Shyla? Piacere di conoscerti,» disse guardando Vanessa.

«No, stronzo! Lei è Vanessa, la mia *fidanzata*, idiota.» sputò fuori Harley, la rabbia che gli fioriva nel petto.

«Chi è Shyla?» chiese Vanessa inclinando leggermente la testa.

«Non importa,» disse Harley, cercando di allontanarsi da Robbie, che gli afferrò il braccio.

«Mi dispiace. L'avevo dimenticato. Ora sei fidanzato. Farai il grande passo. Congratulazioni.» Robbie gli allungò la mano e Harley a malincuore gliela strinse.

«Chi è Shyla?» ripeté Vanessa.

Harley guardò storto Robbie, che nascose un sorriso dietro la mano.

«Congratulazioni, bella signora. Ti sei accaparrata uno stallone selvaggio,» le disse Robbie.

Vanessa rivolse uno sguardo tagliente ad Harley che desiderò strangolare Robbie Anthony. Chiuse a pugno le mani.

«Sta' zitto, Robbie. E smettila di ronzare intorno a Nessa. Lei è mia,» disse avvolgendole un braccio intorno alle spalle.

«Non abbiamo finito con questa storia di Shyla,» gli disse lei.

«Più tardi, tesoro, più tardi.» Prese la mano di Vanessa e la guidò fino al bancone.

«Hamburger al gorgonzola? Stai scherzando, vero? Non hanno l'insalata qui?»

«Questo è un pub per uomini. Niente insalata.»

«Metteremo l'insalata nel menu una volta iniziata la stagione,» precisò Carla. «Ciao, sono Carla Mahoney, proprietaria e moglie di questo grande uomo qui, Al.»

Carla porse la mano a Vanessa che l'afferrò.

«Piacere di conoscerti. Posso cambiare il mio ordine in un semplice Spritzer al vino bianco? Tornerò quando sul menu ci sarà anche l'insalata.»

«Certo. Qualunque cosa ti faccia felice, tesoro,» le rispose Carla, ma Harley vide lo sguardo che la barista lanciò al marito.

Il running back accompagnò la sua fidanzata a un tavolo. Il suo battito accelerò. Questo incontro non stava andando come lo aveva pianificato. Nei suoi sogni, Vanessa avrebbe amato i suoi amici e il The Savage Beast.

«Questo posto è una discarica. Ed è ancora in costruzione. Dobbiamo tornarci di nuovo?» gli sussurrò la ragazza mentre prendeva posto sulla sedia che lui le aveva scostato.

«Non è una discarica. Stanno ristrutturando. Sarà molto più bello tra un mese.»

«Devi proprio vivere in questa città?» Il disgusto nella sua voce e l'espressione sgradevole sul suo viso lo irritarono.

«È qui che mi guadagno da vivere, Vanessa. E conduco un'ottima vita, giocando a football, in questa città. Questi ragazzi sono miei amici. Mi coprono le spalle.»

«Sembrava quasi che Anthony volesse coprire anche la tua fidanzata.»

Carla gli portò le loro bevande e gli sorrise. «Il cibo sta arrivando, Harley.»

«Robbie? Fa così con tutte. Flirta con qualsiasi cosa abbia una gonna,» le disse il running back.

«Grazie per l'insulto.» Si appoggiò allo schienale bevendo un sorso del suo vino.

«Non intendevo in questo senso. Volevo solo dire che scherzava.» La frustrazione gli accalorò il viso.

Trunk Mahoney li raggiunse e si sedette a cavalcioni di una sedia in mezzo alla coppia. «Ehi, Harley. Bentornato, amico. Quindi, questa è la donna che hai scelto a *Marriage Minded*?»

«Sì, e lei ha scelto me.»

«Ho sempre detto che avevi buon gusto per le donne. Piacere, Trunk.» Il linebacker le strinse la mano.

Lei inarcò le sopracciglia. «Trunk? I tuoi genitori ti hanno davvero chiamato così?»

«No. I ragazzi mi chiamano così. Il mio vero nome è Al.»

«Oh, okay. Allora, va bene se ti chiamo Al?»

«Certo. Vanno bene entrambi.» Trunk si rimise in piedi. «Benvenuta a Monroe. Speriamo che tu possa essere davvero felice qui,» esclamò prima di scomparire in cucina.

«Non è molto amichevole, vero?»

«Stai scherzando? È il ragazzo più amichevole della squadra. Perché ti sei impuntata sul suo nome?»

«Stavo solo domandando. Non posso nemmeno aprire la bocca?» Un'espressione sgradevole le apparve sul viso, una che lui non aveva mai visto prima.

«Fai più attenzione. L'hai insultato.»

«Non l'ho fatto. Gli ho solo fatto una domanda.»

«Ma l'hai guardato in viso? L'hai insultato.»

Rimasero seduti in silenzio, bevendo i loro drink.

Carla si avvicinò con il cibo di Harley. «Allora, a quando il matrimonio?» chiese sorridendo.

«Non abbiamo ancora fissato la data. Sembra squisito, Carla. Grazie.» Harley prese in mano l'hamburger.

«Sarà una piccola cerimonia privata a New York City. Probabilmente in uno dei grandi alberghi,» le disse Vanessa, rivolgendo uno sguardo freddo alla barista.

«Oh. Okay. Non è che pensassi che l'avreste tenuto qui. Davvero. Ero solo curiosa. Teniamo molto ad Harley e ci chiedevamo quando si sarebbe sposato. Non ci aspettiamo un invito o altro. Non ci conosci nemmeno,» blaterò Carla, prima di guardare verso il bancone. «Ops. L'hamburger è pronto. Devo andare.» E si affrettò a prendersi cura degli altri clienti.

«Che diavolo significa?» Harley inarcò un sopracciglio.

«Cosa? Ha chiesto del matrimonio, così le ho risposto.»

«Non abbiamo ancora deciso niente. E sì, ho intenzione di invitare i miei amici. E questo include Carla e Trunk.»

«Hai intenzione di invitare l'intera squadra?»

«Se vorrò farlo sì. Pago io. Non pensi che stiamo correndo troppo?»

«Non credo proprio. Mi piace pianificare in anticipo. I media ci chiederanno la data del matrimonio. Dovremmo sceglierne una ora. Greg Carson mi ha chiamato. Vuole organizzare un'intervista e ha accennato che se vogliamo potrebbe organizzare il nostro matrimonio in TV.»

«Stai scherzando?» Harley si raddrizzò sulla sedia. «Neanche per sogno. Il matrimonio è una cosa privata. Non lo darò in pasto alle masse. Neanche per sogno.»

«Ma sarebbe ottimo per la mia carriera. Pensa a come starei vestita con un favoloso abito bianco. Scommetto che la produzione potrebbe procurarmi una creazione originale di Vera Wang, disegnato apposta per me. Magari potrei anche sfilare per lei, che dici?»

«Cosa? Pensavo stessimo parlando del nostro matrimonio, e ora stai cercando di trasformarlo in un ingaggio come modella?»

«Non posso lasciarmi sfuggire l'occasione. Tu sei già affermato nella tua carriera. Io no. Ho bisogno di fare tutto il possibile per essere visibile. Un giorno, un regista farà una ricerca su Internet e la mia foto verrà fuori. E lui dirà: "Sarebbe perfetta come protagonista del mio prossimo film". È così che funziona, Harley.»

«E tu come fai a saperlo?»

«Lo so e basta. Fidati di me.»

La fiducia era l'ultima cosa che meritava, pensò tra sé.

«Oppure potresti chiamare Penny Davis e farmi incontrare Gunther Quill.»

«Non trattenere il respiro nell'attesa.» Bevve un lungo sorso di birra.

«Perché?»

«Perché non sai recitare. Non hai esperienza. Non hai preso lezioni. Non rischierò la mia reputazione con la moglie del mio migliore amico per qualcuno che potrebbe non avere talento.»

«Grazie per la fiducia.» La sua espressione imbronciata era davvero sgradevole.

«Come posso fidarmi di te per qualcosa che non hai mai fatto? Sii realista. Se avessi alle spalle delle grandi prestazioni, sarebbe diverso. Quindi non chiedere favori che non meriti.»

«Allora come dovrebbe fare una ragazza a sfondare?»

«Non ne ho idea. Cosa c'è di male nell'essere solo una moglie e una madre?»

Lei si rifiutò di incontrare il suo sguardo.

Non appena finirono le consumazioni, Carla portò il conto e Harley posò sul tavolo due pezzi da venti. Un paio di ragazzi lo chiamarono salutandolo con la mano mentre uscivano.

«Era una grossa mancia,» disse Vanessa attraversando la porta che le teneva aperta.

«Certo. Carla lavora sodo. Se la merita.»

«È sposata con un giocatore di football. È ricca. Non ne ha bisogno.»

«Non è così che funziona. Questo posto è suo. È orgogliosa di essere autosufficiente. Ovvio che Trunk l'aiuterebbe se ne avesse bisogno. Ma Carla gestisce il posto da sola.»

«E noi? E io? Anche io ne ho bisogno.»

«Fai qualcosa di carino, come servirmi un'ottima cena, e lascerò una bella mancia anche a te.»

«Non essere sgradevole, Harley. Non ti si addice. Ora, dove può una ragazza trovare una buona insalata in questa città di mucche?»

Capitolo Dieci

Dall'altra parte della città, al Nutmeg State Park, Verna Carruthers prendeva parte alla cena parrocchiale della sua chiesa. Il bel tempo e le ore di luce in più di giugno avevano permesso ai parrocchiani di riunirsi all'aperto. Il suo accompagnatore, Hank Montgomery, il padre di Griff, stava aiutando con la griglia, intanto Verna apparecchiava i tavolini da picnic.

«Quell'Hank è proprio un uomo di bell'aspetto,» le disse Sadie Dorrett seguendo Verna, che stava disponendo i piatti di carta.

«Sì. Anche gentile.»

«Intrattieni un'amicizia con lui da un po' di tempo ormai.»

«Si dice "frequentare" di questi tempi,» ridacchiò la donna bionda.

«Certo, certo. A quando le nozze?» Sadie, che al suo prossimo compleanno avrebbe compiuto ottantatré anni, guardò Verna, una giovanile sessantatreenne, attraverso gli occhiali.

«È una domanda piuttosto personale, Sadie.»

«Ebbene? Che cosa state aspettando? Il prossimo millennio?»

«Non voglio sposarmi, se proprio vuoi saperlo. Comunque, non credo che siano affari tuoi.»

«Quindi, non te l'ha chiesto, eh? Peccato. Meglio trovartene uno che lo faccia. L'aspetto non è tutto.»

Verna spalancò la bocca. «Ma che diavolo?»

«Non imprecare davanti a me, signorina. La gente comincia a parlare. Vedono l'auto di Hank parcheggiata davanti a casa tua a tarda notte. E anche la mattina dopo. Il matrimonio sistemerà queste chiacchiere sgradevoli.»

«Hai un bel coraggio! Non me ne frega niente delle chiacchiere. È la mia vita, e la vivrò come mi pare. E dove Hank parcheggia la sua auto non sono affari di nessuno.»

«Fai come vuoi. Ma non mi sorprenderebbe se il pastore prendesse Hank da parte oggi e gli chiedesse quali sono le sue intenzioni.»

Verna smise di fare quello che stava facendo per fissare Sadie. «Non oserebbe.»

Sadie scosse piano la testa. «Non lo so.»

Il pastore Grayson non chiamò da parte né Verna né Hank durante il picnic, ma le parole di Sadie rimasero nella testa di Verna. Una volta tornati a casa, lei si allontanò da lui per disfare il cesto.

«Che diavolo sta succedendo? È tutto il giorno che ti comporti in modo strano. Ho fatto qualcosa?»

Scosse la testa. «No. Mi sento solo un po' oppressa.» Continuò il suo compito, evitando il suo sguardo.

«Oppressa? Sei tu che mi hai invitato a venire.»

«Ti ho per caso trascinato? Mi dispiace tanto. Pensavo che tu volessi venire.»

«Certo, è così. O sarei rimasto a casa.» La bloccò, stringendole le mani sulle braccia. «Vuoi stare ferma un minuto?»

Si fermò.

«Così va meglio. Che succede?» I suoi occhi luminosi fissarono quelli di Verna.

«Penso sia meglio che tu vada a casa stasera.»

Lo sguardo scioccato sul suo viso la fece trasalire.

«Se hai bisogno di un po' di tempo da sola, va bene. Lo capisco.» La lasciò. «Ci vediamo domani?»

«Non lo so. Vedremo.»

«Griff e Lauren mi hanno invitato da loro per un barbecue. Naturalmente, l'invito è esteso anche a te. Ma se hai altri progetti, va bene. Nessun vincolo. Non è quello che avevamo deciso di fare?»

Un barbecue a casa di Griff? Vedere Chip? E il nuovo bambino? Si morse il labbro inferiore. Voleva andare, ma non aveva appena fatto una scenata sul volere il suo spazio? Come poteva lasciarsi sfuggire l'occasione? «Perché non me l'hai detto prima?»

«Dato che passiamo ogni fine settimana insieme, ho dato per scontato che...»

«È proprio questo il punto! L'hai dato per scontato.» Strinse le mani a pugno.

«Non intendevo dire che ti do per scontata. Solo che è ormai da un po' di tempo che trascorriamo i fine settimana insieme.»

«Lo so. Forse sarebbe meglio prenderci una piccola pausa.» *Ma cosa sto facendo?* Non riusciva a fermarsi. Verna era entrata in un tunnel da cui non trovava via d'uscita.

«Cosa? Che diavolo sta succedendo?»

«Una piccola separazione, forse?» *Un week-end senza la tua macchina parcheggiata nel mio vialetto?*

«Verna, ti amo e ti sono devoto. Quindi potresti dirmi, per favore, cosa ti passa per la mente?»

Le parole rimasero bloccate nella sua gola. Uno sguardo al suo viso addolorato e una morsa di dolore le strinse il cuore. Lo aveva ferito, e per cosa? Perché qualche vecchia pettegola aveva messo in discussione la sua morale. Si colmò di vergogna, ma non riuscì a fermarsi. Essere oggetto di pettegolezzi in chiesa la disturbava.

«Penso che forse dovremmo vedere anche altre persone.» Lo sguardo scioccato sul suo volto questa volta le fece mancare il respiro. *È troppo tardi per rimangiarmelo.*

«Non voglio vedere nessun'altra. Se vuoi farlo tu, accomodati. Divertiti. Vai pure a letto con tutti gli uomini possibili sulla costa orientale, ma torna da me quando hai finito.» Hank afferrò la sua giacca di denim e uscì dalla porta prima che lei potesse rispondergli.

«Che cosa ho fatto?» chiese ad alta voce.

Dato che era sola, nessuno le rispose.

IL CUORE DI VERNA ERA colmo di terrore. Si era ripromessa di non usare mai un sito di incontri su Internet, ma eccola qui, sul punto di aprire una risposta al suo nuovo post su *Hearts Unite*. Il giorno dopo il suo piccolo battibecco con Hank, si era versata un grande bicchiere di vino e si era iscritta, pensando che forse avrebbe trovato un uomo da sposare, visto che Hank non era interessato. Ora, aveva due persone che volevano incontrarla, e questo la spaventava a morte.

Chiuse gli occhi mentre cliccava per aprire il profilo del primo. Aprendo solo un occhio, spiò il volto di un uomo comune. *Non è brutto. Ma non è Hank Montgomery.* Eppure, il suo profilo era abbastanza piacevole. Era un tifoso di football che viveva a Rhode Island. Il suo nome era Jerry Summerfield, era divorziato e un capoufficio in pensione. Voleva portarla a cena e si offriva di guidare fin lì per il privilegio.

Ho detto che voglio uscire con gli altri. Tanto vale farlo. Non ho niente da perdere. Lo incontrerò al ristorante. Non voglio che uno sconosciuto mi venga a prendere a casa.

Prima che potesse cambiare idea, si erano accordati per incontrarsi al The Savage Beast.

Che diavolo ho fatto? Ma la sua mente era andata in tilt quando lui le aveva proposto quel nome in particolare. Aveva accettato di vedersi al The Beast prima di poterci davvero riflettere. Pregò che non si presentasse Buddy. O Hank. I suoi occhi si spalancarono, e il suo polso accelerò. Non aveva pensato al fatto che Hank potesse andarci. *Merda! Mi ucciderà!* E tutto per un tizio che nemmeno conosceva. *Verna, stai perdendo colpi.*

Domenica non andò in chiesa. Non voleva affrontare Sadie e non voleva che il pastore la prendesse da parte e le desse delle lezioni sulle gioie dell'astinenza. *Astinenza, un corno!* Lei avrebbe potuto dargli una lezione sulle gioie del sesso con Hank Montgomery. Che cosa stava facendo? Perché stava stravolgendo la sua vita, solo perché un paio di persone che non rispettava avrebbero potuto pensare male di lei? Beh, rispettava il pastore. O meglio lo aveva fatto fino a quel momento.

Martedì, il giorno del suo grande appuntamento, il rimorso le colmava il cuore. Verna desiderava poterne parlare con Buddy, ma lui sarebbe stato l'ultima persona con cui confidarsi. Francamente, l'unica persona su cui aveva fatto affidamento per molto tempo era stata Hank. Non poteva andare da lui. Non ora. Si sedette al tavolo della sua cucina e afferrò il suo bicchiere di tè freddo. Se si fosse confidata con Hank dall'inizio, invece di trattarlo come il cattivo della situazione, forse avrebbe potuto evitare tutto questo casino.

Ci era dentro fino alle ginocchia e sarebbe stato difficile uscirne. *Maledetta vecchia pettegola bigotta.* Già pentita di quello stupido appuntamento con Jerry, si trascinò nella sua camera da letto per scegliere un abito da indossare. Una volta pronta, si sentì un peso sulle spalle. Chiunque l'avesse vista avrebbe pensato che stesse per affrontare il plotone d'esecuzione.

Mangeremo in fretta e poi usciremo da lì. Dirò di avere mal di testa o qualcosa del genere. Tornerò a casa da sola. Cancellerò il mio nome e il profilo da quello stupido sito e fingerò che tutto questo non sia mai accaduto. Poi, chiamerò Hank e gli chiederò perdono. Avere un piano le ridiede fiducia. Si mise al volante, controllò il suo orologio, e si diresse verso il The Savage Beast.

Il martedì non c'era molta clientela al The Beast, soprattutto fuori stagione. Verna fece un sospiro di sollievo quando entrò e vide solo due persone sedute a un tavolo e due al bancone del bar, una delle quali era Trunk Mahoney. Jerry, il suo appuntamento al buio, non si era ancora presentato. Il giocatore di football la scortò a un tavolo, lasciandole due menu, e prese la sua ordinazione di un drink. Aveva bisogno di qualcosa per rafforzare la sua determinazione. Continuava a mormorare tra sé e sé, "dobbiamo solo mangiare in fretta. Mangiare in fretta."

Mentre la sfiorava il pensiero di saltare del tutto la cena, entrò Jerry.

Lo riconobbe subito. Indossava una giacca sportiva blu marino, dei pantaloni kaki, un ampio sorriso e una grande pancia. Lei rabbrividì. Immagini della pancia piatta di Hank riempirono il suo cervello, facendole formicolare le dita per un secondo. *Non giudicare un libro dalla copertina.*

«Devi essere Verna.»

Lei annuì. Le prese la mano e la baciò prima di sedersi. Carla venne a prendere il loro ordine. Inarcò un sopracciglio verso Verna, che distolse lo sguardo.

«Forse potreste voler cambiare tavolo con uno un po' più lontano,» consigliò Carla, indicandogli un tavolo vicino alla finestra.

Verna le rivolse uno sguardo interrogativo.

«È la serata delle freccette,» le rispose la donna, prima di andarsene.

«La serata delle freccette?»

«Sì, è nuova. Stasera c'è il primo torneo. Questo è un altro dei motivi per cui volevo venire qui. Il locale sarà pieno di giocatori dei Kings.» Diede un'occhiata al suo orologio. «Inizia tra quindici minuti.»

Il sangue defluì dal viso di Verna, e il suo respiro si fece più rapido.

«Stai bene? Sembri un po' pallida,» le chiese.

«Sto bene,» gracchiò, prendendo un sorso del suo vino.

Jerry posizionò la sedia di fronte alla porta, voltando le spalle a Verna. Il sollievo la pervase. Non avrebbe dovuto incollarsi sul viso un'espressione placida, mentre dentro si sentiva morire. Ogni volta che la porta si apriva, pregava di non veder entrare Buddy. Con l'arrivo di Jake, dubitava che avrebbe lasciato da soli Emmy e il bambino per un gioco stupido come le freccette. Naturalmente, suo figlio non avrebbe mai fatto niente di così stupido.

Niente di così ridicolmente stupido come quello che stava facendo lei. Si vergognò. Non solo stava tradendo Hank, ma stava anche prendendo in giro Jerry. Lei non era interessata a lui, e aveva bisogno di imparare a dire di "no", e lui avrebbe probabilmente insistito per pagare il conto, tutto per niente.

Il primo a entrare dalla porta fu Bullhorn Brodsky, l'offensive lineman, insieme alla moglie Samantha. Alle sue spalle c'erano Devon Drake e la sua fidanzata, Stormy. Devon e Bull stavano discutendo. Alzarono una mano come segno di saluto a Verna, rivolgendole entrambi uno sguardo perplesso. *Si aspettavano di vedermi con Hank. Avrò delle spiegazioni da dare. E posso dimenticarmi che Hank non lo venga a sapere.* Si agitò sulla sua sedia.

Trunk elencò le regole per la competizione. I tre Kings avrebbero fatto squadra e affrontato gli sfidanti. Jerry si alzò, così come altri due uomini. Ora, avevano due squadre.

Quindi, è per questo che è venuto qui? Io ero solo una scusa. Il senso di colpa che provava nei confronti di Jerry scomparve velocemente quanto i vestiti di una spogliarellista. Un quarto uomo entrò dalla porta e si offrì come volontario. Venne messo in panchina fino a quando non sarebbe arrivato un altro giocatore dei Kings. Trunk aiutava Carla a servire la birra mentre gli uomini si rimboccavano le maniche per prepararsi.

Verna ridacchiò per la stupidità dei tre giocatori di football, che si prendevano in giro l'un l'altro, e la serietà degli sfidanti.

Proprio quando il quarto uomo stava per ritirarsi, la porta si aprì e una voce gridò: «Aspetta!»

Era Buddy.

Verna sprofondò più in basso nella sedia e nascose il volto dietro la mano, sperando, pregando, che lui non la vedesse. Buddy non si guardò intorno nella stanza, ma si unì ai suoi amici e il gioco ebbe inizio. C'erano un sacco di urla, tifo, birra, risate, e imprecazioni che animavano il The Savage Beast. La madre di Buddy smise di tentare di nascondersi quando si rese conto che il figlio non aveva la minima idea che lei fosse lì. Guardò la partita, meravigliandosi della competitività dei Kings. Come sempre, puntavano alla vittoria.

Si riempì d'orgoglio, nel vederli battere facilmente l'altra squadra. Terminò il suo hamburger proprio quando i Kings vennero dichiarati vincitori. Lo sguardo di Buddy vagò, come se fosse stato attirato da una calamita, verso il tavolo di sua madre.

La raggiunse. «Dov'è Hank? Non l'ho visto.»

Prima che potesse rispondergli, Jerry si intromise. «Ciao, Buddy. Sono Jerry Summerfield. È tua madre?» Jerry rivolse la sua attenzione a Verna. «Quando ho letto il tuo nome sul sito, speravo che tu fossi imparentata con Buddy. E bingo! Ho fatto centro. Sei sua madre, giusto?»

Lei annuì, la sua gola secca quanto lo stoccafisso.

«Chi diavolo sei?» gli chiese Buddy.

Verna chiuse gli occhi, sperando che fosse solo un brutto sogno.

«Sono il nuovo ragazzo di tua madre.»

«Ma che cazzo?» Buddy alzò la voce. «Chi diavolo ti credi di essere? Mia madre sta con Hank Montgomery. Non con te.»

«Hank Montgomery? Per caso è imparentato con Griff?»

«Senti, coglione, non so chi ti credi di essere, ma faresti meglio a lasciare in pace mia madre, altrimenti ti farò vedere le stelle.»

«Buddy, Buddy. Basta. Ha ragione. Sono qui con Jerry. Solo per stasera.»

«Solo stasera? Pensavo che tra noi stesse nascendo qualcosa.»

Verna lo fissò. «Sì, certo. Non raccontarmi balle, Jerry. È per questo che volevi venire qui, no? Perché il mio cognome è Carruthers e tu volevi avvicinarti ai Kings.»

Arrossì. «Beh, questo pensiero potrebbe avermi attraversato la mente. Una volta o due.»

Buddy lo afferrò per il bavero. «Ti spacco la faccia.»

«Buddy, non farlo! Non è tutta colpa sua. Lascialo andare.»

«Hai cresciuto un bambino violento, Verna,» le disse Jerry, sistemandosi la camicia e spazzolandosi la giacca.

«Oh, sta' zitto,» gli rispose lei. «Buddy, va' a casa.»

«Verna, capisco che è stato un errore. Mi dispiace di non essere stato sincero. Tu sei una donna incantevole e vorrei riprovarci. Solo noi due. Se sei disposta.»

Verna guardò il volto di Buddy imporporarsi per la rabbia.

«Non credo che sia una buona idea, Jerry. Non credo che siamo fatti l'uno per l'altra.»

«Sei tu che dovresti andare a casa, mamma.»

«Questo è piuttosto insolente,» disse Jerry, raddrizzandosi in tutto il suo metro e settantacinque.

«Ti appiattirò la faccia.» Buddy caricò il pugno.

«Ragazzi, ragazzi. Calmatevi. Io andrò a casa, Buddy pure, e forse dovresti andare a casa anche tu, Jerry.»

Il suo accompagnatore tirò via il conto dal tavolo. «Sei mia ospite, Verna,» disse, diretto al bar, con il portafoglio in mano.

«Mamma, ma cosa stai facendo? È Hank l'uomo giusto per te. Voglio dire, se non puoi stare con papà, allora Hank è il migliore.»

«È una mia scelta, figliolo. Ora, vai. Lasciami salutare e poi vado.»

Ringraziò Jerry, si rimise il cardigan e scivolò dietro il volante della sua auto. L'umiliazione della serata era troppo da sopportare. A casa, sorseggiando un bicchiere di vino rosso, Verna si sedette al computer. Trovò il suo profilo sul sito di incontri e lo cancellò insieme al suo account. Poi, si spogliò e si infilò nel letto.

Congratulazioni, stupida. Jerry ti ha usato. Buddy è furioso. Hank lo scoprirà, e tu non avrai niente. Che mossa furba.

QUANDO SI SVEGLIÒ, il sole splendente sorprese Verna. Si aspettava che il mondo fosse esploso, avesse smesso di girare o fosse scomparso nello spazio. Sorrise tristemente nel vedere che era solo un altro giorno come gli altri. Tranne per il fatto che si era umiliata davanti a metà della squadra, compreso suo figlio, era stata sorpresa a "tradire" o qualsiasi cosa venisse considerata infedeltà, ed era stata usata da un uomo che non aveva alcun interesse per lei.

Riuscì a mandar giù un po' della colazione, a vestirsi e a uscire dalla porta per una lunga passeggiata. Rifletté passeggiando per le strade polverose di Monroe. Mentre vagava, senza meta, si ritrovò davanti alla chiesa.

Il pastore Grayson era seduto su una sedia a dondolo sul portico anteriore quando si avvicinò.

«Verna Carruthers,» la salutò facendole segno.

Rabbrividì. *È arrivato il momento della predica? Hank mi ha lasciata, quindi non ce n'è più bisogno.*

«Salve, pastore,» rispose ricambiando il saluto.

«Unisciti a me.» Toccò l'altra sedia accanto a lui. Sentendosi in trappola, percorse il sentiero di pietra fino alla chiesa. «Mettiti comoda.»

Si sedette sulla sedia, evitando il suo sguardo.

«Come stai? Mi sei mancata domenica scorsa. Tutto a posto?»

«Sto bene.»

«Oh, okay, allora.»

«Ho solo molte cose per la testa.»

«Vuoi parlarne?»

«Non proprio.»

«Non c'è problema. Sarò qui se e quando vorrai.»

Rimase sorpresa dal fatto che lui non le avesse fatto la predica, non si aspettava che fosse preoccupato per lei. Il suo comportamento rispettoso la colse di sorpresa. Non ricordava un momento in cui avesse avuto bisogno di confidarsi con qualcuno più di adesso. Ma poteva dire le cose che doveva, per avere la guida di cui aveva bisogno? O forse non era un consiglio che cercava, ma semplicemente un orecchio comprensivo.

«Bene, fammi pensare. È iniziato tutto al picnic della chiesa.»

«Il picnic?» Il pastore alzò le sopracciglia.

«Sì. Durante una conversazione con Sadie.»

Rise. «Vai avanti. Ora so che posso aspettarmi qualunque cosa.»

«Aveva a che fare con Hank e su dove lui parcheggia la sua auto. Più o meno...»

VERNA ACCESE DUE LAMPADE antivento sul portico posteriore. Le bistecche sfrigolavano sulla griglia, il vino rosso era stato messo a respirare e la tavola era apparecchiata. Dopo aver lasciato il pastore, si era immersa per un po' nella vasca da bagno. Poi, aveva preso una decisione. Hank sarebbe venuto a cena e il palcoscenico era pronto.

Era nervosa, e ciò la rendeva goffa e distratta. Andò in cucina, solo per accorgersi di aver dimenticato ciò che era andata a prendere. Controllò l'orologio. Quando la lancetta dei secondi raggiunse le dodici, sentì il familiare ronzio del SUV di Hank e lo sbattere della portiera di un'auto. Poi il suono del campanello.

Con una rapida aggiustata ai capelli per domare delle ciocche ribelli, si mosse per farlo entrare. E lui era lì in piedi, bello come sempre, vestito con una giacca sportiva kaki, jeans nuovi e una camicia azzurra, aperta sul collo. Il blu chiaro sottolineava il colore brillante dei suoi occhi. Aveva in mano un grande mazzo di rose color albicocca, le sue preferite.

«Queste sono per te.» Le porse i fiori spostando il peso da un piede all'altro.

«Mi ricordano il nostro primo appuntamento,» gli disse. «Grazie.»

«Come hai fatto a indovinare? Ci stavo proprio pensando.»

Accettò i fiori e marciò verso la cucina per metterli in un vaso. Lui la seguì.

«Vuoi qualcosa da bere?»

«Scegli tu.»

«Sangria ora, e vino rosso con la cena?»

«Per me va bene.»

Lei lo precedette fuori fino alla brocca e riempì due bicchieri.

Hank alzò il suo in un brindisi. «Alla donna più bella di tutto il Connecticut.»

Lei percepì il rossore colorarle le guance, ma alzò il bicchiere. «Accomodati,» gli disse.

Si sedettero sulle sedie di vimini, rivolte al magnifico cortile posteriore. Si voltò verso di lui, ed entrambi cominciarono a parlare contemporaneamente. Quindi si zittirono. Lei allora alzò la mano e disse: «Prima io.»

Lui annuì.

«Immagino che tu abbia sentito della figura da stupida che ho fatto ieri sera.»

«Non è quello che mi hanno detto...»

«Basta! Lo ammetto. Non sono orgogliosa di quello che è successo, ma non ho intenzione di mentire al riguardo.»

Le prese la mano. «Ora io.»

Lei annuì.

«Prima del picnic, eravamo felici. Almeno, pensavo che lo fossimo. Io lo ero e tu non hai mai dato segnali di essere infelice. Posso essere lento a volte, ma penso che me ne sarei accorto. Poi, siamo andati al picnic, e improvvisamente, tu sei diventata infelice e mi hai lasciato, e io non so cosa ho fatto o non ho fatto. Che cosa è successo? Puoi dirmi cosa sta succedendo, per favore?»

Verna lo guardò. Sembrava così abbattuto e triste. Il suo cuore si gonfiò nel vedere la sua espressione d'amore, combinata con quella di cucciolo smarrito, sul suo viso. Gli accarezzò le ciocche di capelli che gli ricadevano sulla fronte e gli raccontò di Sadie.

«Vuoi sposarti?» le chiese, posando il bicchiere.

«Non lo so. Forse. Forse volevo solo trovare un uomo che volesse sposarmi.»

«Ti ho fatto la proposta almeno due volte.»

«E poi, hai detto che non eri fatto per il matrimonio.»

«Lo so. Che cosa stupida da dire. Ecco, non è facile vivere con me ma questo non significa che non potrei sposarmi di nuovo.»

Rise. «Non lo so. Forse è così.»

Lui si unì alla sua risata.

«Il punto è che ho lasciato che qualche stupida vecchietta minasse la mia fiducia in te, in noi. Ho permesso che ciò che qualcun altro pensava governasse la mia vita. Non sono mai stata così. Ho fatto un errore,» confessò.

«Se ti imbarazza andare a letto insieme perché non siamo sposati, allora sposiamoci.»

«Non è la proposta più romantica del mondo.»

«Dimmi cosa vuoi, Verna. In questi ultimi giorni non sapere quando ti avrei rivista mi ha fatto impazzire. Ti amo e voglio sposarti. È stato così fin dall'inizio. Ma dovevi volerlo anche tu.»

«Non ne sono sicura. Un giorno, lo vorrei. Il giorno dopo, mi preoccupo dei soldi, e penso che dovremmo lasciare le cose così come sono. Non lo so, Hank. Ero felice come eravamo, ma ora che sono consapevole che qualcuno sta a guardare dove la tua macchina è parcheggiata e per quanto tempo, mi sento a disagio.»

«Ti senti in imbarazzo?»

«Sì.»

«Come se qualcuno ti stesse spiando?»

«È così. Perché lo fanno.»

«Ho fatto una lunga chiacchierata con Buddy,» disse Hank.

«Buddy?»

«Sì, è venuto a casa mia dopo il tuo appuntamento.»

Verna arrossì. «Per favore, non ricordarmelo. Cosa voleva?»

«Voleva sapere cosa avevo fatto per allontanarti.» Hank rise. «Gli ho detto che quando l'avesse scoperto, doveva dirlo anche a me.»

Rise con lui.

«Era preoccupato. Vuole che restiamo insieme.»

«Buono a sapersi.» Sospirò.

«Così, ho pensato e forse ho trovato una soluzione.»

Gli rivolse uno sguardo interrogativo. «Davvero?»

«Sì, forse. Vediamo cosa ne pensi.» Tirò fuori qualcosa dalla tasca e si inginocchiò davanti a lei. «Ho dovuto aspirare la polvere da questa cosa.»

«Polvere?»

«Sì, l'ho comprato per te tanto tempo fa. La prima volta che ti ho fatto la proposta.»

«L'hai fatto?»

«Credi davvero che un uomo della mia età si proponga a una donna senza avere un anello di fidanzamento nella tasca posteriore?» Aprì la piccola scatola, rivelando un bellissimo anello di diamanti a taglio squadrato.

Lei sussultò. «Non mi aspettavo niente del genere.»

«Ecco la mia proposta. Ti amo e voglio sposarti. Ma la data del matrimonio dipende totalmente da te. Se dici "la prossima settimana", va bene. Se dici "tra cinque anni", va bene comunque. Allora, mi sposerai, prima o poi, Verna Carruthers?»

La sincerità gli brillava nello sguardo. Le parole non riuscirono a fermare le sue risate.

«Cosa c'è di divertente?»

«È la soluzione perfetta. Avrei dovuto parlarne direttamente con te.»

«Esatto. Se siamo fidanzati, quelle vecchiette ficcanaso dovranno cercare scandali da qualche altra parte.»

«Hank Montgomery, penso di amarti.»

«Allora, è un sì? Il ginocchio mi sta uccidendo.»

«Sì.» Le tese la mano, e lui le fece scivolare l'anello sul dito.

Si rimise in piedi e poi si chinò per baciarla. «Dannazione, donna. Mi hai fatto preoccupare.»

Lei si lanciò tra le sue braccia in un battito di ciglia. «Ti amo, Hank. Voglio stare con te per sempre.»

«Siamo in due.» Le diede un bacio lungo e lento.

Il suono della bistecchiera attirò la sua attenzione.

«Mangiamo. Sono affamata,» disse, allontanandosi. Verna servì la carne, mentre Hank pensava ai contorni.

«Ora, chi si trasferirà a casa di chi?» le chiese Hank, tagliando un pezzo di carne.

Gli occhi di Verna si spalancarono. «Vivere insieme?»

Capitolo Undici

Harley lasciò Vanessa al The Cottage, un piccolo negozio di abiti firmati a Monroe, mentre andava al raduno che si teneva al campo di football. Griff e suo padre gestivano l'incontro, spiegando quello che sarebbe stato richiesto a ciascuno dei giocatori. Il raduno sarebbe durato quattro ore, dalle nove all'una, e i pranzi al sacco sarebbero stati forniti dalla tavola calda della città. Poi, i bambini sarebbero stati mandati a casa per fare pratica di ciò che avevano imparato.

Il Coach aveva affittato un pulmino per prendere i ragazzi e riportarli a casa ogni giorno. Lyle Barker gli aveva permesso di usare lo stadio. Avevano venti ragazzi, tra le scuole medie e superiori. Hank avvertì gli uomini di fare attenzione al loro linguaggio, ottenendo uno scoppio di risate da parte dei giocatori.

Il raduno sarebbe iniziato lunedì e sarebbe durato due settimane.

Quando la riunione finì, Harley andò al negozio per prendere Vanessa. «Ciao, piccola,» la salutò, dandole un bacio veloce sulle labbra. «Pranziamo alla tavola calda. Fanno della fantastica carne di manzo.»

Vanessa gli si lanciò contro. «Come vuoi tu, tesoro,» rispose, e il suo tono amichevole lo rese sospettoso.

Non appena la proprietaria uscì dal retro, con le braccia cariche di buste, capì. Vanessa aveva fatto un bel po' di acquisti, e Harley avrebbe dovuto pagarli. Dopo tutto, era il suo fidanzato, il suo futuro marito. Sospirò e pescò il portafogli dalla tasca posteriore.

La donna posò una ricevuta sul bancone. Harley la prese e per poco non ebbe un collasso. Diecimila dollari.

«Che diavolo hai comprato?» domandò rivolgendosi alla sua fidanzata.

«Poche cose. Mi serviva qualcosa di nuovo per quell'intervista con Greg Carson e un vestito casual per l'aereo, e...»

«Aereo? Quale aereo?» Tirò fuori la sua American Express.

«Grazie, signor Brennan. Sono sempre felice di servire le mogli e le fidanzate dei giocatori dei Kings,» disse la proprietaria, prima che sparisse di nuovo nella stanza sul retro.

«Ci scommetto,» mormorò. «Diecimila dollari. Spero che uno di quegli abiti fosse di oro massiccio. Ora, tornando all'aereo?» Prese le borse e aspettò che gli restituissero la carta.

«Non te l'avevo detto? Ho due interviste e tre provini per luglio e agosto.»

«Sarai sulla West Coast per due mesi?»

«Ho davvero bisogno di trovarmi lì una casa, non credi? Tu verrai con me, vero?»

«Tesoro, il campo estivo dura quasi tutto luglio e la stagione inizia ad agosto. Devo rimanere qui.»

«Merda!» Il suo viso si rabbuiò. Per un momento, pensò quasi che fosse delusa. «Speravo che potessimo comprare una casa. O almeno un appartamento.»

«Non succederà. Sono già proprietario di due immobili. È sufficiente.»

«Ma tu sei un multimilionario, no? Che differenza farà un altro?»

Rise. «Tesoro, io sto attento ai miei soldi. Domani potrei subire un infortunio e ritrovarmi senza lavoro. E questa cifra sullo scontrino... diavolo mi ha quasi fatto venire un infarto.»

«Hai solo trentatré anni, Harley. Sei troppo giovane per un infarto e anche per lasciare il football, giusto?»

«Sbagliato. Un brutto infortunio potrebbe tenermi lontano dal campo per un po', causando la perdita del contratto. Se non sei in grado di giocare quando il tuo contratto è scaduto, la squadra potrebbe decidere di non rinnovarlo. Quindi le mie entrate sarebbero pari a zero e dovrei cercarmi un nuovo lavoro o vivere dei miei risparmi. Così, questa follia di spendere diecimila dollari in questo modo sarà la prima e ultima volta, se hai intenzione di diventare la signora Brennan.»

La donna ritornò aspettando a rispettosa distanza che finissero la conversazione. Vanessa lo fissò, ma non rispose. Si fiondò fuori dalla porta. Harley con in mano i pacchetti, sorrise alla proprietaria e si diresse verso l'automobile.

Ripose le buste piene di vestiti nuovi nel bagagliaio e poi guidò verso la tavola calda. Una volta entrato, fu grato che lei fosse riuscita a trovare un'insalata nel menu. Mangiarono in un silenzio inquieto. I suoi occhi passavano dalla rabbia al gelo, ma a lui non importava che stesse cercando di fulminarlo con lo sguardo, o che si aspettasse di spendere i suoi soldi a suo piacimento, senza nemmeno chiedere. Diavolo, non erano ancora sposati e lei aveva già cercato di fare un buco nel suo conto in banca.

Il manzo non aveva lo stesso sapore con l'amarezza della loro discussione ancora sulla sua lingua. Mangiò velocemente, e infine uscirono senza scambiarsi una parola. Harley scivolò dietro al volante e Vanessa sbatté duramente la portiera della macchina, attirando la sua attenzione.

La rabbia gli sgorgava dal petto. La riportò a casa in silenzio, pensando a quello che le avrebbe detto al loro arrivo.

La casa era arredata in stile moderno, la maggior parte dei mobili erano bianchi e c'erano molte superfici in vetro. Elementi in legno e cuscini nei toni del turchese, il colore della squadra e dell'oro riscaldavano l'ambiante, rendendolo accogliente.

Vanessa marciò verso la camera da letto con Harley proprio dietro di lei. Gettò le borse sul letto, e le afferrò un braccio, facendola voltare per affrontarlo. Grazie ai tacchi, raggiungeva almeno il metro e settantadue, ed era quasi alla sua altezza.

«Ascoltami bene! Non puoi spendere soldi in questo modo senza prima avermelo chiesto.»

«Spilorcio!»

Sentì l'impulso di schiaffeggiare il suo volto insolente. Si voltò per cercare di trattenersi e si limitò a colpire un cuscino sul letto.

«Non chiamarmi mai più così. Mio padre è un tirchio, non io. Sto solo attento a come spendo i miei soldi.»

«Non rifilarmi qualche storia strappalacrime. Quanto guadagni in un anno? Due milioni?»

«Dieci milioni.»

«E ti preoccupi per dei miseri diecimila dollari?» Lei gli voltò le spalle.

Ancora una volta, le afferrò il braccio e la fece girare verso di lui. «La verità è che ho già avuto un paio di brutte commozioni cerebrali. La mia carriera potrebbe finire in un batter d'occhio.»

«Vuoi dire, morire sul campo?»

«No. Ma potrei facilmente farmi male abbastanza gravemente da non poter continuare a giocare. Ho abbastanza risparmi per poter andare avanti per un po' di tempo. Ma non se sperpero diecimila dollari a ogni uscita di shopping.»

«Mi dispiace. Ho pensato... Dieci milioni... Sembrano tanti.»

«Sì? Tolte le tasse e tutte le altre stronzate che devo pagare per la casa, l'appartamento, l'auto, rimarresti sorpresa da quanto rimane.»

«Quindi, sei povero?» I suoi occhi si spalancarono.

«No, neanche per sogno. Ma non butto via i soldi.»

«Oh.» Le sue labbra si piegarono in una smorfia.

La prese tra le braccia. «Ehi, puoi spendere, ma in piccole quantità. Nessun appartamento a Los Angeles, ma ti darò un'indennità alberghiera per i due mesi che dovrai passare lì, diciamo, quindicimila dollari. Pensi che basteranno?»

«Me la caverò,» piagnucolò.

Si chinò per baciarle il collo. Il suo profumo poteva anche essere il più costoso sul mercato, ma lui lo trovava troppo pesante, e soffocante. Le toccò il seno e lei gli si fece più vicina.

«Facciamo pace. Toglitelo, piccola,» le sussurrò tra i capelli.

«Va bene.» Si allontanò un poco per spogliarsi, prendendosi il tempo per appendere ogni indumento.

Anche se Harley apprezzava sapere che si sarebbe presa cura dei costosi vestiti che le aveva appena comprato, era impaziente. Aveva bisogno di scopare. E placare la piccola voce nel retro della sua testa che si chiedeva se aveva appena pagato quindicimila dollari per fare sesso con la sua fidanzata.

HARLEY ACCOMPAGNÒ VANESSA all'aeroporto Kennedy. Per tutto il tempo, lei chiacchierò delle persone che avrebbe incontrato e sulla possibilità di un ruolo cinematografico o di un ingaggio come modella. Era animata, bella, il viso arrossato per la promessa di felicità. Il suo trucco era perfetto, i suoi vestiti studiati appositamente per il viaggio. Naturalmente, le comprò un biglietto di prima classe, imbarcò le sue tre grandi valigie, e le portò il bagaglio a mano mentre l'accompagnava ai controlli di sicurezza.

Dopo essersi guardata intorno, lei gli diede un bacio appassionato. Harley notò un flash prima di chiudere gli occhi. Questa passione era vera? Le sarebbe mancato? O si trattava solo della pubblicità? Non lo sapeva più. Il suo cervello era pieno di confusione. Cercare di mettere insieme le due o tre diverse Vanesse che conosceva gli fece venire le vertigini. Avrebbe dovuto fidarsi di lei, ma per farlo avrebbe avuto prima bisogno di sapere cosa stava succedendo veramente.

Harley era contento che se ne andasse per due mesi. Aveva bisogno di tempo per pensare alla loro relazione. Si sentiva disorientato e non sapeva cosa fare, era stato colpito dall'uragano Vanessa, un minuto dolce, il successivo altezzosa poi arrabbiata, poi arrogante poi egoista e un minuto dopo lo baciava. Solo la pace e la tranquillità potevano aiutarlo a risolvere la sua vita personale. Stava andando verso un matrimonio soddisfacente? Se era così, di sicuro non aveva preso la strada diretta.

Uscendo dal parcheggio dell'aeroporto, raddrizzò le spalle e sorrise come se un fardello gli fosse stato tolto di dosso. Harley aveva sempre dedicato tutto il suo tempo e le sue energie al football e non vedeva l'ora di essere allo stadio, ad allenarsi con i ragazzi. Gli era mancato. Vanessa aveva sempre qualcosa da fargli fare ogni volta che nominava la palestra. Ora, era fuori forma quindi decise che avrebbe raddoppiato i suoi sforzi.

Le serate al The Beast ripresero, ora che Vanessa era a migliaia di miglia di distanza. Entrò nel bar alle sette, ordinando un Carla Special e un hamburger, e prese posto a uno sgabello al bancone.

«Dov'è la tua compagna?» gli chiese Trunk Mahoney, scivolando sullo sgabello accanto a lui.

«In California.»

«Bene. È un vero capolavoro. Come ci sei finito con lei?»

«Non è così male.»

«Non è così male? Non sembra un bel partito. Ma, ehi, anche il mio primo matrimonio non era esattamente perfetto.»

«Non sto puntando a un primo matrimonio. Questo sarà il mio primo e unico.»

«Magari non è la ragazza giusta? Non fraintendermi. È sexy e attraente, ma non le piacciamo, e noi siamo la tua squadra.»

«Si abituerà.»

«A questi ragazzi? Ne dubito.»

«Vieni. Cinque dollari che riesco a battere la tua brutta faccia,» disse Harley, alzandosi in piedi e afferrando una manciata di freccette.

«Ci sto.»

I due uomini si spostarono sul lato dove il nuovo bersaglio era stato appeso al muro. Non passò molto tempo prima che venissero raggiunti da Buddy Carruthers e Bullhorn Brodsky. Bull e Buddy si bevvero un paio di birre mentre Trunk e Harley rimasero sobri.

Dopo la partita, Trunk accompagnò Buddy e Bull a casa. Erano le dieci, e il bar era vuoto. Harley ordinò un pezzo di cheesecake e una tazza di caffè.

Carla si unì a lui. «Non sei già a letto a quest'ora di solito?» gli chiese.

«Durante il ritiro? Sì. Ma non è così bello tornare a casa da soli.»

«Nostalgia per la tua nuova ragazza?»

«Si può dire così.» Anche se lei non era proprio di compagnia, gli mancava quello che aveva apportato alla sua vita. «Tu e Trunk sembrate felici e questo posto sta venendo bene.»

«Per l'inizio della stagione, dovrebbe essere finito. Ti piace?»

«È incredibile.»

«La mia unica preoccupazione è che qualcuno si metta a litigare e lanci una freccetta contro qualcun altro.»

Harley rise. «Potrebbe succedere.»

«Volevo mettere delle freccette di sicurezza. Hai presente quelle con il velcro? Ma Trunk mi ha convinto a non farlo.»

«Sarà qui per sedersi sulla faccia di chiunque voglia andare troppo oltre.»

«Sì, è il mio buttafuori personale.» Sorrise.

Harley la osservò. Non aveva mai visto Carla così bella. Tutto dentro di lei sembrava risplendere. *È questo l'aspetto dell'amore.* Sapeva che era amore, perché l'aveva già visto prima, sul volto di Shyla quando lo guardava. Si acciglò nel pensare di non averlo mai visto sul volto di Vanessa, nemmeno il giorno in cui le aveva fatto la proposta.

Con il cuore pesante, Harley si alzò e tornò a casa in macchina. Prima che potesse buttarsi sul letto, gli squillò il telefono. Controllò, sperando fosse Vanessa, ma invece era suo padre.

«Harley, ragazzo mio. Novità?»

«Ciao, papà.»

«Aspetta. Ti metto in vivavoce. Tua madre vuole parlare con te.»

«Harley, caro. Quando incontreremo la bella Vanessa? Avete già scelto una data? Ho bisogno di un vestito nuovo.»

«No, non è vero, Minerva,» si intromise il padre di Harley.

«Vecchio tirchio. Comprerò un vestito nuovo per il matrimonio di mio figlio.»

«Sul mio cadavere.»

«Si potrebbe fare,» rispose sua madre.

«Ragazzi, ragazzi. Non litigate. Non c'è ancora nessuna data. Non fino a dopo che la stagione sarà finita comunque. Nessuna fretta.»

«Grazie a Dio non hai fatto la figura dello stupido in quel cazzo di programma,» sbraitò il padre di Harley.

«Arnold, non imprecare.»

«Grazie per la fiducia, papà.»

«Sapevo che ce l'avresti fatta, e l'hai fatto. Hai scelto la migliore pollastra del mucchio.»

«Non chiamare la nostra futura nuora "pollastra", Arnold. E io *comprerò* un vestito nuovo.»

«Mamma, papà, possiamo parlarne un'altra volta? Sono stanco. Avevo allenamento oggi.»

«Certo, certo, figliolo. Abbiamo capito. Ci vediamo al Super Bowl,» rise suo padre prima di riagganciare.

Harley si spogliò e crollò sul letto. In un attimo, cadde in un sonno profondo.

SETTEMBRE ERA UN MESE glorioso a Monroe. Le foglie iniziavano appena a cambiare, il verde vibrante che svaniva lentamente, e l'oro che si insinuava lungo i bordi. L'aria era leggermente più fresca, rendendo più facile giocare a football. Harley arrivò presto allo stadio per la partita del lunedì sera con i St. Louis Sidewinders.

Il buffet era già pronto. Prese un piatto riempiendolo con le sue proteine preferite, arrosto di manzo e pollo alla brace. Poi toccò alle patate al forno per l'energia. Impilò i cavolini di Bruxelles e i broccoli in alto sullo spazio vuoto sul piatto. Prendendo posto al lungo tavolo, ci diede dentro. Il suo appetito era aumentato da quando aveva intensificato gli allenamenti. Era più magro e più veloce che mai, migliorando i suoi record di corsa.

Che fosse dannato se a trentatré anni sarebbe stato considerato sulla via del tramonto come running back. Ed era in forma per dimostrarlo. Il Coach Bass aveva notato il suo miglioramento nei tempi, e il coordinatore dell'attacco voleva inserirlo in più schemi. Fisicamente, era al top. Una cortina fumogena creata per nascondere la sua miseria personale.

Anche se aveva parlato con Vanessa ogni settimana, non poteva più negare la loro incompatibilità. Erano passati quasi quattro mesi e la felicità era ancora fuori dalla portata di Harley. Le loro conversazioni telefoniche consistevano nell'ascoltare le sue lamentele quando non otteneva un ruolo, o nei suoi squittii di gioia quando veniva chiamata per un grande colloquio o per l'ultima selezione per un ingaggio come modella.

Vanessa non seguiva il football. Aveva compreso che lei non lo capiva e lo considerava al di sotto dei suoi standard. Ma sembrava che le piacessero i soldi che l'accompagnavano visto che aveva costretto Harley a pagare un'altra fattura da quindicimila dollari per le sue spese a Los Angeles. Continuava a dirsi di non doversi arrabbiare con la sua futura moglie, che le doveva il suo sostegno. Inoltre, guadagnava un mucchio di soldi, per cos'altro doveva spenderli? Si stava davvero lasciando convincere dalle sue argomentazioni?

Frustrato sessualmente, non si avvicinava nemmeno a descrivere la crescente fame dell'uomo. Il sollievo momentaneo che gli dava la sua mano lo stava stancando. Aveva bisogno di una donna, la sua donna.

Dopo aver accennato che lei sarebbe dovuta tornare in Connecticut più volte senza alcuna risposta, considerò l'idea di ordinarglielo.

«Harley Brennan, mi stai davvero ordinando di volare a casa e fare sesso con te?»

«Il pensiero mi è passato per la mente.» Ridacchiò.

«Assurdo! Giusto ora che stavo facendo dei progressi qui. Non posso credere che tu sia il tipo d'uomo che vuole mettere la sua vita sessuale al di sopra della carriera di sua moglie.»

«Non era quello che intendevo.»

«Ma questo è quello che hai detto. Che egoista.»

E aveva riattaccato.

Harley si era tolto i vestiti e si era guardato allo specchio. Sì, le sue palle c'erano ancora. Allora perché non le stava usando? Vanessa lo stava calpestando. Lui, un aggressivo giocatore di football, che spingeva via gli uomini fuori dalla sua strada e schiacciava gli altri senza farsi scrupoli. Perché non riusciva a tenere testa alla sua fidanzata?

Dopo molte lunghe passeggiate attraverso il Nutmeg Park, finalmente aveva capito. Non le aveva ordinato di tornare perché non l'amava. Qualsiasi magia creata da *Marriage Minded* si era esaurita molto tempo prima. Era stato semplicemente troppo codardo per ammetterlo a se stesso. Aveva commesso un errore, Vanessa non era quella giusta, e non aveva idea di come dirglielo senza infrangere i suoi sogni. E poi, c'era la questione del pubblico, i media e tutto il resto.

Terminò il suo cibo e rimase a fare compagnia ai suoi amici mentre mangiavano. Tuffer Demson stava divorando un piatto pieno di carne. Harley gli diede una pacca sulla schiena.

«Tutto bene, Tuff?»

L'altro si limitò ad annuire, con la bocca piena.

«Tuffer sta uscendo con la figlia del Coach,» lo informò Trunk Mahoney, sedendosi vicino a loro.

«Sì? È sexy?» chiese Harley.

Tuffer annuì di nuovo.

«Probabilmente stai scopando più di quanto non faccia io, e sono fidanzato.» Harley scoppiò in una breve risata.

«Non è così. Mi piace. Ci frequentiamo,» disse Tuffer, mandando giù un boccone.

«Vacci piano con il cibo. Non vorrai rallentare il tuo corpo,» si intromise Trunk, guardando il piatto pieno del suo compagno di squadra.

«L'allenatore mi ha detto di fare scorta di proteine. È quello che sto facendo.»

«Fai scorta di sesso. Ti rilassa e brucia le calorie,» ridacchiò Harley.

«Ehi, ragazzi. Non sono affari vostri.»

«Hai una vita sessuale? Sono contento di sentirlo.» disse Trunk toccando l'uomo più giovane sulla spalla.

«Voi ragazzi siete più ficcanaso di un gruppo di vecchiette,» disse Tuffer, tagliando un altro pezzo di carne.

«Ti copriamo le spalle. Tutto qui.»

«Giusto. Poi hai guardato quel video?» chiese Trunk, con gli occhi scintillanti di malizia.

«Non sono affari tuoi.»

«Oh, quindi l'hai fatto? Capisco,» rise l'altro.

«Quale video?» chiese Harley.

«Ma non esiste la privacy da queste parti?» chiese Demson.

«O Face Challenge,» gli rispose Trunk. «Mi pare si chiami così.» Harley scoppiò a ridere. «Il miglior video sul sesso di sempre.»

«L'hai visto?» chiese Tuffer fissando il running back.

«Ogni membro della squadra lo ha fatto. Perché pensi che siamo sempre così fortunati? I Kings dettano legge, sia in camera da letto che sul campo,» ridacchiò Harley. Prese il suo piatto e lo lasciò sul tavolino dove erano impilati i piatti sporchi. Poi, andò al suo armadietto a cambiarsi per la partita.

Capitolo Dodici

Quando tutti terminarono di mangiare, il Coach Bass richiamò l'attenzione della squadra.

«So che in passato abbiamo battuto i Sidewinders, ma hanno aggiunto un paio di giocatori alla loro rosa. Sì, sono dei novellini, ma il loro wide receiver è micidiale. È veloce quasi quanto Brennan.»

Gli uomini risero.

«Seriamente. Il loro nuovo defensive linebacker, il numero sessantatré, probabilmente non conosce ancora bene le regole, quindi attenzione. È noto come frantumatore di ossa. Ha bisogno di ricevere un paio di penalità, prima di calmarsi. State lontano da lui.

«Metteremo in atto alcuni nuovi schemi di gioco in questa stagione. Spero che li abbiate memorizzati. È un nuovo giorno. Un nuovo inizio, e stiamo lavorando per vincere un nuovo Super Bowl. Quindi, diamoci da fare e rimandiamoli a St. Louis da perdenti!»

La squadra allungò le mani facendo l'urlo dei Kings. Scesero in campo sotto il tifo della folla della loro città natale. I giocatori si disposero in fila con le mani sul cuore mentre risuonava l'inno nazionale.

Harley guardò l'altra squadra, alla ricerca del nuovo difensore. Vide un uomo enorme con un viso giovane. *Deve essere lui.* Il ragazzo era un bestione, alto circa uno e novanta per almeno centotredici chili, secondo le stime di Harley. Maglia numero 63. Si chinò per sussurrare a Lawson "The Kid" Breaker, uno degli offensive linemen dei Kings: «È lui. Quel mostro lì. Numero 63. L'hai visto?»

Breaker annuì.

«Quello è il tizio da cui devi proteggermi. Okay?»

«Capito.»

Griff Montgomery, il quarterback, si spostò al centro per il lancio della moneta. Persero, e i Sidewinders scelsero di dare il calcio di inizio. Il corpo di Harley si tese in allerta, l'energia che gli scorreva nelle vene. Contò mentre Buddy Carruthers e il resto dei receiver della squadra speciale scesero in campo.

Il pallone venne intercettato da Marquel Johnson, un altro wide receiver, invece che da Buddy. Harley capì che i Sidewinders volevano tenere la palla lontano da Carruthers a tutti i costi. *Mossa intelligente.*

Fece conquistare ai Kings la linea delle venticinque yard. Harley si sganciò le cinghie della mentoniera e corse fuori sul campo. La prima azione sarebbe stata un passaggio, probabilmente a Buddy, a meno che non fosse libero. La palla venne lanciata, e Griff si lasciò trasportare dalla corrente. Buddy e Marquel erano entrambi coperti. Griff dovette correre per afferrarlo. Harley lo raggiunse rapidamente e bloccò un difensore, togliendolo di mezzo. Il quarterback scivolò per due yard, segnando il primo down.

I Sidewinders erano stati bravi nel bloccare Buddy Carruthers con una doppia marcatura. Il passaggio ad Harley era la prossima azione. Breaker avrebbe bloccato chi avrebbe cercato di placcare il running back. Si guardarono un secondo negli occhi prima del lancio.

Griff consegnò la palla ad Harley, e Lawson caricò in avanti. Dal nulla arrivò il numero sessantatré, sfrecciando dritto verso Harley. Breaker gli saltò davanti, e l'altro lo buttò a terra. Harley prese velocità allontanandosi dalla zona dello scontro. Sfrecciò per venti yard prima che un cornerback lo raggiungesse, afferrandolo per la vita e tirandolo giù.

Il fischietto soffiò. Buddy gli diede una mano ad alzarsi, e si voltarono per vedere Lawson Breaker sdraiato sul campo. Hank era già lì per occuparsi di lui. Il running back e il wide receiver corsero da lui e si inginocchiarono. The Kid non si muoveva. Hank gli stava parlando dolcemente, e in pochi secondi, Breaker mosse il piede e poi si sedette con l'aiuto di Hank.

L'arbitro annunciò un fallo personale per eccessiva brutalità infliggendo al numero sessantatré la sua prima penalità di quindici yard da professionista. Lawson venne scortato fuori dal campo e condotto nello spogliatoio per attuare il protocollo in caso di commozione cerebrale.

Harley bruciava di rabbia e Buddy dovette trattenerlo. Voleva atterrare quel tizio. Breaker era uno dei ragazzi più dolci della squadra.

In mezzo alla confusione, Griff gli parlò. «Passaggio tuo, Brennan. Devi segnare. Mostra a quel fottuto bastardo che non può fare questo a un Kings.»

Una scarica di energia attraversò il corpo di Harley. Griff chiamò i numeri, e la palla venne lanciata. Il quarterback finse un passaggio alla sua destra, mentre Harley passò dietro di lui e gli strappò di mano la palla da dietro la schiena di Montgomery. La offensive line era bloccata e Harley cominciò a correre. Spinto dalla furia, sembrava volasse, dribblando e zigzagando intorno ai difensori. All'ultimo, il running back si liberò e corse come un fulmine per segnare un touchdown.

Il Coach Bass fece il suo piccolo ballo della vittoria mentre i compagni di squadra di Harley gli diedero pacche sulla schiena. Lui lanciò uno sguardo gongolante al numero sessantatré prima di lasciare il campo. Robbie Anthony calciò il pallone per il punto extra poi lanciò la palla nella end zone per un touchback. I Sidewinders presero il sopravvento sulla propria linea delle venti yard.

Trunk Mahoney e Tuffer Demson scesero in campo. Harley guardò dal margine come i Kings lavoravano per bloccare i giocatori di St. Louis. Lawson Breaker tornò in panchina.

Il running back lo raggiunse. «Grazie per aver bloccato quel gorilla.»

«Prego, credo. Che cosa ho fatto?»

Il sorriso di Harley si trasformò in un cipiglio. Conosceva bene le conseguenze di una commozione cerebrale, essendoci passato lui stesso. La perdita di memoria a breve termine era una di queste. Diede a Breaker una pacca sulla spalla. «Non importa. Sei stato un eroe. Grazie. Abbiamo segnato.»

The Kid annuì. Riportarono la loro attenzione al campo. Il nuovo wide receiver dei Sidewinders era veloce come il vento. Coach Bass schierò la difesa e mise il cornerback, Devon Drake, il loro giocatore più veloce, a marcare il novellino. Devon riuscì a tenere il passo del giovane receiver per la maggior parte del tempo. Bloccò un passaggio e per poco non ne intercettò un altro. I Sidewinders dovettero limitarsi a un calcio piazzato.

Harley tornò in campo. Questa volta, Griff chiamò lo "switch" che significava che Harley e Buddy si sarebbero scambiati. Harley iniziò a correre, e Griff lanciò il pallone verso il running back. I Sidewinders vennero colti alla sprovvista, impegnati a marcare doppio Buddy. Non si aspettavano che un running back ricevesse un passaggio. Harley afferrò saldamente la palla superando l'unico difensore nelle vicinanze, lanciandosi a razzo verso la linea di meta.

Superata la linea, il numero sessantatré gli saltò addosso, mandandolo a schiantarsi contro il palo della porta, facendolo rimanere senza fiato. Harley tenne stretta la palla mentre si contorceva a terra. Vagamente, sentì un fischio, ma continuò a difendere la palla. Ansimò in cerca d'aria, la bocca spalancata, gli occhi fuori dalle orbite.

Hank Montgomery fu da lui in un lampo. Brodisky e Griff fissavano il running back. Alla fine, il suo diaframma ricominciò a funzionare, e risucchiò aria nei polmoni. Il silenzio era caduto sulla folla. Hank prese la palla e la lanciò al figlio, Griff.

«Stai bene?» chiese il trainer.

Harley annuì, mettendosi a sedere, ma respirando ancora troppo rapidamente. Le vertigini lo tennero a terra per un altro minuto.

«Harley?» Gli occhi preoccupati di Hank guardavano il giocatore.

«Sto bene,» sussultò. «Solo un po' di vertigini.»

«Una commozione cerebrale,» mormorò Hank.

Harley mise la mano sul braccio dell'allenatore e scosse la testa. Il dolore al petto gli fece pensare a una costola contusa o rotta. «Non ho battuto la testa. Fidati di me. Me ne accorgerei se si trattasse di una commozione cerebrale.»

«Ti fa male qualcosa?»

«Sì. Qui,» disse Harley, passandosi la mano sul busto.

«Le costole. Okay. Ti fasceremo durante l'intervallo. Per ora sei fuori.»

«Merda. Andiamo, Hank. Posso ancora giocare.»

«Stronzate. Andiamo.» Hank si alzò.

Griff offrì ad Harley la sua mano. La folla si scatenò quando il running back si rimise in piedi e camminò, sulle proprie gambe, verso la panchina, imprecando per tutto il tempo.

«HARLEY, ALZATI!» SHYLA saltò in piedi dalla sua sedia, urlando alla televisione. Guardare la partita in TV era snervante. Camminò avanti e indietro davanti lo schermo nel salotto di Mindy e Drew. «Se fossi lì, potrei tenerlo d'occhio. Assicurarmi che stia bene.»

«I trainer si prenderanno cura di lui,» le disse Mindy.

«Ma non quando tornerà a casa.»

«Ecco a cosa serve una fidanzata. È lì?» chiese Drew.

«È a Los Angeles, credo. Almeno questo è quello che ho letto sui tabloid.»

«Quindi, hanno una relazione a distanza... proprio come la vostra?» le domandò Mindy.

«Se la metti in questo modo, credo di sì. Ma non era previsto che lei se ne volasse sulla costa occidentale. Gli aveva detto che sarebbe rimasta con lui, almeno durante la stagione.»

«A quanto pare non è così,» intervenne Drew aprendo un'altra birra.

Shyla si buttò sul divano, le labbra serrate. Cercare di dimenticare Harley non aveva funzionato. Forse anche il suo fidanzamento non stava funzionando. Almeno Shy era abbastanza vicina da poter andare da lui se avesse avuto bisogno di lei. Essere a tre ore di distanza era molto meglio che essere dall'altra parte dell'oceano.

Anche se Mindy aveva offerto a Shyla il lavoro a tempo indeterminato, la scenografa non era ancora disposta a vendere il suo appartamento a Manhattan e trasferirsi a Pine Grove. Aveva deciso di aspettare fino a quando non fosse stata sicura che avrebbe funzionato. Così, aveva subaffittato il suo appartamento e affittato un piccolo locale al piano di sopra nella casa di Laura e Barney Dailey a Pine Grove.

Pine Grove era a quasi il doppio della distanza da Monroe rispetto a Manhattan, un viaggio di tre ore. Shyla quindi si era rassegnata a guardare Harley in televisione invece che di persona. Il lato positivo era che sarebbe stata comunque abbastanza vicina se avesse voluto andare a una partita, e sarebbe rimasta in un posto solo, in modo da poter scegliere e decidere quello che voleva vedere.

Stare da sola senza la prospettiva di vedere Harley aveva lasciato un vuoto nella sua vita. Quando non lavorava camminava avanti e indietro per la casa senza uno scopo. Mindy e suo marito, Drew, avevano fatto entrare Shy nella loro piccola cerchia di amici.

Drew aveva provato a sistemarla un paio di volte con alcuni suoi amici, colleghi avvocati. Ma Shy non riusciva a provare entusiasmo per un uomo nuovo. Quando sei stata con Harley Brennan, nessun mortale potrebbe reggere il confronto, si diceva. La battuta conteneva più verità di quanto lei fosse pronta ad ammettere.

L'estate era stata la stagione più movimentata. Shy aveva dovuto correre per tenere il passo con l'apertura di ogni nuovo spettacolo. Due settimane e *bam!*, un nuovo spettacolo doveva essere pronto. Era un manicomio, ma lei amava il suo lavoro. La sua creatività fluiva mentre se ne stava seduta nel suo appartamento, godendosi la vista del lago dalla finestra panoramica disegnando una nuova scenografia.

Le vendite dei biglietti per lo spettacolo di settembre erano state più lente, così avevano deciso di tenerlo in scena per un mese. Il programma più flessibile aveva dato a Shy più tempo per preparare i nuovi set e tempo libero per conoscere la comunità. Pine Grove le piaceva. Le persone amichevoli e gli eventi della comunità, come i barbecue della chiesa, le vendite nei garage e le raccolte di fondi per i paramedici volontari, la facevano sentire parte della città.

Il lunedì sera e la domenica, seguiva i programmi della NFL, cercando le partite di Harley. Guardò anche un paio di cerimonie. Vederlo in televisione era sempre meglio che non vederlo affatto. Per quanto desiderasse guidare fino a Monroe e guardarlo giocare dagli spalti, si trattenne. Harley era un uomo fidanzato ora. Era impegnato, e lei aveva bisogno di tenersi lontana da lui.

I Kings vinsero, diciassette a quattordici, sui Sidewinders di St. Louis. Shyla si lasciò andare a una piccola danza della vittoria con i suoi amici prima di tornare a casa. La calda serata di settembre la spinse a rimanere in giro. Camminò fino al lago e si sedette sul molo dei Dailey, osservando un'aquila che piombava sull'acqua, in cerca di pesce.

Prese in mano il telefono. *Lo sto solo chiamando. Non toccando, né andando a letto con lui. È fidanzato, non morto. Posso ancora parlargli.*

«Sì?» La sua voce sembrava assonnata.

«Harley, sono io. Shyla.»

«Oh. Sì. Ciao.» Lo sentì schiarirsi la gola.

«Come stai?»

«Bene.»

«Non sembrava.»

«Stavi guardando?»

«Certo.»

«Dove sei? Pensavo fossi a Parigi, in Marocco, o qualcosa del genere.»

Rise. «No. Sono a Pine Grove, New York.»

«Dove?»

«Una piccola città nel nord dello stato, vicino alla Pennsylvania. Hanno un teatro qui. Mi occupo delle loro scenografie.»

«Che cosa è successo?»

Prese un respiro profondo. «Nessuno mi voleva assumere. Voglio dire, dopo quello che è successo a *Marriage Minded*. Beh, ho violato il contratto. Gunther Quill era furioso. Sono stata tagliata fuori.»

«Oh, merda! È terribile. Mi dispiace tanto. Hai bisogno di soldi o altro?»

«No. Sto bene,» mentì.

«Perché stai chiamando?»

«Per scoprire cosa ti fosse successo oggi.» *Non vuole che lo chiami.*

«Solo un paio di costole incrinate. Starò bene.»

«Grazie a Dio non si tratta di un'altra commozione cerebrale.»

«Sì. Sono stato fortunato.»

«Qualcuno dovrebbe dargli una lezione a quell'animale,» gli disse.

«Sì.»

Ci fu un silenzio imbarazzante.

«Ascolta, ti ho chiamato solo come amica. So che sei fidanzato. So tutto di Vanessa. Va bene. Se ti mette in imbarazzo, allora non ti chiamerò più.» Il cuore le batteva forte, e la bocca le si seccò.

«No, no. Va bene. Voglio dire, è bello che tu mi stia tenendo d'occhio.»

«Non lo chiamerei esattamente "tenerti d'occhio".»

«Sai cosa voglio dire.»

Sospirò. Conosceva Harley Brennan dentro e fuori. «Sì, capisco. Guarda, si sta facendo tardi. Devo andare.»

«Grazie per aver chiamato. È stato carino da parte tua,» le disse, il suo tono formale e impacciato le fece salire le lacrime agli occhi.

«Guarisci presto.»

«Certo. Riguardati.»

La comunicazione si interruppe. Se aveva mai avuto dubbi sul fatto che Harley fosse andato avanti, ora non ne aveva più. Distante, teso, a corto di parole: era un Harley che non aveva mai conosciuto. Il sollievo che provava per la scoperta che l'infortunio non era stato grave venne oscurato dalla tristezza che fluiva dentro di lei. Il loro legame non esisteva più, nemmeno come amici, e il dolore fu come una pugnalata al cuore.

HARLEY SI STROFINÒ la barba e chiuse gli occhi.

«Merda.»

Venire svegliato, lo aveva colto di sorpresa. Non si aspettava che Shyla lo chiamasse. Non pensava che si sarebbe disturbata a guardare la partita. Francamente, aveva pensato che lei si trovasse fuori dal paese, in qualche luogo esotico a scopare con qualche attore o regista sexy.

Mille volte aveva pensato di chiamarla, ma non sapeva cosa dirle. Aveva provato un paio di versioni diverse nella sua testa. *Chiamo per dirti che mi sono fidanzato con Vanessa. Non che ti possa davvero interessare. O forse lo hai già sentito al telegiornale.* Niente gli sembrava adatto.

Le sarebbe importato? Lui aveva pensato di no. Ma lei lo aveva chiamato, preoccupata per la sua salute. E lui l'aveva liquidata. *Che coglione!* Voleva sbattere la testa contro il muro, ma sentiva già abbastanza dolore fisico.

Cos'altro avrebbe potuto fare? Era intrappolato in un fidanzamento di interesse pubblico con una donna che non era quella giusta per lui. Il loro rapporto lo soffocava, lasciandolo vuoto dentro. Era bloccato tra i suoi obblighi e i suoi desideri, correva in cerchio, cercando di capire cosa fare. La sua situazione gli ricordava quell'attrazione del parco divertimenti, la casa degli specchi. Ovunque si voltasse, vedeva il riflesso di Vanessa. Non riusciva a trovare via d'uscita.

Erano le undici e ormai era sveglio. Gli squillò di nuovo il cellulare. Questa volta era Vanessa.

«Harley! Ti ho svegliato?»

«Ero già sveglio.»

«Bene. Come stai? Al telegiornale hanno detto che ti eri fatto male.»

«Sì. Ho delle costole incrinate. Sopravvivrò.»

«Oh, bene. Sono contenta che non sia niente di grave.»

Si morse la lingua. Il silenzio scese tra loro.

«Quando torni?» le chiese.

«Non lo so. Domani ho un'intervista per "Bride's Magazine". Augurami buona fortuna.»

«Buona fortuna.»

«Potrei fare un salto e sorprenderti.»

«Fantastico. Fammi sapere. È tardi, e sono stanco.»

«Certo. Buonanotte, tesoro. Dormi bene.» Gli mandò un bacio per telefono.

Rabbrividì. «Anche tu,» le disse, prima di chiudere.

Si versò un bicchiere di scotch e se lo scolò prima di infilarsi di nuovo sotto le coperte. Aveva bisogno di conforto. Non di sesso, perché sarebbe stato troppo doloroso, indipendentemente dalla posizione che avesse scelto. Del buon comfort vecchio stile, come una ciotola di zuppa di pollo fatta in casa. L'unico posto in cui aveva mai trovato tutto questo era nel letto di Shyla Hollings. Ma ormai era off-limits. Fissò il soffitto, contando le pecore e rigirandosi fino a quando il sonno ebbe la meglio sul suo corpo dolorante.

La mattina seguente si svegliò pieno di dolori. L'allenamento non era previsto nelle attività della sua giornata. Decise di annegare le sue pene nella carne di manzo in scatola da Pete & Joe's. Non c'era nessuno degli altri giocatori perché tutti si stavano allenando. Così, comprò del cibo da asporto e si diresse allo stadio. Stare con la squadra gli migliorava l'umore.

Portò il suo sacchetto di carta ai margini dove i coordinatori della difesa e dell'attacco guidavano i giocatori attraverso i nuovi schemi di gioco. Si sedette sulla panchina e tirò fuori il suo panino. L'assistente allenatore fischiò chiamando una pausa. Tutti si riversarono da Harley in trenta secondi.

«Con carne di manzo in scatola? Dove l'hai preso?» gli chiese Tuffer Demson.

«Da Pete & Joe's. In città. Non l'hai mai provato? Ti stai perdendo qualcosa. È fantastico.»

Harley poteva vedere il defensive linebacker iniziare a sbavare mentre mangiava. Il giovane fissò il panino.

«No, non te lo do, amico.»

«Solo un morso?»

«Un tuo morso equivale a tutto il panino!» lo prese in giro Harley, ma lo porse comunque a Demson, che gli diede un bel morso.

«Che ci fai qui? Pensavo fossi ferito,» gli disse Trunk.

«Lo ero. Lo sono. Ma non sono morto. Non è una commozione cerebrale. Solo qualche costola incrinata.»

Il Coach Bass gli diede una pacca sulla schiena, facendogli vedere doppio per il dolore.

«Ehi, Coach. Potrebbe andarci piano?»

«Oh, scusa, scusa. L'avevo dimenticato. Come stanno le tue costole?»

«Sensibili. Ma posso giocare questa settimana.»

«Fatti prima visitare dal dottore. Nel frattempo, niente allenamenti e non strafare. E vacci piano con il manzo in scatola.»

«Sì, sì.»

«Quello stronzo dei Sidewinders si meriterebbe una punizione,» disse Griff, unendosi anche lui al gruppo.

«Se continua a giocare in questo modo, verrà sospeso,» si intromise Bullhorn Brodsky.

«E sanzionato,» aggiunse Tuffer.

«Gli serve solo trovare lo stronzo giusto,» disse Harley, tra un boccone e l'altro.

«Dove hai detto che è il Pete & Joe's?» gli chiese Demson.

Harley gli diede le indicazioni, poi alzò il cappuccio della sua giacca a vento e si sedette al sole, guardando la squadra allenarsi con gli schemi. Quando era arrivato per la prima volta nei Kings, gli mancava la sua vecchia squadra, i Delaware Demons. Ma i Kings lo avevano fatto sentire il benvenuto, e ora lui li considerava come una famiglia.

Dopo gli allenamenti lui, Tuffer, Bull e Trunk si recarono al The Savage Beast. Harley prese una birra e un hamburger. Gli uomini giocarono a freccette e rimasero sorpresi quando Demson vinse.

«Mi domando se sia così preciso anche con il suo cazzo,» si chiese Harley.

«Non lo so. Chiediamoglielo. Ehi, Demson, come va la tua vita sessuale?» sghignazzò Trunk.

«Zitto, Trunk,» gli rispose Tuffer, raccogliendo una manciata di freccette. «Qualche stronzo tra voi vuole la rivincita?»

«Vuoi scherzare? Sei troppo bravo. Sarai stato un professionista in un'altra vita,» gli rispose Bull.

Tuffer rise. «Sì, giusto. Codardi. Tutti voi. Nessuno ha le palle?»

«Le mie le conservo per mia moglie,» disse Trunk.

Carla, che stava passando con in mano un vassoio vuoto, gli lanciò un'occhiataccia.

«Oh, oh. Qualcuno è nei guai,» intervenne Harley.

«È meglio che stia zitto,» rispose Trunk. «Ma accetterò la tua sfida Demson. Dieci dollari che non riuscirai a vincere di nuovo.»

«Nasce un babbeo ogni giorno,» sorrise Tuffer.

La serata passò con qualche boccale di birra e un sacco di partite a freccette. Tuffer le vinse tutte tranne una vinta da Harley e un'altra da Bull. Dopo, Harley camminò intorno all'isolato per assicurarsi di essere abbastanza sobrio per guidare, anche se Trunk si era offerto di accompagnarlo.

Con la capote abbassata la fresca aria di settembre gli accarezzava il viso. Accese la radio e alzò il volume per cantare una delle sue canzoni preferite. La vita era bella. Certo, le sue costole si erano quasi rotte, e la sua vita amorosa faceva schifo, ma per il resto era felice.

Tornato a casa non si aspettava di trovare le luci accese. Non si era mai dimenticato di spegnerle quindi si chiese se qualcuno non avesse fatto irruzione. Prese la mazza che aveva in garage e si avvicinò lentamente alla porta d'ingresso.

Quando la aprì, la parola "sorpresa" lo colpì come una tonnellata di mattoni. Nell'ingresso c'era Vanessa, con indosso solo un négligé nero.

La bocca di Harley si spalancò per la sorpresa. «Che ci fai qui?»

«Pensavo mi volessi qui.»

«Era così. È così. Voglio dire. Certo. Ma pensavo che...»

«Volevo farti una sorpresa.»

«Ci sei riuscita.»

«Dai, andiamo di sopra.» Gli lanciò uno sguardo provocatorio tendendogli la mano.

Rise. «Di tutte le cose... Non posso proprio fare niente al momento.»

«In che senso non puoi?»

«Piccola, per poco le mie costole non si sono rotte! Riesco a malapena a muovermi. Sicuramente non posso scopare.»

«Dannazione! Speravo che potessimo spassarcela.»

«Che dolce.» Le fece scorrere le dita tra i capelli. «Ma non stasera. Forse entro il fine settimana. Sarai ancora qui?»

«Solo fino a domenica. Poi, ho un servizio fotografico per lo shampoo Alvarinse.»

«Uno spot?»

«No, un annuncio stampato. Regionale. Ma posso mostrarlo in giro. La mia agente ha detto che è un buon inizio.»

«Buon per te.»

«Sei ubriaco?»

«Ho bevuto un po'. Ma l'ho smaltito. Non sono ubriaco. Mi sento bene. Che ne dici di un po' di coccole con il tuo futuro marito?»

«Certo, tesoro. Quello che vuoi.»

Salì le scale, insicuro di quello che sarebbe successo in camera da letto.

Capitolo Tredici

Harley passò alcuni giorni difficili tra martedì e sabato. Vanessa rimase con lui, come promesso ma lui partecipò agli allenamenti, mentendo sul perché dovesse andarci, semplicemente per uscire di casa. Le incessanti chiacchiere di Vanessa riguardo a produttori, redattori di riviste e Steffie, la sua agente, lo facevano impazzire. L'interesse della sua ragazza per il football sembrava diminuire a ogni conversazione.

«Ti sentirai una stupida alla partita se non sai cosa sta succedendo in campo,» l'avvertì lui sabato sera. Sarebbe stata presente alla partita con le mogli e le fidanzate della squadra. Le donne erano curiose di conoscerla.

Così, spense il telefono e si sedette ad ascoltarlo per mezz'ora. A quel punto, dichiarò: «Ho capito. Faccio il tifo quando uno degli uomini con la divisa bianca e turchese attraversa la linea di porta. O se qualcuno calcia la palla oltre quella grossa cosa dietro la linea di porta. Giusto?»

La sua bocca si spalancò per la sua spiegazione così semplicistica del gioco. Sarebbe stato divertente se l'avesse visto in TV, ma sentirlo dalla bocca della sua fidanzata lo gelò fino al midollo. «Più o meno. Ci sono delle cose chiamate "down"...»

«Se non si fa un down, fai un "up"?»

Ancora una volta, la fissò. Nessuno poteva essere così ignorante o stupido. «Non sai un bel niente di football, vero? Hai un padre? Dei fratelli?»

«Niente fratelli. Un padre, sì. A volte guardava le partite. Quelli erano i giorni in cui la mamma aveva il permesso di andare a fare shopping. Quindi, uscivamo di casa quando iniziava la partita.»

Sarebbe stato più difficile di quanto avesse immaginato. «Ripartiamo da zero.»

«Mi piace come faceva papà. Non posso andare a fare shopping durante la partita?»

«Non vuoi guardarmi giocare?»

«Certo. Ma non giochi tutto il tempo, no?»

«No, la difesa è in campo per metà del tempo.»

«Posso andare a fare shopping in quei momenti?»

Harley si sbatté il palmo della mano sulla fronte. «Non funziona così. Devi restare a guardare tutta la partita.»

«Le altre mogli rimangono?»

«Sì, e alcune si divertono pure. Anche alcune fidanzate. Dopo la partita, andiamo tutti al The Savage Beast.» Per quanto ci provasse, non riusciva a togliersi dalla mente il viso di Shyla.

«Gusti diversi, sai,» disse, riaccendendo il telefono. «Guarda. Ho due messaggi da Steffie.»

Capì che il tempo per monopolizzare la sua attenzione era finito. Harley scese nella palestra che aveva costruito nel suo seminterrato e accese il tapis roulant. Non poteva fare pesi, ma poteva almeno sfogare la sua frustrazione.

Basta. Non ce la faccio più. È finita.

Con ogni passo che faceva racimolava coraggio, la sua determinazione si fortificò. Doveva annullare il fidanzamento. La mascella serrata, le labbra appiattite in una linea sottile, si sorprese quando la porta si aprì.

«So che non possiamo fare sesso a causa delle costole. Ma vuoi un pompino?»

La sua versione di un sorriso sorridente e sexy gli fece venire voglia di ridere. Ma si trattenne. Non riusciva a credere alle sue orecchie. «Stai scherzando?»

«No. Abbassi i pantaloni, signore,» gli disse, pigiando il pulsante "off" sulla macchina.

Lui studiò il suo volto alla ricerca di motivi nascosti, ma non ne trovò.

Lei abbassò lo sguardo. «So di non essere stata molto gentile con te. Non ti ho dato tempo e attenzione. Mi sento in colpa, davvero. Mi hai dato tutti questi soldi, e io mi sono comportata, beh, da ingrata. Ma non lo sono. Davvero. Sono sincera. Penso che tu sia stato meraviglioso con me, e ringrazio la mia buona stella ogni giorno.»

«Davvero?» Cercò di tenere l'incredulità fuori dalla sua voce.

«Sì. Chiedi a Steffie se vuoi. Ti dirà quanto spesso parlo di te e quanto ammiro il tuo successo e la tua generosità. Voglio dire, permettermi di stare a Los Angeles per tutto questo tempo. È stato bello da parte tua e ha significato molto per me.»

La studiò, meravigliandosi dello sguardo umile nei suoi occhi. O era la più grande attrice del mondo, o lo pensava davvero. Aveva percepito che stava per gettare la spugna? Come avrebbe potuto? La sua bellezza riemerse.

Gli posò le mani su entrambi i lati dei suoi pantaloncini abbassandoli. «Non te ne pentirai. Sono brava a farlo,» gli disse, inginocchiandosi davanti a lui.

Harley non poté fare altro che fissarla. Quando lei si chinò su di lui, lui chiuse gli occhi stringendo le dita attorno alla sbarra del tapis roulant, per sostenersi. Nel giro di trenta secondi, si trovò per la prima volta in totale accordo con lei.

Era brava. Molto brava, in effetti.

DOMENICA, VANESSA IMPIEGÒ due ore per prepararsi per la partita, facendolo quasi arrivare in ritardo. Fortunatamente, conoscendo la sua inclinazione a prendersi il suo tempo per vestirsi e truccarsi, aveva programmato un sacco di tempo extra prima che partissero per lo stadio. Le mogli e le fidanzate della squadra le diedero un caloroso benvenuto. Stormy Gregory, la ragazza di Devon Drake, accompagnò Vanessa a trovare un posto a sedere.

Harley si sentiva abbastanza bene. Il dottore gli fasciò di nuovo il petto, aggiungendo un'imbottitura extra prima di dargli l'autorizzazione a giocare. «Vacci piano. Niente più ferite.»

Harley annuì e tornò nello spogliatoio. Preparandosi per la loro partita contro i Montana Rams, rivalutò il suo rapporto con Vanessa. Le sue scuse, la confessione e la sua abilità sessuale lo avevano stordito. Rivalutò il loro fidanzamento e decise di lasciare le cose come stavano per il momento. Vanessa aveva dei talenti nascosti che non vedeva l'ora di esplorare.

«L'allenatore è ancora incazzato,» disse Griff, aprendo il suo armadietto.

«Per cosa?» chiese Trunk.

«Non hai sentito? Prima che sua moglie diventasse sua moglie, si è arrabbiata con Lyle, ha dato le dimissioni e ha accettato un lavoro con i Rams.»

«Se n'è andata?» chiese Harley.

«Quasi. Si dice che abbia gettato l'anello di fidanzamento in faccia al Coach e che sia andata a convivere con il proprietario dei Rams.»

«Porca puttana! Davvero?» Trunk si sedette sulla panchina per legarsi le scarpe.

«L'allenatore era pazzo di rabbia.» Griff fischiò. «Non l'avevo mai visto così arrabbiato.»

«Cos'è successo?»

«Ha convinto Lyle a scusarsi. Poi, ha convinto lei a sposarlo,» disse Griff.

«Il Coach sa essere davvero persuasivo, ma ha davvero convinto Lyle a scusarsi?» chiese Devon Drake.

«È stato impressionante. Non l'avrebbe lasciata scappare.» Griff sbatté il suo armadietto per chiuderlo.

«È per questo che odia i Rams?» chiese Bull.

«Credo di sì.» Griff si passò le mani tra i capelli.

«Di sicuro si agita parecchio prima di una partita con i Rams,» disse Harley.

Quando il Coach Bass entrò nella stanza, tutte le conversazioni cessarono. Si guardò intorno. «Non so cosa stia succedendo, ma dobbiamo riesaminare alcune cose prima di battere i Rams.»

I giocatori si guardarono l'un l'altro.

L'allenatore li guardò malissimo. «Ecco il piano. Nessuno scarto. Dobbiamo massacrarli. Nessuna vittoria di soli tre punti come la settimana scorsa. Voglio surclassarli di almeno venti punti. Umiliarli. Bisogna far loro sapere chi è la squadra migliore. Giusto?»

«Sì, Coach.»

«Ci può scommettere.»

«Fino in fondo.»

«Insieme a lei, Coach.»

Gli uomini annuirono nascondendo l'occasionale sorriso dietro una mano. Il Coach si lanciò nel suo discorso, e gli uomini si disposero ad ascoltare.

I Kings amavano e rispettavano il loro allenatore. Uscirono sulla griglia di partenza pronti a vincere a tutti i costi. Dopo diverse e gravi perdite per i Kings, i Rams si fecero intimidire. Cercarono di non mostrarlo, ma i Kings li accerchiarono, sentendo l'odore del sangue e li massacrarono con una vittoria schiacciante di ventotto a sette.

Harley guardò l'allenatore dopo ogni punto segnato e poté giurare che l'uomo ballava un po' più rapido e il sorriso più ampio a ogni touchdown. Dopo la partita, l'atmosfera nello spogliatoio era celebrativa.

Una cassa di champagne attendeva gli uomini, per gentile concessione del Coach Pete Sebastian.

I festeggiamenti per la vittoria sarebbero continuanti al The Savage Beast. Harley non vedeva l'ora di presentare ancora una volta la sua bella fidanzata davanti alla sua squadra, sperando che questa volta le cose sarebbero andate meglio.

Dopo aver fatto la doccia, essersi vestito e bevuto un bicchiere di champagne, Harley andò sugli spalti a cercare Vanessa. Lei non lo stava aspettando dietro la porta dello spogliatoio, così provò a cercarla al parcheggio. La sua auto era sparita. *Stronza! Ha preso la mia macchina!* Si avvicinò a Devon e Stormy. «Dov'è Vanessa?»

«È andata a fare shopping durante l'intervallo. Ha detto che avresti capito. Le ho detto che saremmo andati al The Beast dopo la partita e ha detto che ci avrebbe raggiunto lì. Pensavo che lo sapessi.»

La rabbia infuriò dentro di lui. Non riusciva a parlare.

«Hai bisogno di un passaggio?» gli offrì Devon.

«Sì.» Harley li seguì. Quando li vide prendersi per mano, la gelosia gli invase il cuore. Sono fidanzato, e lei non è nemmeno qui. *Forse è un'attrice migliore di quanto pensassi. O forse sono io a essere solo uno stupido e un imbecille. Questo è più probabile.*

Arrivati al The Beast, Devon tenne la porta aperta per Stormy.

Ed eccola lì, Vanessa, tutta sorrisi. «C'era una vendita al The Cottage. Non ho potuto resistere. E ho risparmiato un mucchio di soldi. Ho pensato che non ti dispiacesse.»

Aveva in mano un Cosmo e un grande sorriso stampato sul viso. Stava flirtando con un paio di uomini al bar che si fecero da parte quando videro Harley. L'atmosfera era festosa, l'aria era piena di risate, un forte profumo gli solleticava il naso, e Nessa non gli era mai apparsa così sexy, vestita con un vestito stretto e rosso con un generoso scollo a V.

Avrebbe dovuto essere felice. Era lui l'uomo. Aveva tutto. Le sue costole stavano guarendo, e non aveva ricevuto nuove ferite. L'uomo con la Maserati, la splendida fidanzata, una magnifica casa, la carriera di successo: avrebbe dovuto essere felicissimo. Invece era colmo di tristezza. Scivolò su uno sgabello, ordinò una birra e chiuse il suo cuore.

VANESSA SI OFFRÌ DI nuovo di dare sollievo ad Harley, ma lui rifiutò. Le disse che era troppo stanco e andarono a letto presto. La mattina dopo, lei fece le valigie per tornare a L.A. e Harley l'accompagnò all'aeroporto. L'addio fu semplice, amichevole e affettuoso. Lei lo baciò come se fosse sincera e lui come se quella fosse l'ultima volta.

Mentre tornava a casa, i suoi pensieri continuavano a tornare a *Marriage Minded*. Cercò di capire dove e come lei lo aveva portato a credere che stesse partecipando allo show per le giuste ragioni. Dove e quando era diventato così fesso? E ora era un codardo. *Una femminuccia. Un fifone. Cosa c'è che non va in me? Ho mollato un sacco di donne prima d'ora. Perché ora non ci riesco?* Le ripercussioni pubbliche, che incombevano sullo sfondo, lo influenzavano.

Inorridì al pensiero delle domande a cui avrebbe dovuto risponde: perché si erano lasciati, di chi era la colpa? Vanessa sarebbe andata a piangere sui media? Avrebbe fatto in modo che apparisse come il cattivo della situazione? Sarebbe stato denigrato dai ragazzi della squadra? Probabilmente quest'ultima no.

Harley Brennan era sempre stato uno che teneva alla sua privacy. La cattiva pubblicità lo avrebbe ucciso. Ma un cattivo matrimonio sarebbe stato peggio. Il suo stomaco aggrovigliato, gli fece capire il vero significato di trovarsi tra l'incudine e il martello.

Andò in palestra e lentamente ricominciò ad allenarsi, seguito da uno dei trainer della squadra. La sua forza e la sua resistenza tornarono. Il dolore diminuì, lasciando il posto al sollievo. Aveva molto per cui prepararsi. I Kings sarebbero partiti per un viaggio di due settimane fuori città per delle trasferte. Poi, sarebbero tornati a Monroe per affrontare la loro vecchia nemesi, i Columbus Bobcats.

Dopo una vittoria schiacciante contro i Colorado Miners, subirono una sconfitta a sorpresa contro i Nebraska Huskers. Il Coach, che li aveva avvertiti del rischio di diventare troppo sicuri di sé, li sottopose a un duro allenamento per tutta la settimana prima che i Bobcats arrivassero in città.

La domenica mattina, prima della partita contro i Bobcats, Trunk, Bull e Harley andarono a correre. L'aria di ottobre era fresca e confortevole, un bel tempo per giocare. Si presero in giro l'un l'altro quando si fermarono a bere un po' acqua. Fortunatamente, l'argomento Vanessa non venne mai toccato. Harley era grato che i suoi amici non gli facessero domande su di lei. Stava ancora cercando di capire cosa fare e parlarne era l'ultima cosa che avesse in mente.

«Sei pronto per affrontare quello stronzo di Horse Jackson?» chiese Harley a Bull.

«Sì. Peccato che Breaker non possa giocare. Penso che gli piacerebbe provare a placcare quel cazzone.»

«Tienilo lontano da me,» gli disse Griff. «Ho due figli. Non posso rompermi delle ossa.»

«Ci prenderemo cura di lui,» gli assicurò Bull.

Gli uomini si diressero alle docce. Quando Tuffer Demson entrò nella stanza, i giocatori iniziarono a dargli addosso.

«Ho sentito che Lexie Sebastian è uscita con qualcun altro mentre eri via,» lo prese in giro Buddy Carruthers.

«Davvero? E tu come diavolo potresti saperlo?»

«Oh. Merda. Mi hai beccato.»

«Non sono stupido, sai. Ho una laurea.»

«In cosa? Masturbazione?»

I ragazzi sghignazzarono.

«Sta' zitto, Buddy,» gli disse Tuffer, afferrando un asciugamano e dirigendosi alle docce.

Le battute tagliarono la tensione che era sempre presente prima di una partita contro i Bobcats.

Il Coach Bass passò per fare il suo discorso. «Non voglio vedere nessuna commozione cerebrale. Dobbiamo fermare Horse Jackson. Quell'uomo è un cazzo di T-Rex. Non possiamo permetterci di perdere altri giocatori. Voglio che rimaniate in buona salute.»

Un mormorio di assenso passò per il gruppo. Il suo nervosismo si intensificò, spingendo Harley a muoversi. Odiava l'attesa. Stare fermo lo faceva impazzire, così fece dei saltelli aspettando che i suoi compagni di squadra fossero pronti.

«Sei come un bambino. Anche mio figlio, Chip, deve sempre muoversi. Non riesce a stare fermo. Fa impazzire Lauren e a volte anche me,» disse Griff.

«Sono sempre stato così. Anche i miei genitori lo odiavano.»

«Impareremo a conviverci. Ma quando ti vedo, perdo ogni speranza che tu la smetta crescendo.»

«Forse significa che diventerà uno star running back un giorno, no?»

Griff rise, dando ad Harley una pacca sulla schiena, e la squadra corse in campo. Durante l'inno nazionale, il nervosismo di Harley non sembrò scemare. Aveva la sensazione che qualcosa non andasse. Non sapeva se avesse a che fare con Vanessa o Shyla, ma qualcosa, da qualche parte, era fuori posto. Scrollò le spalle per liberarsi della sensazione di terrore.

Griff vinse il sorteggio e scelse di essere lui a dare il calcio d'inizio. Harley rimase seduto, aspettando il suo turno sulla griglia. Le sue gambe erano pronte a correre, e il suo corpo vibrava, scoppiando di energia. Avrebbe mostrato ai Bobcats quanto era veloce, niente poteva trattenerlo.

I Kings intercettarono il field goal dei Bobcats. Ora, era il turno di Harley. Scese in campo schierandosi con Griff, Bull, Buddy e il resto della squadra d'attacco. La palla venne lanciata. Un falso passaggio a Buddy arrivò dritto tra le mani di Harley.

Bull creò un piccolo varco, e il running back vi sgusciò attraverso. Le sue gambe fremevano dalla voglia di correre, e lui partì. Nessuno gli era vicino mentre scattava verso il fondo campo, con solo il vento come compagno. Segnò. Il Coach ballò, e i Kings gli diedero delle pacche sulla schiena.

Horse Jackson si sporse per parlargli. «Ti prenderò la prossima volta,» sussurrò ad Harley.

«Sì? Vai a farti fottere, cavernicolo.» Harley corse fuori dal campo, sorridendo. Quello scimmione non l'avrebbe spaventato.

Il guanto di sfida era stato lanciato, e i Bobcats lottarono duramente per sconfiggerli. Con il punteggio di dieci a sette, i Kings batterono il calcio piazzato. Il touchback li portò sulla linea delle venti yard. Griff eseguì due passaggi dando il via a due diverse azioni, uno per Marquel Johnson e uno per Buddy Carruthers.

Nella mischia che seguì si rese chiaro che era di nuovo il turno di Harley. «Marcheranno doppio Buddy. È la tua occasione, Brennan.»

Il running back annuì.

Di nuovo, Griff andò alla sua destra mentre Buddy correva lungo la linea di sinistra. Il quarterback tenne gli occhi sul wide receiver, mentre il running back gli andò subito dietro. Griff portò indietro il braccio come per passare, ma lasciò cadere la palla tra le braccia di Harley in attesa. Il running back si diresse verso la linea di sinistra del campo.

Griff aveva ragione. I difensori dei Bobcats marcavano doppio sia Buddy che Marquel. Harley era solo. Accelerò, sentendo come se stesse viaggiando alla velocità della luce. Ma un difensore era rimasto indietro, era Horse Jackson che anticipando la sua mossa, si era spostato a sinistra.

Harley vide l'uomo dirigersi verso la linea di porta. Il running back raccolse ogni grammo di forza che aveva. Il difensore, di un metro e novantacinque per centotredici chili, ruggì verso di lui come una locomotiva in corsa. Sicuro di poter superare in velocità il gorilla, Harley sforzò al massimo il suo corpo. Jackson saltò in aria, volando verso il sottile corridore come una meteora dallo spazio esterno diretta verso la Terra.

Harley sentì il suono dello schianto, del casco contro casco. Fu lanciato in aria, precipitando verso i pali. Dei suoni vaghi in sottofondo, un fischio, e delle urla gli fluttuarono nella testa. Il suo corpo volò oltre il palo, sfiorandolo al passaggio, fino a quando il suo casco non ci sbatté contro. Il secondo colpo lo scaraventò lateralmente e tutto divenne nero.

A PINE GROVE, SHYLA Hollings mangiava dei popcorn guardando la partita. La corsa di Harley era avvincente, almeno fino a quando vide Horse Jackson apparire da destra. Shy cominciò a gridare contro la televisione. Mindy e Drew, che la stavano guardando insieme a lei, rimasero silenziosi.

«Attento! Harley! Sta arrivando.» Sussultò, trattenendo il respiro quando il mostruoso difensore si scontrò con Harley. Il suo corpo molle atterrato in un ammasso scomposto, come un cumulo di spaghetti troppo cotti.

Il gioco si fermò. I fischietti suonarono e vennero assegnate delle penalità. Due trainer corsero in campo e la folla si zittì. Un paio di giocatori dei Kings, Trunk Mahoney e Griff Montgomery, si avvicinarono inginocchiandosi accanto a lui. Poi, anche altri si unirono a loro, ma Shyla non riuscì a vedere quali fossero i loro nomi o numeri.

Trattenne il respiro, ma Harley rimase immobile.

«Eccola. Quella seria. Quella di cui si preoccupava,» mormorò. Si morse la nocca tra i denti mentre fissava il televisore. «Alzati, Harley. Alzati.»

Ma lui non si mosse. I trainer segnalarono di portare la barella.

«Andiamo. Muoviti. Maledizione. Muovi il piede. Qualcosa. Il pollice! Qualsiasi cosa!» La sua voce era stridula, e le lacrime le bruciavano gli occhi. Arrivò il carrello con la barella. Shyla passeggiò davanti allo schermo, ripetendo: «Alzati, Harley. Andiamo. Smettila di fare lo scemo. Alzati.»

I suoi amici rimasero seduti in silenzio a guardarla. I trainer posarono la barella sul campo e, uno per ogni estremità, sollevarono il running back privo di sensi e lo stesero delicatamente sulla superficie prima di sollevarla sul carrello.

Shyla iniziò a fare fatica a respirare. Il battito le ronzava nelle orecchie, e il suo cuore correva all'impazzata. Cercò di respingere il panico, che continuò a riemergere.

«È fuori. Ha perso conoscenza.»

«È terribile,» rispose Mindy.

«Io vado.»

«Cosa?»

«Vado. Devo farlo. È una cosa seria. Molto seria. Harley ha bisogno di me.»

«Ma che mi dici della sua fidanzata?»

«È a Parigi o a Los Angeles o da qualche altra parte. Ha bisogno di me, e ne ha bisogno adesso.» Shy tirò giù una piccola valigia da uno scaffale, ci buttò dentro dei vestiti e la chiuse.

«Non puoi andare laggiù adesso. Sei troppo agitata,» le disse Drew, togliendole la valigia dalle mani.

«Devo. Se resto qui impazzirò. Apprezzo la tua preoccupazione, Drew, ma starò bene. Non ho altra scelta.»

«Ma non conosci nemmeno le sue condizioni.»

«Ci siamo già passati prima d'ora. Ma ora è peggio. Non era mai successo che non riprendesse conoscenza sul campo. Ha bisogno di me. Devo andare.» Aprì la porta, controllò di avere le chiavi della macchina in tasca e scese le scale.

Ripose la valigia nel bagagliaio mentre Mindy la raggiungeva chiudendosi la porta alle spalle.

Con un abbraccio, la sua amica le augurò buon viaggio. «Per favore, scrivimi un messaggio quando arrivi.»

«Lo farò.»

«Ti manderemo un sms se danno notizie di Harley.»

«Grazie.» Si mise al volante, accese la macchina e salutò con la mano uscendo dal vialetto.

Al semaforo, Shyla inserì un CD nel lettore. Una compilation di tutte le sue canzoni preferite. Le sue e quelle di Harley. Gliela aveva fatto lui. La musica glielo ricordava riscaldandole il cuore e facendole venire le lacrime agli occhi.

«Smettila di piangere. Non puoi guidare se non vedi niente.»

Si immise in autostrada e si preparò alle tre ore di viaggio per andare ad aiutare il suo uomo. *Esatto... il mio uomo.* Non importava quello che lui avrebbe fatto, una parte di Harley Brennan sarebbe sempre stata sua.

Il traffico era scorrevole quella domenica pomeriggio. Il riverbero del sole la costrinse a indossare gli occhiali da sole. Si rilassò, cantò cercando di non pensare a quanto potesse essere grave l'infortunio di Harley. Si rifiutava. Non c'era verso che avrebbe cominciato a pensare agli eventuali scenari peggiori. Non lei, Shyla Hollings l'ottimista, la donna che pensava positivo. Disse comunque qualche preghiera.

«È solo la peggiore commozione cerebrale del mondo. Per il resto, sta bene.»

L'idea che potesse non ricordarsi di lei balenò attraverso la sua mente, dandole i brividi. *Non succederà.* Si fermò un attimo per sgranchirsi le gambe e arrivò allo stadio due ore e mezza dopo aver lasciato Pine Grove.

Il traffico era bloccato e Shyla andò nel panico. Parcheggiò la sua auto, aprì la portiera, e corse dal poliziotto che dirigeva il traffico.

«Devo passare. Per vedere Harley Brennan,» gli disse.

«Brennan? Il tipo che si è fatto male? Diavolo, signora, è arrivata troppo tardi.»

«Troppo tardi?» Il cuore le rombò nelle orecchie, la sua frequenza cardiaca raddoppiata.

«Sì. L'hanno portato in ospedale in ambulanza, almeno due ore fa.»

«Oh. Dio. Grazie a Dio. Ho pensato che forse...»

L'ufficiale in uniforme le diede una pacca sul braccio. «Non si preoccupi, signora. Probabilmente è solo una brutta commozione cerebrale. L'hanno portato al Monroe General. Sa come arrivarci?»

Shyla scosse la testa, così le diede le indicazioni. Un veicolo suonò il clacson per richiamare l'attenzione dell'agente.

«Trattieni l'entusiasmo, giovanotto. Nessuno andrà da nessuna parte. Sto solo dando a questa piccola signora delle indicazioni stradali.»

Lei annotò il tutto, prima di ringraziarlo, e tornare alla sua auto.

Quando raggiunse l'ospedale, andò alla reception. «Harley Brennan, per favore.»

«E lei sarebbe?» le chiese l'infermiera guardandola freddamente da sopra gli occhiali.

Merda! Chi sono io? Nessuno. «La sua fidanzata.»

«Non vedo nessun anello.»

«Lo stanno stringendo. Ho perso peso di recente.»

La donna annuì. «Stanza 210. Prenda l'ascensore sulla destra e poi giri a sinistra.»

«Grazie mille.» L'ascensore ci impiegò un bel po' ad arrivare nell'atrio, così Shyla prese le scale. Lungo il tragitto, si spremette le meningi per ricordare il nome della vera fidanzata di Harley. Fortunatamente, se ne ricordò prima di raggiungere la stanza, ed essere fermata da un'infermiera.

«Sono la sua fidanzata. Sono sicura che vorrà vedermi.»

«Solo un momento. Mi faccia controllare.»

Shy dovette esercitare tutto il proprio autocontrollo per impedirsi di andare avanti e indietro nervosamente mentre la donna andava a parlare con Harley.

«Mi dispiace, ma dice di non essere in grado di ricevere visite in questo momento.»

«Gli hai detto che lo cerca Shy?»

«Shy? Pensavo che il suo nome fosse un altro.» L'infermiera inarcò un sopracciglio.

«È così che mi chiama... nei momenti intimi. Perché io sono, capisce... timida. Sono timida. Quindi mi chiama Shy. Forse lo ha dimenticato.»

La donna scomparve di nuovo. Quando tornò, annuì. «Okay. Dice che la vedrà. Voleva sapere perché non l'ha detto subito.»

Shy ridacchiò. «Il solito Harley. Non me ne lascia mai passare una.» Sorrise all'infermiera e poi entrò nella stanza.

Harley indossava un camice da ospedale, ed era seduto nel letto. Era collegato a una macchina piena di lucine lampeggianti. Le sorrise. «Shy! Che ci fai qui? Hanno detto che era la mia fidanzata. Non siamo fidanzati, vero?»

«Ho dovuto dirlo per entrare. Spero che non ti dispiaccia.»

«Grazie per essere venuta,» le disse.

«Ho visto cosa ti ha fatto quel gorilla.»

«L'hai visto? Che cosa ha fatto?»

«Oh, piccolo. Hai perso la memoria a breve termine.» Gli accarezzò la guancia ruvida.

«All'inizio, ho pensato che tu fossi lei. Qualunque sia il suo nome.»

«Vanessa?»

«Giusto, giusto.» Si mosse sotto la sottile coperta bianca.

«È molto lontana da qui, giusto?» Lei fissò il suo bel viso.

«Diavolo, non chiederlo a me. Non riesco nemmeno a ricordare il suo nome.»

Ma ricordi il mio.

Shyla si chinò e lo baciò. Lui le posò una mano sulla vita, avvicinandola a sé.

«Ora, finitela però. È il protocollo per le commozioni cerebrali. Conosce la procedura, signor Brennan,» disse l'infermiera, entrando nella stanza, brandendo un termometro.

«Deve prendergli i segni vitali?» chiese Shyla.

La donna annuì. «Apra.» Gli infilò il termometro in bocca, e gli avvolse il bracciale per la pressione sanguigna intorno al braccio iniziando a misurarla. Shyla si sedette su una sedia a guardare.

Gli occhi di Harley non la lasciarono mai. Cercò anche di sorriderle, ma il termometro glielo impedì. Sembrava stare bene, ma Shy sapeva che il suo cervello era stato strapazzato. Si avvicinò e gli prese la mano. Lui gliela strinse tenendola stretta. In pochi minuti, l'infermiera recuperò i suoi strumenti.

«Tutto sembra a posto. Non rimanga troppo a lungo, signorina. Ha bisogno di silenzio.»

«Non lo farò. Quindici minuti?»

«Va bene.»

«Se te ne vai, dovrò stare a fissare il paesaggio fuori dalla finestra. Non mi permettono di dormire. Quando mi addormento, continuano a svegliarmi. Credo che vogliano assicurarsi che io non sia morto o in coma. Perché sei venuta?»

«Perché hai bisogno di me. Dove altro dovrei essere?»

«Sulle coste della Spagna? A fare amicizia con dei ricconi a Monaco?»

Rise. «Sì, giusto. No. Sono bloccata nella pittoresca Pine Grove. Ero solo a circa due ore di distanza. Dovevo venire. Non puoi andare a casa da solo.»

«Potrei assumere un'infermiera.»

«Perché sprecare i soldi? Ho tempo. Il lavoro sta finendo. La Playhouse, dove lavoro, chiude per l'inverno alla fine di ottobre e non riapre fino alla fine di maggio.»

«Rimarrai con me?»

«Ti accompagnerò a casa e mi prenderò cura di te finché non potrai stare di nuovo da solo.»

Lui le sorrise. Shyla l'aveva già fatto in passato, tra un incarico e l'altro. Era facile occuparsi di lui, non era troppo esigente, e gli piaceva tutto quello che lei cucinava. Compresi i broccoli e i cavoletti di Bruxelles.

Controllò il suo orologio. Era ora di andare.

«Mi dispiace di averti baciato prima. So che non avrei dovuto, ora che sei fidanzato.»

«Non preoccuparti. Passami i pantaloni.»

«Non devi uscire vero?»

«Voglio solo prendere le mie chiavi. Starai da me nel frattempo.»

«Non avevo intenzione di farlo.»

«Nella stanza degli ospiti. Non pagare per un hotel. Ho un sacco di spazio.»

E c'è un sacco di spazio anche nel tuo letto con Vanessa fuori città. Ma non si può fare sesso con una commozione cerebrale.

«Non preoccuparti. Non ci proverò con te. Sei al sicuro. Non posso comunque fare sesso.»

«Lo so.» Rise. «Va bene. Rimarrò da te. Dammi le chiavi.»

Prima di andare a casa di Harley si fermò in un negozio di alimentari. Essendo già stata lì prima, sapeva come muoversi. Inserì un CD nel suo lettore e ballò nel tragitto fino alla cucina. Dopo aver ispezionato il frigorifero, si diede un'immaginaria pacca sulla spalla per essere andata a fare la spesa. L'elettrodomestico era quasi vuoto, a parte un po' di vodka e abbastanza latte per due tazze di caffè.

Mise a posto la spesa e cantò insieme alla musica mentre preparava la ricetta di sua madre per la zuppa di pollo. La casa non era sporca, perché Harley aveva un servizio di pulizia una volta alla settimana. Shyla trattenne comunque il fiato quando entrò in bagno, ma fu contenta di trovarlo immacolato.

Preparò una casseruola di maccheroni al formaggio, i preferiti di Harley e la ripose in freezer. Non sapeva quando sarebbe uscito dall'ospedale. Poi, aprì una bottiglia di Chianti, preparandosi un panino con prosciutto e formaggio, e si rilassò sul divano osservando gli uccelli che rifornivano di cibo per l'inverno la casetta per uccelli di Harley mentre lei mangiava e beveva.

Incapace di resistere, andò in punta di piedi nella sua stanza e aprì i cassetti del suo comò. Si aspettava di trovare della lingerie sexy e altri oggetti appartenenti a Vanessa, ma c'erano solo vestiti di Harley e una scatola di preservativi. Si grattò la testa. *È ancora fidanzato?* Anche se lei compariva continuamente sui giornali e Internet, non c'erano state nuove notizie su di loro. Solo della sua fidanzata che girava per il mondo, presenziava a feste, rilasciava interviste e si faceva fotografare.

Shyla disfece i bagagli nella stanza degli ospiti e indossò una vestaglia. *Immagino che io e Bianca ci siamo sbagliate.* Si prese mentalmente a calci per aver giudicato male il segugio a caccia di pubblicità. No, Vanessa non aveva partecipato a *Marriage Minded* per le giuste ragioni. Ovviamente, era stata alla ricerca di un uomo ricco che finanziasse la sua ricerca di fama e fortuna.

E Harley era il fesso che aveva prescelto.

Capitolo Quattordici

Harley giaceva nel letto, e sorrideva, fissando il soffitto. Shyla era venuta a trovarlo. E aveva ragione, avrebbe avuto bisogno di aiuto. I medici erano stati categorici sulle restrizioni all'attività di Harley per un minimo di tre settimane. Non poteva cucinare, guidare, guardare la televisione, leggere e nemmeno fare sesso. Aveva bisogno di completo riposo. Allora, dov'era la sua compagna, Vanessa? Non ne aveva idea.

Probabilmente era là fuori da qualche parte cercando di farsi notare. Era sicuro di aver visto un articolo sui suoi viaggi. Forse lei gli aveva anche mandato il suo itinerario via sms. Ma non ricordava. Era questo il problema delle dannate commozioni cerebrali. Non si ricordava un cazzo. Non le cose successe di recente comunque. Ricordava cose vecchie come la dolcezza di Shyla, la sua pelle morbida, e la sua disponibilità in camera da letto.

Indossò una vestaglia, si trascinò dietro la flebo, e andò a fare una passeggiata per il corridoio. In sala d'attesa, gli fu permesso di usare il cellulare. Chiamò l'unica Vanessa che aveva trovato nella cronologia delle chiamate, perché non riusciva a ricordare nemmeno il suo cognome.

«Harley, tesoro! Come stai?»

«Sono in ospedale.»

«In ospedale? Pensavo fosse solo una commozione cerebrale.»

«Lo è infatti. Una brutta. Mi dimettono domattina. Vogliono tenermi in osservazione per la notte.»

«Oh, okay. È un bene. Allora, stai bene?»

«Quando torni a casa?»

«Sono nel bel mezzo di questa folle agenda. Finisco tra dieci giorni e ho prenotato un biglietto all'aeroporto Kennedy.»

«Dieci giorni? Sai qualcosa sul protocollo per le commozioni cerebrali?»

«Cosa?»

«Cavolo.»

«Che cos'è? Voglio dire, cosa significa il protocollo?»

«Ci sono dei limiti a quello che posso fare per le prossime tre settimane.»

«E allora prenditela con calma. Tra dieci giorni sarò a casa, così potrai dirmi cosa fare.»

«Sì. Va bene.»

«Mi dispiace, Harley. Non è colpa mia se ti sei ferito. Ho lavorato sodo per organizzare queste interviste.»

«Buona fortuna. Devo andare.»

«Prenditi cura di te, tesoro.»

«Sì. Ciao.»

Riattaccò. «Nel bene e nel male, purché non interferisca con un'intervista importante,» mormorò tra sé e sé sulla via del ritorno alla sua stanza.

Passò una notte inquieta, a causa del personale che era stato incaricato di svegliarlo ogni poche ore per assicurarsi che non scivolasse in coma. Alle nove, chiamò Shyla per farsi venire a prendere. Lei gli portò un cambio di vestiti e lo aspettò in corridoio mentre lui si cambiava.

«Non devi uscire mentre mi vesto.»

«Ora appartieni a qualcun altro, Harley,» gli disse prima di uscire dalla stanza e chiudere la porta.

No. Appartengo solo a me stesso.

Prese dell'ibuprofene, si pettinò i capelli e disse: «Sono pronto. Usciamo da qui.»

«Non così in fretta. Deve prima firmare delle carte,» gli disse l'infermiera.

Quando ebbe finito, Shyla aveva già avvicinato la macchina all'uscita. Scivolò sul sedile anteriore dopo aver riposto le sue cose nel bagagliaio.

Lei mise in marcia il veicolo e tornarono lentamente a casa.

«Ho preparato della zuppa di pollo.»

«Bene.» Guardò fuori dal finestrino, cercando di concentrare la sua attenzione sulle foglie che cambiavano, piuttosto che pensare a Vanessa, o al fatto che questa commozione cerebrale non sarebbe sparita. Aveva bisogno di venire a patti con quello che gli stava succedendo.

Al semaforo rosso, Shy gli posò la mano sull'avambraccio. «Non pensarci. Devi far riposare il cervello. Ci sarà un sacco di tempo per pensare alle conseguenze quando starai meglio.»

«Non posso farci niente. La mia vita fa schifo in questo momento.»

«Lo so.»

Quando arrivarono a casa, Harley divorò due ciotole di zuppa, poi Shyla lo mise a letto. Le afferrò il braccio mentre lei si girava per andarsene.

«Cosa? Sì, ti controllerò ogni due ore. Ma hai bisogno di dormire.»

«Come posso ringraziarti per essere qui? Per la zuppa? E tutto il resto?»

Lei negò con la mano. «Non è niente.»

«Invece sì.»

«Okay, ci tengo a te. E tu avevi bisogno di me.»

«È così. E ti amo perché sei qui con me.»

Vide i suoi occhi inumidirsi prima che lei sbattesse le ciglia per scacciare le lacrime. «Non sai quello che dici. Zitto. Mettiti a dormire.»

Le baciò la mano, prima di voltarsi e chiudere gli occhi.

FU UNA LUNGA NOTTE per Shyla. Guardò un film prima di buttarsi sul letto, impostando la sveglia in modo da poter controllare Harley ogni due ore. Lo svegliava sopportando imprecazioni e lanci di cuscini, poi lo lasciava tornare a dormire. Poi strisciava di nuovo a letto cercando di dormire prima della sveglia successiva. Dormirono entrambi fino a tardi. Lei si svegliò per prima alle dieci e sbadigliando si recò in cucina per preparare una brocca di caffè.

Alle dieci e mezza, Harley entrò nella stanza in boxer. Grattandosi il petto, si versò una tazza di java, bevendone un sorso prima di sputarlo. «Che diavolo è?»

Shyla si alzò dal suo lavoro al computer sul tavolo della sala da pranzo. «Caffè.»

«Fa schifo.»

«Non è vero, Harley. Deve essere la tua commozione cerebrale.»

«Da quando una commozione cerebrale può influire sulle papille gustative?»

«Ho letto che può succedere. Ti preparo del tè. Hai fame?»

«Sto morendo.»

«Non hai restrizioni alimentari. Che ne dici di pancetta e uova?»

Gliene preparò un piatto abbondante, poi si riempì la tazza di caffè e si unì a lui. Divorò il cibo come se non mangiasse da giorni.

«Ho portato con me il nuovo libro di Harlan Coben.»

Le rivolse uno sguardo interrogativo.

«Pensavo di leggertelo, come l'ultima volta.»

«Sarebbe fantastico.» Il suo sorriso le riscaldò l'anima. Non sembrava un atleta ricco e arrogante.

Si sedettero a tavola come una vecchia coppia di sposi, chiacchierando delle notizie. Dopo colazione, lei lavò i piatti mentre lui si metteva a suo agio sul divano.

Shyla gli mise una coperta addosso, aprì una bottiglia d'acqua e si sistemò su una comoda sedia imbottita di fronte a Harley. Dopo aver posato i piedi su un cuscino accanto a lui, aprì il libro.

Lui intrecciò le dita dietro la testa per un po' e poi si stese su un fianco. Dopo quaranta minuti di lettura ad alta voce, si addormentò. Lei chiuse il libro e gli rimboccò la coperta sulle spalle, baciandogli la fronte.

«Dormi, tesoro. È quello di cui hai bisogno,» sussurrò.

Shyla tornò in sala da pranzo e riaprendo il suo programma di design, iniziò a lavorare sui set per gli spettacoli della successiva stagione estiva.

Harley dormì per ore, dandole il tempo di lavorare. Giorno dopo giorno, seguirono la stessa routine. Lei cucinava e poi leggeva, e lui mangiava, ascoltava e poi dormiva. La televisione era proibita per la prima settimana. L'attività fisica per tre.

Il running back camminava avanti e indietro per la casa. Shyla ignorò i suoi capricci, l'impazienza e il cattivo umore, dovuti alla commozione cerebrale e alla frustrazione di vivere come un animale in gabbia.

Se Vanessa potesse vederlo ora, forse non sarebbe ancora così disposta a dire "Lo voglio".

Un giorno, tornando prima dal negozio di alimentari, lo trovò lavato, ben rasato e ricoperto di sudore. Aveva un piccolo bilanciere in ogni mano.

«Che cosa stai facendo?»

«Solo un po' di esercizio. Per non far indebolire i muscoli delle braccia.»

«Mettili giù, immediatamente!» La frustrazione di avere a che fare con un uomo adulto che si comportava come un bambino di due anni montò dentro di lei. «Ma che diavolo?»

«Solo un piccolo esercizio.»

«Tu non dovresti farne *proprio*.» La rabbia le accaldò il viso.

«E allora? Che male può fare?» Ne posò uno.

«Al tuo cervello, stupido! Il tuo cervello. Ti funziona ancora?»

«Ehi! Non chiamarmi stupido,» urlò, mettendo giù l'altro.

«Ti chiamo stupido quando *fai* lo stupido, Harley Brennan.» Si portò le mani a pugno sui fianchi.

«Sì? Non tollererò di essere insultato da te.»

«Sì, che lo farai. Perché sono io che mi prendo cura di te. Quindi, faresti meglio ad essere gentile e fare quello che dico.»

«Posso sempre assumere qualcuno!» gridò, precipitandosi nella sua stanza e sbattendo la porta.

Le lacrime le bruciarono gli occhi. Se l'avesse schiaffeggiata in faccia, non l'avrebbe sorpresa di più. «Puoi assumere qualcuno? Bene, fallo. Assumi qualcuno. Chiunque. Anche la regina d'Inghilterra per quello che mi interessa. Io me ne vado,» mormorò tra sé e sé dirigendosi verso la camera degli ospiti. La sua porta si chiuse con un botto. Tirò fuori la valigia dall'armadio e la gettò sul letto.

«Non sono obbligata a sopportare queste stronzate.» Aprì la cerniera e poi un cassetto.

Un colpo alla porta attirò la sua attenzione.

«Posso entrare?»

«No! Puoi andare a farti fottere, Harley Brennan!» Gettò i vestiti del cassetto nella valigia.

La porta si aprì lentamente e lui entrò nella stanza. «Cosa? Stai facendo i bagagli?»

«L'hai detto tu. Puoi assumere qualcun altro. Quindi, fallo. Fallo, coglione. Assumi chi vuoi. Io me ne vado.» Le lacrime superarono le sue difese cominciando a scorrerle giù per le guance.

«Non avrei dovuto dirlo. Mi dispiace. Non andare.» Lui si avvicinò a lei, ma lei si scostò.

«Sei stato cattivo.»

«Andiamo. Sai che sono irascibile. Sono di cattivo umore, continuamente a quanto pare.»

Si voltò per affrontarlo. «Sì, lo sei. Ed è una tortura sopportarti.»

Le accarezzò il braccio nudo. «Andiamo, piccola. Ho bisogno di te. Nessuno riesce a prendersi cura di me quando ho una commozione cerebrale come fai tu.»

Indipendentemente dai suoi sforzi per essere irremovibile, il suo cuore si addolcì. Aveva detto la verità. A nessuno importava di lui più che a lei, e conosceva le procedure da seguire. Un inverno, aveva rinunciato a un potenziale lavoro per stare con lui per un mese.

«Per favore. Ti supplico di restare. Mi dispiace molto, e ti prometto che non sarò più così odioso.» L'afferrò per le spalle. Il calore del suo petto filtrò attraverso la camicia sottile che indossava, scaldandole la schiena. Si premette contro di lei, leggermente, poi si piegò, accarezzandole il collo con le labbra. La sua determinazione si volatilizzò.

«Va bene. Solo per questa volta,» sussurrò, con la voce ansimante e il battito accelerato.

Si girò per affrontarlo. La sua bocca si librava sopra di lei. Prima che lei sbattesse le palpebre, lui la stava baciando. Era un caldo, dolce, tenero bacio... e finì ancora prima che lei potesse obiettare.

«Grazie. Sei la migliore,» mormorò.

Shy rimase lì ferma per un momento, controllando il suo respiro. «Lavatrice.»

«Eh?»

«Andiamo a prendere il tuo bucato. Anche io devo lavare un po' di cose.»

Lo spinse da parte e si diresse verso la sua stanza.

HARLEY MANTENNE LA sua promessa, lasciando di tanto in tanto la stanza o ingoiando le parole quando la frustrazione per la sua inattività si faceva sentire. Ogni tanto notava le sue risatine quando lottava per rimanere calmo, anche se era al limite.

Ma Shyla era un'aiutante eccellente, quindi si impegnava a tenere la bocca chiusa, quando il cattivo umore prendeva il sopravvento, per non perderla. Pensava che imparare a contenersi fosse un buon allenamento per il matrimonio. Verso la metà della seconda settimana, i medici gli diedero il permesso per una camminata di quindici minuti all'esterno.

Le afferrò la mano e si recò al bosco dietro casa sua. L'odore del tardo autunno, il fruscio delle foglie cadute, si aggiungeva alla sua malinconia. L'inverno era alle porte, e lui era fuori per il resto della stagione. Niente più football per lui. Si chiedeva se avrebbe mai potuto giocare di nuovo, ma non condivise con Shyla la sua preoccupazione. Era il suo fardello da portare.

Shyla rimase silenziosa, evitando di tartassare il suo cervello. Le era grato. A volte, si fermava a scattare una foto delle bellezze della natura che li circondava. Harley apprezzava il canto degli uccelli che si dirigevano verso sud e la varietà di colori che ornavano le foglie prima che gli alberi le perdessero tutte per l'inverno. Alzò il collo del suo maglione di lana contro un vento invernale facendosi più vicino a Shy.

«Fa freddo. Torniamo a casa.»

Lei si unì a lui e tornarono indietro. «Ho preparato la zuppa di piselli stamattina.»

«Quindi era questo l'odore delizioso che sentivo.»

«Che ne dici se la mangiamo con gli hot dog?»

«Sembra fantastico.» Tremò per il vento e poi si diresse verso casa.

Seduti al tavolo con davanti le ciotole di zuppa fumante e profumata, sentì lo sbattere della portiera di un'auto. Forse erano venuti a trovarlo alcuni dei suoi compagni di squadra. Gli era stato proibito di socializzare dentro o fuori casa. Ma ora, però, sarebbero venuti a tirarlo su di morale. Sorrise. Gli mancava la compagnia dei Kings.

La porta d'ingresso si aprì e una voce femminile gridò: «Sorpresa!»

Harley e Shyla si alzarono e sbirciarono nell'atrio. C'era Vanessa, con i suoi abiti firmati. Il sorriso le scomparve dal viso quando il suo sguardo si posò su Shy.

«Chi diavolo è questa?»

«Shyla Hollings,» si presentò lei, stendendo la mano. Ma tutto quello che ricevette fu uno sguardo gelido.

L'altra si rivolse ad Harley. «Che cosa ci fa qui?»

«Si prende cura di me.»

«Oh, oh. Capisco. Quindi, l'hai assunta?»

«No. Non esattamente.»

«Aspetta!» Vanessa alzò una mano. «Dove ho già sentito il nome Shyla?»

Harley spostò il peso da un piede all'altro.

Shy si voltò per andarsene. «Vado a fare i bagagli. Ora che Vanessa è qui, non hai più bisogno di me,» disse, prima di sparire in fondo al corridoio.

Gli occhi di Vanessa fiammeggiarono. «Ah, ora ricordo. È lei quella per cui mi aveva scambiato quell'animale al bar, vero?»

«Ora, aspetta un attimo. Non è un animale.»

«No, è vero. È un albero.»

L'umore di Harley peggiorò. «È un mio amico. Quindi, smettila di prenderlo in giro.»

«È la tua ex, vero?»

«Esatto. È venuta qui, di sua volontà, per prendersi cura di me. Alcune persone si preoccupano di quello che mi succede.»

«Oh, davvero? Non è venuta qui perché ti rivuole indietro? Tu, la ricca e attraente star del football? Per dormire con te?» Vanessa lasciò cadere la borsa per terra e assunse un atteggiamento arrogante.

«No, non l'ha fatto. Shy non è così. Ha cucinato per me, letto per me...»

«Ha letto per te?» Le sopracciglia di Vanessa si alzarono con incredulità.

«Non capisci. Non ti sei nemmeno preoccupata di cercare il significato di commozione cerebrale su Internet? Non posso leggere, guardare la TV, fare esercizio fisico, compreso il sesso! Non posso guidare, ascoltare musica, andare in un ristorante, o persino socializzare fuori casa.

E anche a casa, solo per brevi periodi di tempo. Sono come uno zombie, bloccato in una gabbia.»

«Non lo sapevo.» L'arroganza defluì improvvisamente dal suo tono.

«Beh, avresti dovuto controllare. Non posso stare da solo.»

«Mi dispiace, io...»

«Sono pronta. Ora me ne torno a casa.» Shyla entrò nell'atrio, tirandosi dietro la sua piccola valigia.

«Shy, non andartene via così,» iniziò a dire Harley.

«Assolutamente. Va' a casa. Non vogliamo certo impedirti di vivere la *tua* vita. Non hai un ragazzo che ha bisogno della tua attenzione? Il mio fidanzato non ne ha più bisogno,» la derise Vanessa.

La paura attraversò Harley mentre guardava Shyla stringere gli occhi e prepararsi a fare a pezzi Vanessa con parole taglienti. Il rossore le risaliva lungo il collo. Nessuno era abile quanto Shyla nelle schermaglie verbali.

«Aspetta! Shy. Non farlo. So come ti senti. Ma non farlo.» Si avvicinò posandole una mano sul braccio. «Grazie. Per tutto. Lascia che ti accompagni alla tua auto.»

Fece il gesto di chinarsi per prendere il suo bagaglio, ma lei lo fermò.

«Non dovresti farlo.»

«Oh. Giusto. Mi dispiace. La prossima volta.»

Vanessa inarcò un sopracciglio. «La prossima volta?»

«Andiamo, Nessa. Dacci un taglio.» Harley seguì Shyla al suo veicolo. «Grazie di tutto, piccola. Non ce l'avrei fatta senza di te.»

«Sì, invece. Avevi ragione. Avresti potuto assumere qualcuno.»

«Non avrei mai trovato qualcuno bravo quanto te. Sei speciale.» L'abbracciò.

«E la signorina Lingua Velenosa?» chiese, circondandolo con le braccia.

«Non me ne frega un cazzo.»

Shyla si inclinò all'indietro per guardarlo, con gli occhi spalancati. «Wow.»

«Sì, beh. Le cose non vanno bene tra noi.»

«Hai intenzione di rompere con lei?»

«In questo momento devo pensare alla mia carriera. Il football deve venire prima di tutto.»

«Giusto. Stammi bene, amore,» gli sussurrò all'orecchio.

«Farò del mio meglio. Prenditi cura di te.» Le aprì la portiera della macchina. «Questo posso farlo, giusto?»

Rise e sedette al volante. Harley rimase in piedi in quel freddo giorno di novembre, avvolgendosi le braccia intorno, e la guardò andare via. Divertente, che ogni volta che succedeva, gli faceva male al cuore. *Presto, lei ricomincerà a viaggiare per il mondo. Quella merda con Marriage Minded verrà dimenticata, e ci saranno di nuovo persone che la supplicheranno di realizzare le loro scenografie.*

Una sensazione di vuoto trapassò il suo corpo per un secondo prima che si voltasse per tornare dentro casa. *Vanessa saprà almeno far bollire l'acqua?* Scrollò le spalle. Il tempo lo avrebbe detto.

SHYLA PASSÒ LA MAGGIOR parte del viaggio di ritorno prendendosela con se stessa. A cosa stava pensando? Ora lui apparteneva a un'altra. Ma non poteva nemmeno essergli amica? Dopo tutto, non era andata a letto con lui. Ma era solo perché lui non poteva? Naturalmente, se lui avesse potuto, lei non sarebbe stata lì, o no?

Discutere con se stessa fece sì che il viaggio passasse più in fretta. Prima che se ne accorgesse, stava già portando la sua borsa al piano di sopra. Ricevette un messaggio da Mindy che la invitava a cena. Accettò volentieri. L'ultima cosa che voleva era stare da sola e pensare ad Harley Brennan.

Mindy e Drew le fecero un milione di domande. Erano così affascinati dalla star.

«Non ho mai incontrato nessuno che conoscesse un giocatore della NFL,» disse Drew, prendendo un morso del suo pollo al Marsala.

«Nemmeno io,» aggiunse Mindy. «Soprattutto qualcuno che ci è andata a letto.»

Shyla arrossì anche se non sapeva bene perché. Era stato il suo ragazzo. Ci si aspettava che facessero sesso. Non aveva bisogno di sentirsi così a disagio. Indubbiamente, Mindy e Drew avevano dormito insieme prima di sposarsi. Eppure, in qualche modo, la imbarazzava.

Shy li allietò con alcune delle sue storie meravigliose sull'essere la ragazza di Harley Brennan: voli in aereo a tarda notte, le groupie desiderose di spingerla fuori dai piedi, i compagni di squadra, le feste, i week-end da soli su un'isola deserta. Più ne parlava, più il loro tempo insieme le appariva romantico. Si erano conosciuti quattro anni prima e un anno prima si erano separati. Ora, l'unica cosa con cui andava a letto regolarmente era il rimpianto.

«Siamo stati invitati a casa di Laura e Barney Dailey per il Ringraziamento. Hanno una grande famiglia, ma volevano che invitassi anche te. Hai dei progetti?»

Io? Piani? Per il Ringraziamento? Sono libera come l'aria.

«Laura Dailey è la migliore cuoca della contea, forse anche dello Stato,» disse Drew, prima di vedere lo sguardo di disapprovazione sul volto della moglie. «Dopo Mindy, ovviamente.»

«Mi piacerebbe molto. Fammi sapere cosa devo portare.»

Dopo cena, Shyla ripassò le sue idee per due degli spettacoli della stagione successiva con Mindy. Poi recuperò la sua posta e andò a letto presto. Era stata una lunga giornata e una lunga settimana.

Shyla continuò a disegnare e a fare volontariato in biblioteca. Contribuì a creare uno spettacolo d'arte per bambini, in collaborazione con un programma di doposcuola. Amava i bambini. Anche Harley li amava. Si chiese come si sentisse La Signora Corpo Perfetto nei confronti dei bambini. Shyla ebbe difficoltà a immaginare la bruna statuaria incinta, o con del burro di arachidi spiaccicato tra i capelli. Il pensiero la fece sorridere mentre puliva il suo appartamento.

Il giorno del Ringraziamento arrivò rapidamente. Shyla ricevette un caloroso benvenuto da Barney alla porta. Meravigliosi aromi permeavano l'aria. Gavin Daily e Drew portarono fuori delle tazze di vino caldo e vin brûlé. Le donne apparecchiarono la tavola affrettandosi dentro e fuori dalla cucina. Shyla riusciva a sentire fin da dove si trovava gli ordini abbaiati da Laura Dailey e decise che fosse meglio rimanere fuori dai piedi.

Rimase accanto alla finestra. Era una giornata grigia, gli alberi erano nudi, e occasionalmente uno scoiattolo si aggirava per il cortile di casa, alla ricerca di un posto per seppellire le noci. Un lampo di rosso vivo contro il tortora e il marrone del paesaggio catturò la sua attenzione. Era un cardinale del nord in cerca della sua cena del Ringraziamento. La finestra leggermente aperta, portava dentro il richiamo dei pulcini.

Shyla sorrise ai suoni della natura, che si preparava per un lungo e freddo incantesimo. Amava stare tra le creature della foresta, cosa che le mancava quando viveva a New York City. Doveva recarsi a Central Park per imbattersi in un po' di verde.

Il suo cellulare squillò proprio mentre Laura chiamava tutti per cena. Era suo fratello, John. *Probabilmente mi sta chiamando per farmi gli auguri.* Si strinse nelle spalle e spense il telefono. *Lo richiamerò dopo pranzo.*

Seduta comodamente tra Barney e Drew, Shyla si unì alla preghiera e condivise, insieme agli altri, la sua ragione di essere grata.

Il cibo era delizioso. Le conversazioni cessarono a mano a mano che la gente iniziava a mangiare.

«Non credevo che potessi superare il pranzo dell'anno scorso, Laura, ma l'hai fatto. Accidenti, signora. Tu sì che sei una cuoca,» disse Martin, il cognato di Laura.

«Grazie, Martin. Penso.»

La moglie di Martin gli diede una gomitata e lui tornò a mangiare. Dopo aver finito il piatto principale, gli uomini formarono una squadra di pulizia sotto la direzione di Barney. Le donne indossarono i cappotti e uscirono fuori per una passeggiata. La suoneria del cellulare di qualcuno ricordò a Shyla che aveva spento il suo. Una volta acceso, si ricordò che John aveva chiamato.

Controllò il telefono e scoprì tredici chiamate perse. Si scusò con gli altri e lo chiamò.

«Beh, era ora!»

«È il giorno del Ringraziamento qui. Sono a casa di amici.»

«Oh. Sì. Giusto. Lo avevo completamente dimenticato. Ho delle cattive notizie.»

«Oh, oh. Tu o papà?»

«Papà, mi dispiace.»

«Che cos'è successo?» Serrò la mascella fermandosi per appoggiarsi a un lampione.

«È morto ieri sera. Mi dispiace dirtelo in questo modo, sorellina.»

Era come se i suoi polmoni avessero smesso di funzionare. Non riusciva a respirare. Il suo cuore accelerò, e la vena del collo cominciò a pulsare.

«Shy? Shyla? Ci sei? Dannate chiamate internazionali. Shyla!» urlò.

«Sono qui,» sussurrò.

«Sapevi che poteva succedere.»

«No.»

«Mi dispiace. Pensavo di averti detto della sua ultima visita medica. Erano almeno due settimane ormai che aveva saltuariamente delle perdite di coscienza. Almeno ha smesso di soffrire.»

E anche io. O no?

«Mi sto organizzando perché i suoi resti vengano spediti a New York. Io non posso venire... ci sono gli esami finali. Dovrete farlo andare a prendere da una agenzia di pompe funebri. C'è un posto dove puoi seppellirlo?»

«Non lo so. Ti prego, fammici pensare. Fammici pensare.» Spense il telefono. Una sensazione di debolezza alle gambe la portò a scivolare lungo il palo fino a quando non si sedette a gambe incrociate sul terreno freddo e duro. Un'umidità sulla guancia la sorprese. Il suo corpo era intorpidito, il respiro debole. Il tempo si fermò. Non seppe per quanto tempo rimase seduta lì prima di sentir chiamare il suo nome.

«Shy? Shyla? Stai bene?» Mindy corse da lei.

Shyla la guardò senza vederla. Sentiva le parole di Mindy, ma sembravano provenire da un miglio di distanza, quasi come un sussurro nel vento. Si rialzò in piedi, sostenendosi al palo. Il sangue le defluì dal viso, facendole venire le vertigini.

La cosa successiva di cui si rese conto, era che Drew la teneva tra le braccia mentre marciava su per le ripide scale verso il suo appartamento. Una volta sul letto, la porta si chiuse e Shyla sentì la morbida voce di Mindy e poi più niente.

Capitolo Quindici

I giorni successivi furono confusi. C'era così tanto da fare e poco tempo per piangere. Laura e Barney la misero in contatto con una chiesa locale che aveva dello spazio nel piccolo cimitero per seppellire suo padre, che aveva lasciato istruzioni precise per non essere cremato.

Dovette trovare un'impresa funebre che lo avrebbe prelevato all'aeroporto e trasportato a Pine Grove. C'erano tante cose di cui occuparsi e un milione di moduli governativi da compilare. Né suo padre né John avevano messo da parte dei soldi per un funerale, così Shyla dovette dar fondo ai suoi risparmi.

C'era il sole e qualche grado sopra lo zero il giorno del funerale. Una breve funzione era stata organizzata per le dieci. Il ministro di culto le chiese se voleva parlare, ma lei rifiutò. Non aveva niente di buono da dire e si rifiutava di denigrare l'uomo che aveva contribuito a farla nascere.

Lei non era mai stata la sua figlia preferita, non aveva mai creduto in lei, ma a chi poteva importare ora? Era troppo tardi per riparare il rapporto con lui, se mai avesse potuto farlo. Quella fu la parte più difficile, sapere che la sua ultima possibilità di fare la pace con suo padre era scomparsa per sempre.

I suoi nuovi amici presenziarono alla funzione, ma poi dovettero tornare al lavoro. Così, Shyla si diresse da sola verso il cimitero. Sentiva il corpo pesante, come se avesse addosso altri venti chili. Riuscì a malapena a superare la collina che dal parcheggio portava al cimitero. Aveva viaggiato con il carro funebre. Il suo ultimo viaggio insieme al padre, pensò.

Mentre Shy arrancava sulla collina fino alla tomba, gli uomini la scoperchiarono per scaricare la bara nella buca che era stata scavata. Si sedette a guardarli su una panchina nelle vicinanze. Uno scricchiolio di pneumatici sul vialetto di ghiaia attirò la sua attenzione. Aveva difficoltà a mettere a fuoco, ma notò una macchina che non conosceva che entrava nel parcheggio.

Non può essere Harley. Non può guidare. Un piccolo lampo rosso attirò il suo sguardo mentre un cardinale del nord atterrava sul ramo di un pino a pochi metri di distanza.

«Come stai?» le chiese una voce profonda.

Si voltò, la bocca aperta, ma non ne uscì nessuna parola. Era davvero lì, Harley Brennan, con indosso un completo. L'emozione le tolse la voce.

«Sono venuto non appena Penny mi ha avvisato. Mi dispiace di aver perso la funzione.»

Continuò a fissarlo, convinta che fosse un miraggio, un'illusione. Si avvicinò e allungò una mano per toccargli il braccio. I muscoli erano solidi e guizzavano sotto la sua presa. Era reale. Si fece da parte, facendogli spazio sulla panchina, anche se non aveva ancora ritrovato la voce.

«Sei troppo silenziosa per la Shyla Hollings che conosco.»

«Sei qui?» gracchiò, l'aria entrava e usciva dai suoi polmoni.

«Certo. Hai bisogno di me. Dove altro dovrei essere?»

«Con la tua fidanzata?»

«Pft.» Fece un verso con la bocca agitando la mano. «Non preoccuparti per lei. Come stai?» Le si avvicinò e le avvolse il braccio intorno alle spalle.

Shyla premette il volto contro il suo petto e cominciò a piangere. La strinse forte, tirandola a sé, baciando i suoi capelli che si muovevano nella brezza. L'impresario delle pompe funebri li raggiunse e si schiarì la gola. Harley portò la mano alla tasca posteriore estraendo un fazzoletto per Shy.

«Siamo quasi pronti per cominciare, signorina. Se per lei va bene.»

Lei annuì. Harley si alzò in piedi e le tese la mano. L'aiutò ad alzarsi allo stesso modo in cui avrebbe fatto con un compagno di squadra finito a terra. Traballando leggermente sui tacchi alti, lei si afferrò al suo braccio per stabilizzarsi. Lui l'accompagnò alla tomba. L'impresario disse qualche parola, prima di voltarsi verso di lei, ma lei scosse la testa. Allora fece un cenno agli uomini, che premettero un interruttore, e la bara iniziò il suo viaggio nel terreno.

«Ciao, papà. Mi dispiace,» sussurrò lei.

«Dobbiamo aspettarla?» chiese l'uomo, voltandosi verso la tomba.

«La porto a casa io,» disse Harley. L'impresario sembrò incerto finché Shy non annuì.

Lei tornò a sedersi sulla panchina per aspettare che la sepoltura fosse completata. Una volta che gli uomini se ne furono andati, camminò verso la tomba con Harley. Si aggrapparono l'uno all'altro mentre lei piangeva.

«Tua madre lo sa?» le chiese.

«Ne dubito. Perché avrebbe dovuto saperlo? Non parlava con lui da quindici anni.»

«Una vergogna.»

«Sì, lo è.» Con un sospiro profondo e tremolante, incontrò lo sguardo di quegli occhi azzurri che la fissavano così intensamente.

«Pronta?»

«Sì.»

«Affamata?»

«Sorprendentemente, sì.»

«Conosci un buon posto dove mangiare in questa città?»

«Da Homer, sul lago. Ti dirò come arrivarci.»

Quando arrivarono alla macchina, lei tremava. Si accomodò sui sedili in pelle morbida, mentre Harley metteva il riscaldamento al massimo. Ben presto, ricominciò a sentirsi le dita dei piedi. Fissò fuori dal finestrino mentre passavano davanti a terreni incolti, foreste e campi. La bellezza della natura la placava. La calma riduceva la sua ansia.

«Adoro questo posto.»

«Pensavo che fossi una convinta ragazza di città.»

«La città mi piace, ma non c'è niente come uno spazio aperto, la pace, la quiete, per calmarti e farti pensare.»

Le sorrise aprendole la porta del ristorante.

«Grazie di essere venuto,» gli disse, mentre Homer li accompagnava a un tavolo vicino alla finestra.

«Dove altro dovrei essere quando tu hai bisogno di me?»

HARLEY RIPRESE A FARE alcuni allenamenti leggeri con la squadra e sedeva in panchina durante le partite, desiderando di poter giocare. A parte la stanchezza, si sentiva bene, ma non aveva ancora ricevuto l'autorizzazione del medico della squadra. Dopo una sconfitta straziante contro i Colorado Miners e una buona notte di sonno, Harley ricevette una chiamata il lunedì mattina. Lyle Barker voleva vederlo.

Fece la doccia, mangiò, e indossò un completo. Sapeva che non doveva trattarsi di niente di buono. Camminando in silenzio, entrò nella sala d'attesa del grande ufficio in cima allo stadio. La segretaria di Lyle, Edie, gli disse di entrare.

Il Coach Bass era in piedi, a parlare con Lyle, che si sedette dietro una grande scrivania di vetro.

Il proprietario della squadra si alzò per stringere la mano di Harley. «Benvenuto, benvenuto. È bello stringere la mano dell'uomo che ha fatto tanto per rendere questa squadra vincente.»

L'allenatore gli diede una pacca sulla schiena e si sedette sulla sedia accanto a lui, di fronte a Lyle. Harley restrinse gli occhi guardando l'uomo, che non riusciva a incontrare il suo sguardo.

«Cosa succede, signor Barker?»

«Chiamami Lyle.»

«Okay. Perché sono qui?» Dopo un momento di silenzio, Harley reindirizzò la domanda. «Coach, di cosa si tratta?»

Pete Sebastian guardò Barker, che annuì. «Abbiamo parlato con il dottore, Harley. L'ultimo infortunio, quella commozione cerebrale è stata brutta.»

«Lo dice a me!»

«Ci sono state troppe commozioni cerebrali. La squadra, i dirigenti, in realtà, hanno votato una nuova delibera. È stato fatto per la sicurezza dei giocatori.»

«Odiamo davvero doverlo fare, ma è la cosa giusta,» intervenne Lyle, raddrizzandosi sulla sedia.

«Hai superato il limite consentito per le ferite alla testa, Harley. Non possiamo più farti giocare in modo sicuro.»

«Cosa state dicendo? Sono licenziato?» La rabbia ribollì dentro di lui.

«Vogliamo parlare con il tuo agente. E tu dovresti parlare anche con il rappresentante dei giocatori,» disse il Coach.

«In tutta franchezza, è scritto nel tuo contratto. Ti sono rimasti tre anni. Possiamo offrirti di pagarti i due terzi di quanto rimasto e annullare il resto,» gli disse Lyle, prima di bere un sorso d'acqua.

«È per il tuo bene, Harley. Sei in una zona a rischio, e potrebbero esserci delle serie conseguenze. In questo modo, avresti un buon indennizzo e il tempo per fare qualcos'altro.»

Anche se una cosa del genere non era del tutto inaspettata, le lacrime gli bruciavano gli occhi. Licenziamento, contratto rilevato, in qualsiasi modo lo si volesse chiamare, l'idea gli faceva dolere il cuore. Il football era tutto quello che aveva conosciuto per la maggior parte della sua vita, ed era ciò che amava.

«Rinunciare al football?»

«Non è sicuro per te giocare ancora,» gli disse il Coach Bass. «Un altro incontro con Horse Jackson, o quel numero sessantatré, e potresti non svegliarti più.»

«O essere danneggiato in modo permanente,» aggiunse Lyle. «Ascolta. Siamo onesti. Siamo maledettamente dispiaciuti di perderti. Sei stato una parte fondamentale del nostro attacco, e sostituirti non sarà facile. Ma mia moglie mi ha insegnato ad avere un cuore. Il football non può essere fatto solo di soldi, della squadra, o del mio egoismo, Harley. Senza giocatori sani, il football non esiste.»

«Parla con il tuo agente, con un avvocato e con il rappresentante. Riesamina il tuo contratto. È un buon accordo.» L'allenatore sorrise. «Più vantaggioso per te che per i Kings. I ragazzi mi odieranno, e non so come faremo a finire la stagione senza di te.»

Harley rimase a guardarli in silenzio.

«Parliamo di venti milioni, figliolo. Non male. Per niente.» Lyle si alzò in piedi, indicando che la riunione era finita. «Sarò disponibile a parlare con il tuo agente o avvocato in qualsiasi momento. Di' loro di chiamarmi. E grazie.»

«Posso restare per il resto della stagione?»

«Certo. Non ti faremo giocare, ma puoi restare con noi,» rispose il Coach prima di dargli un breve abbraccio.

Prima che se ne rendesse conto, Harley era già nel parcheggio, diretto alla sua auto. *Venti milioni di dollari. Fantastico. Ma dove andrò? E cosa farò adesso?* Chiamò Vanessa. «Annulla tutti i tuoi impegni. Stasera ceniamo insieme.»

«Sono a New York.»

«Arriverò in macchina.»

«Che succede?»

«Un cambio di programma.»

«Oh. Okay. Incontriamoci da Limoges.»

«Prenota per le sette.»

Tornò a casa e fece un bagno caldo. Steso nella vasca, arrivarono le lacrime. Si era concentrato sul football e sul successo per tutta la sua vita, e ora era alla deriva. Dove sarebbe andato? Cosa avrebbe fatto? Doveva tenere la casa a Monroe? Perché? Così poteva guardare tutti i suoi compagni di squadra che giocavano al gioco che amava? Gli faceva male al cuore. Questo cambiava tutto, come nel domino. Una volta che una tessera cadeva, pezzo per pezzo, seguivano tutte le altre. La prima cosa da fare era occuparsi dei suoi affari.

Dopo essersi rasato e vestito, chiamò il suo avvocato e il suo agente. Il rappresentante dei giocatori poteva aspettare fino all'indomani. Fece una chiamata anche a Verna Carruthers, che gestiva i suoi investimenti. Tutto il suo team personale si sarebbe riunito per aiutarlo in quella transizione.

Per quanto avesse desiderato dissentire e opporsi alla decisione di Lyle, sapeva che il proprietario e l'allenatore avevano ragione. Harley era vicino a subire delle gravi lesioni e doveva uscirne ora prima di distruggere il resto della sua vita, o concluderla prematuramente.

La tristezza lo travolse. Pianse seduto al tavolo della cucina prima di afferrare le chiavi della sua auto e dirigersi verso la città. Una volta sicuro che il suo team di difesa personale si era attivato, era il momento di dire la verità a Vanessa. E aveva anche un'altra chiamata importante da fare.

Mentre lasciava riscaldare il motore dell'auto, prese il cellulare e compose il numero.

«Mac Caldwell, per favore. Sono Harley Brennan.»

Jonesy, la segretaria, glielo passò.

«Ehi, Mac, come stai? Io bene. Ricordi quella conversazione che abbiamo avuto un paio di anni fa? Sì, esatto. Sono interessato.»

Accese il vivavoce e uscì dal vialetto, diretto a New York City.

LIMOGES, UN RISTORANTE francese di lusso a Central Park, era totalmente diverso dal The Savage Beast. Aveva delicate fantasie cinesi, accompagnate da un bel pavimento in legno naturale, le pareti e tendaggi decorati in un forte turchese mescolato con bianco crema. La luce dei lampadari era smorzata per fornire la luce giusta per un'atmosfera romantica.

Il capo cameriere prese due menu e accompagnò Harley a un tavolo d'angolo. La sala era per metà a vetri, permettendo alla bellezza di Central Park di entrare a far parte dell'arredamento. Harley pensava che sarebbe stato ancora più spettacolare in primavera o in estate di quanto non lo fosse in quel momento. Ma il paesaggio desolato di alberi senza foglie, viali grigi e cielo coperto rifletteva il suo stato d'animo.

Ordinò un ginger ale. Il viaggio di ritorno sarebbe stato lungo, e aveva bisogno di rimanere sobrio. Alzò gli occhi all'arrivo di Vanessa. Sapeva come fare un'entrata. Indossava un vestito attillato, turchese, scollato, e scarpe argentate con tacchi da quindici centimetri, e sculettò per tutto il tragitto fino al tavolo. Con i seni che ballonzolavano, e le gambe magre, era la personificazione della bellezza, ma niente di tutto quello aveva valore per Harley.

Notò che la contrazione che di solito sentiva all'inguine ogni volta che aveva partecipato a un appuntamento con Vanessa a *Marriage Minded,* era scomparsa. Riconosceva la sua bellezza, ma era del tipo che ammireresti sulle pareti di un museo. La sua non era il tipo di bellezza carnale, che a lui piaceva. Sembrava una modella esangue quanto il manichino di una vetrina.

Si alzò in piedi quando lo raggiunse inclinandosi per baciargli la guancia ispida, poi si sedette sulla sedia che il maître aveva scostato per lei. Ordinò un bicchiere di vino e si sedette, fissandolo.

«Cosa succede?»

«Un cambio di piani di vita.»

«Oh?» Inarcò un sopracciglio.

«Non posso più giocare a football.»

«Perché? Che cosa è successo?»

«La squadra ha deciso che ho subìto una commozione cerebrale di troppo. Sono diventato un peso. Potrei morire la prossima volta, o diventare un vegetale. Quindi, mi faranno dimettere.»

«Non giocherai più nel football professionistico?»

«Esatto.»

«Oh, mio Dio! È vero? Potresti morire?»

«Suppongo di sì. Ma per loro non è preoccupante quanto la possibilità che io possa far loro causa se mi ritrovo con la demenza precoce o qualcosa del genere. Questa è l'ultima cosa che vogliono.»

«Allora, cosa farai?»

«Non lo so.»

Il suo vino arrivò e Vanessa passò il tempo a sorseggiarlo invece di parlare. Si guardò intorno per la stanza, evitando il suo sguardo. Poi, si concentrò sul suo bicchiere.

«Va tutto bene, Vanessa. Davvero. Starò bene.»

«Sono sicura di sì. Voglio dire, una volta che lascerai il football, non ci sarà più nessun rischio, giusto?»

«Giusto.»

«Ma che ne sarà di noi?»

Harley non si considerava una persona cattiva, ma ogni tanto si divertiva a mettere le persone con le spalle al muro, in senso figurato. «È quello che voglio sapere. Questo probabilmente cambia tutto per te. Voglio dire, ti sei addentrata in tutto questo aspettandoti di sposare un giocatore di football ricco, di successo, e con una lunga e lucrativa carriera davanti. Ora, potresti finire sposata con un allenatore del liceo.»

«Un allenatore delle scuole superiori? Davvero?» Il colore defluì dal suo volto.

«È solo un'idea. Non so dove andrò a finire.»

«Che schifo. Un allenatore del liceo non si adatta affatto ai miei piani.»

«Inoltre, potremmo avere dei figli. Sistemarci in una bella cittadina e tu potresti imparare a cucinare.»

«Cucinare? Bambini? Non ho in programma di avere dei bambini almeno fino ai quarant'anni. Poi, forse uno.»

«È questo il tuo piano? Perché sicuro come l'inferno che non è il mio.»

«No? E allora qual è?» disse, mettendo il broncio.

«Un paio di bambini, magari tra un anno o due.»

«Oh, no, no, no. Sono troppo giovane. E ho la mia carriera a cui pensare. La gravidanza mi rovinerebbe il corpo.»

«È una questione di opinioni.»

«Sai che tengo a te, Harley, vero?» gli domandò guardando il pavimento, le mani che giocherellavano con il tovagliolo.

Lui annuì. *Ecco che arriva.* Riuscì a malapena mantenere l'espressione seria. «Ordiniamo.» Nascondendosi dietro il menu, si lasciò andare ad un ampio sorriso. Non poteva andare meglio.

Ordinarono una bistecca per Harley e insalata di mare per Vanessa.

«Dove eravamo? Oh, sì. Mi importa di te...»

«Ma?» domandò inarcando un sopracciglio.

«Ma io avevo pianificato una vita completamente diversa. Non avrei mai partecipato a *Marriage Minded* se avessi pensato che saresti diventato un insegnante di scuola superiore.»

«Ne sono sicuro.»

«Spero che tu capisca. Non è niente di personale, ma ho un certo stile di vita. Sono felice di fare quello che sto facendo.»

«Se rimani con me, dovremo tagliare immediatamente le spese per l'hotel a Los Angeles.»

«Davvero? Ho una prenotazione per le prossime due settimane. Devo fare degli scatti con questo nuovo fotografo, Leo Gabriel. È una vera celebrità.»

«Quanto è sexy?» Anche se il gioco a cui stava giocando lo divertiva, Harley non avrebbe accettato l'infedeltà.

«Non intendevo in quel modo. È popolare.»

«Mi dispiace, piccola, ma devo tagliare le spese. Quello che ho deve durarmi per i prossimi quarant'anni. Forse di più.»

Lei si acciglò. Lo meravigliò vedere come la sua incredibile bellezza svanisse insieme al suo sorriso. Si era fatta scura in volto alla menzione dei quarant'anni. Fece un sorriso ironico non vedendo l'ora di vederla tirarsi indietro con grazia dal fidanzamento.

«Non posso farlo.»

«Non pagherò altre fatture. È tempo che tutto questo lavoro che stai facendo inizi a fruttarti un po' di soldi.»

«Devi fingere che sia così fino a quando non succede. Lo sai, Harley.»

«In realtà, no. Non ho mai dovuto fingere. Forse tuo padre sarà felice di pagare le tue bollette. Posso avere indietro la carta di credito, per favore?» Stese la mano aspettando.

Il suo broncio era ancora meno attraente del suo sguardo accigliato. Si prese tempo a cercare nella borsa.

«Se non me la dai, la farò comunque bloccare.»

La tirò via dal portafogli posandola nel palmo della sua mano. «Eccola. Felice ora?»

«Sto forse sentendo un po' di riluttanza da parte tua ad andare avanti con questo fidanzamento?»

Il colore le tornò in viso. «Okay, okay! Sì! Ho cercato un modo per porre fine a tutto questo quasi dal primo momento.»

Gli occhi di Harley si spalancarono a quella confessione inaspettata. «Davvero?»

«Sei un bravo ragazzo, Harley. Ma non abbiamo nulla in comune. Ecco. L'ho detto.» Afferrò il suo anello di diamanti, se lo tolse e lo posò sul tavolo.

In quel momento, arrivò il loro pasto. Harley prese l'anello e se lo mise nel taschino. Fu pervaso dal sollievo. *Più facile di quanto pensassi.*

Una volta che il cameriere si fu allontanato, Harley disse: «Ero sincero quando ti ho fatto la proposta.»

«Lo so. E io dicevo sul serio quando ho accettato. Ma non ci conoscevamo affatto e, beh, la vita a volte ti riserva cose inaspettate.»

«Ne so qualcosa.» Tagliò un pezzo di bistecca.

«Non sei arrabbiato?» Inarcò un sopracciglio, interrogandolo con gli occhi.

Harley ridacchiò. «No. Mi sento sollevato.»

«Davvero?»

«La penso esattamente come te.» Sorrise.

«Stai scherzando? Davvero?»

Annuì.

Rise. «Non abbiamo comunicato molto, vero?»

«No. Nessun rancore.»

«Nemmeno da parte mia. Ora, cosa diremo ai media?»

«E a Greg Carson di *Marriage Minded*?»

Vanessa tirò fuori un pezzo di carta e una penna dalla sua borsa. «Facciamo un comunicato stampa. Saresti disponibile per un'intervista congiunta?»

«Buona idea.»

«Diremo solo che è stata una decisione presa di comune accordo, basata sulle diverse direzioni che le nostre vite hanno preso. Ti suona bene?» Alzò lo sguardo, il suo viso che risplendeva di fascino giovanile.

«Perfetto!»

Annuì.

Passarono una cena piacevole - probabilmente la più piacevole da quando si erano fidanzati - e scrissero il comunicato. Durante il dessert e il caffè, Vanessa chiamò la sua agente per diffondere la notizia.

«Hai incontrato qualche uomo con cui potresti prendere in considerazione l'idea di stabilirti?»

«Non sono sicura che vorrò mai farlo. Ma Leo, il nuovo fotografo, è carino.»

«Un fotografo sarebbe perfetto per te.»

«È una critica?» chiese aggrottando le sopracciglia.

«No, no. Solo un'osservazione.»

«E tu? Chiamerai Shyla?»

Le sue guance si arrossarono. «No. Ha la sua vita. Probabilmente è già fidanzata con qualche regista o produttore.»

«Sembrava molto innamorata di te.»

«Lo pensi davvero?»

«Intuito femminile. Trapelava da ogni suo gesto.»

«Ha una grande carriera nel cinema. È una scenografa. Viaggia molto.»

«La tua solita sfortuna, eh?»

Harley non era pronto ad ammetterlo.

Capitolo Sedici

Shyla indossò la vestaglia di pile e ciabattò fuori dalla stanza degli ospiti alle sei di mattina. Penny era già in piedi per occuparsi della bambina, invece Mark era in viaggio per Las Vegas per giocare contro i Nevada Gamblers. Non avendo niente da fare a Pine Grove, Shy era venuta a trovare la sua amica.

Una volta che la frenesia delle vacanze era finita, si stava godendo l'inverno newyorchese. Di solito avrebbe prenotato una vacanza invernale ai Caraibi, ma quest'anno non aveva i soldi. Così aveva dovuto accontentarsi di passare una settimana con la famiglia Davis.

Mentre Penny allattava, Shyla preparò una brocca di decaffeinato e preparò una tazza di caffè normale per se stessa.

«Uova strapazzate?» chiese Shyla alla sua amica. Penny annuì. Nel frattempo che lei cucinava, la neomamma accese il televisore. Il suono dallo schermo si diffuse nella stanza al di sotto della voce di Shyla che canticchiava preparando la colazione. Quando sentì le grida della sua amica, finì di servire le uova sui piatti, poi si bloccò, girandosi verso il soggiorno.

«Qual è il problema?»

«Vieni! Veloce!»

Shy portò con sé i due piatti, che per poco non le caddero di mano quando vide Harley e Vanessa in televisione. Penny si portò la bambina sulla spalla per il ruttino e toccò il cuscino accanto a lei. Shy si sedette, posando il cibo sul tavolino da caffè con lo sguardo rivolto allo schermo.

«Hanno appena cominciato. Dammi il tempo di riavvolgere, e di finire con Emily.» Prese il telecomando e riavvolse, e poi mise in pausa.»

Shyla non riusciva a distogliere lo sguardo da Harley. Era lì, bello come sempre in un abito grigio antracite, camicia bianca e cravatta blu che si abbinava ai suoi occhi. I suoi capelli erano elegantemente pettinati, il viso coperto da una barbetta incolta. Aveva un aspetto magnifico. Guardò Vanessa, che era vestita come una star del cinema in piedi accanto a lui.

Penny riportò la bambina sul suo grembo e premette "play".

Harley Brennan e Vanessa Goode, coppia d'oro di Marriage Minded hanno deciso di separarsi. Proprio così. In esclusiva per Celebs 'R Us. La splendida coppia ha annunciato l'annullamento del fidanzamento. Il video mostrava Harley e Nessa che si tenevano per mano e sorridevano. L'intervistatrice chiese loro perché stavano ponendo fine al loro rapporto.

«Le nostre vite stanno andando in direzioni completamente diverse,» rispose Vanessa.

«Chi ha deciso di lasciare chi?» domandò la donna.

«È stata una decisione presa di comune accordo,» miagolò Vanessa.

«Esatto. Siamo entrambi d'accordo, stare insieme nelle nostre attuali circostanze non ha alcun senso,» aggiunse Harley.

Altre banalità uscirono dalle loro bocche sorridenti, mentre Shyla era a bocca aperta. Non si era aspettata che accadesse, anche se era qualcosa per cui aveva pregato ogni giorno.

«È il tuo turno, Shy. Vai a prenderlo,» le disse Penny, mettendo la bambina, che si era addormentata, nella culletta.

«Aspetta. Non ho idea di cosa significhi tutto questo. La sua vita ha cambiato direzione?» Shy si sistemò meglio sul divano mentre l'intervista continuava.

«Mi è parso di capire che stia lasciando il football, che si stia ritirando, signor Brennan,» disse l'intervistatrice.

«Non so se sono io che sto rinunciando o se sia il football che sta rinunciando a me.»

«Cosa intende dire esattamente con questo?»

«È una questione di salute.»

«Sta bene?»

«Certo, certo. Sto bene. Ma è ora di andare avanti.»

«Cosa farà esattamente?»

«Quando l'avrò capito, sarai la prima a saperlo.» Rise.

Poi l'intervista finì e la telecamera tornò a inquadrare i normali ospiti del talk show.

Shyla era bloccata sul divano. Non riusciva a muoversi. «È successo davvero?» chiese quando ritrovò la sua voce. «Porca puttana. L'hai visto anche tu?»

«Oh, mio Dio! L'ha fatto! L'ha scaricata.» Penny si raddrizzò sul divano.

«O lei ha scaricato lui.»

«Ha importanza?»

Shyla scosse la testa.

«Bene? Cosa hai intenzione di fare?»

«Io? Che cosa ha a che fare con me?»

«Non essere stupida. Chiamalo. Complimentati con lui. Qualcosa!»

«Hai ragione. Okay. Okay,» disse Shy, tirando fuori il suo telefono. «Ma cosa dovrei dirgli?»

«Mandagli un messaggio.»

Con la mano che le tremava, accedette alla schermata dei messaggi e cominciò a digitare.

Congratulazioni o condoglianze?

Premette "invia" e trattenne il respiro.

«Tutto qui? Che cosa gli hai mandato, due parole?» Penny inarcò un sopracciglio.

«Come hai fatto a indovinare?»

«Pft. Buona fortuna. Riprenditelo, ragazza. Ora è tutto tuo.»

«Dici? Vedremo.»

Shyla riportò i piatti in cucina. Mentre era lì, il suo cellulare squillò facendola sussultare.

«Deve essere lui,» disse Penny.

Shy si avvicinò al suo telefono come se fosse un serpente a sonagli. Andò ai messaggi. Ed eccola lì. Una risposta da Harley.

Vieni a Monroe domani, per il fine settimana.

Mostrò il messaggio alla sua amica.

«Quando è il prossimo treno? Prepariamo i tuoi bagagli mentre la bambina continua a dormire.» Penny saltò su dal divano e la prese per mano trascinandola via.

SHYLA GUARDÒ FUORI dal finestrino il desolato paesaggio invernale, mentre il treno la portava sulla costa del Connecticut. Aveva un'altra ora di viaggio davanti, così si sedette e chiuse gli occhi, ma il sonno non arrivò. Il suo corpo formicolò nell'attesa di essere sola con il suo ex amante. Era libero ora, e lei non viaggiava più. E con la scomparsa del padre e la ricerca di un lavoro da parte di John, i suoi obblighi finanziari erano finiti. Era finalmente libera, libera di stare con lui, se lui la voleva ancora. Ma poteva essere all'altezza del tipo di donna a cui era abituato?

Flash della bellissima Vanessa le attraversavano la mente, sconvolgendola con la loro realtà. Non sarebbe mai stata così. Aveva sempre avuto ciocche di capelli che sfuggivano allo chignon, un orlo scucito, o qualcos'altro a rovinare la sua "immagine". Non sarebbe mai stata chic, troppo magra o vestita con vestiti costosi. Shyla aveva stile, ma stava attenta a come spendeva i soldi.

Con più della propria bocca da sfamare, aveva imparato a risparmiare. Ora, non aveva niente in banca e poche entrate. Mindy non poteva pagarle uno stipendio quando il teatro chiudeva per l'inverno. Shyla aveva risparmiato quello che aveva guadagnato negli ultimi mesi e aveva ricavato qualche soldo in più dall'affitto del suo appartamento. Quella riserva l'avrebbe aiutata a superare l'inverno, consentendole di pagare l'affitto fino a quando non avrebbe ricominciato a ricevere uno stipendio in primavera. Doveva tirare la cinghia, ma poteva farlo. Lo aveva già fatto in passato.

«Prossima fermata, Monroe,» annunciò il controllore passando tra gli scompartimenti. Shyla sussultò. Aveva dormito mentre i pensieri sulle scenografie per lo spettacolo successivo le danzavano nel cervello. Si mise in spalla la sua borsa a tracolla, si alzò e si diresse verso la porta mentre il treno rallentava fino a fermarsi. Spostando la borsa dietro di sé, attraversò lo spazio tra il veicolo e la piattaforma e guardò in alto.

La piccola stazione non aveva molte persone in attesa. Vide l'uomo alto con la mano alzata immediatamente. Il calore si diffuse dentro di lei mentre si avvicinava.

«Piccola. Che bello vederti.» La avvolse nel suo grande abbraccio. Gli posò la guancia contro la giacca, premendosi al suo petto. Le sue braccia la strinsero fino a quando lei quasi non riuscì più a respirare. Immaginò che questo rispondesse alla sua domanda di quanto sarebbe stato lieto di vederla. Si piegò a baciarla brevemente. «Hai un aspetto magnifico. Andiamo. Ci vuole del manzo sotto sale.»

Lei sorrise, seguendolo in macchina. Prese la sua valigia e la ripose nel bagagliaio, poi le aprì la portiera. Scivolando sul sedile, si sentì avvolta nel lusso. La macchina era più calda che all'esterno. Si agitò per trovare una posizione comoda e si voltò verso Harley.

Prima di allacciarsi la cintura di sicurezza, lui si chinò per un bacio profondo. La sua lingua danzò con la sua, facendole ribollire il sangue. Lei gli mise a coppa la mano sulla guancia mentre lui le saccheggiava la bocca. Quando si tirò indietro, i suoi occhi blu continuarono a guardarla mentre si puliva le labbra con il dorso della mano. Sì, era sporco del suo rossetto color corallo.

«Non posso credere che tu sia qui,» mormorò.

«Nemmeno io. Andiamo. Sto morendo di fame,» gli rispose, abbassando lo sguardo.

Prima di confessargli i suoi sentimenti, aveva bisogno di altre informazioni, molte di più.

Harley mise in moto la macchina e si allontanò dal marciapiede.

«Allora, che diavolo è successo con Vanessa?»

«Dritta al punto, Shy?»

«Seriamente. Che cosa è successo?»

Rise. «È stato facile. Una volta che la squadra si è offerta di rilevarmi il contratto, non ero più una ricca stella del football. Avevo perso il mio fascino. Le ho semplicemente dato una facile via d'uscita. Come poteva una stella emergente come lei sposare un uomo finito?»

«Non sei finito!»

«In realtà, lo sono. Questa è la mia ultima stagione con i Kings, e rimarrò in panchina - nella lista degli infortunati – per il resto della stagione.»

«Oh, Harley! È terribile.» Gli posò la mano sul braccio.

«Dici? Forse. O forse no.»

«Perché l'hanno fatto?»

«Una commozione cerebrale di troppo.»

«È una cosa positiva allora. Stavo per dirti che l'ultima era stata peggiore di quelle precedenti. Ti ci è voluto molto più tempo per riprenderti.»

«Probabilmente finirò con la CTE. La demenza a quarantacinque anni, e finirò per morire suicida a cinquant'anni.»

«Non dire così. Non tutti finiscono per averla.»

«Ma non tutti hanno la mia stessa storia di commozioni cerebrali. Hanno ragione. È ora che io lasci. E mi hanno fatto un'offerta irrinunciabile.»

«Francamente, sono contenta che tu smetta.»

«Davvero?» Al semaforo rosso, si fermò a fissarla. «Perché?»

«Perché ho paura che la prossima volta, potresti morire. È un gioco violento, Harley. Per quanto io ami guardarti giocare, sarei altrettanto felice di guardare la partita in TV con te sul divano accanto a me. Almeno saresti al sicuro.»

Harley si fermò davanti alla tavola calda e parcheggiò. Ricevuto un caloroso saluto dagli uomini che gestivano il ristorante, la coppia ordinò carne di manzo sotto sale con del pane integrale, insalata di cavolo e insalata di patate. Pete, uno dei proprietari, si avvicinò al loro tavolo per chiacchierare con Harley. Shyla era impaziente. Lo voleva tutto per sé, ma Harley era una celebrità, famosa a Monroe, e lei avrebbe dovuto condividerlo.

Durante il viaggio di ritorno a casa, le strinse la mano. «Sono contento che tu sia qui.»

«Anch'io.»

«Dobbiamo parlare. Elaborare un piano. Parlami del tuo lavoro. Dove sarà il tuo prossimo lavoro?»

Si agitò sul sedile. «The Pine Grove Playhouse.»

«Pensavo che ci lavorassi solo tra un film e l'altro.»

«Senti, Harley, la verità è che nel mondo del cinema io sono finita. Ho tradito Gunther Quill. E non puoi fare una cosa così a Hollywood. Non ho altri ingaggi. Ora lavoro part-time, solo in primavera e in estate. Al momento non posso fare le scenografie per nessun film, forse mai più.»

«A causa del nostro piccolo flirt?»

«Non è stata una cosa piccola. Era una violazione del contratto. Sono stata licenziata. Hanno dovuto faticare come pazzi per rimpiazzarmi. Hanno messo in dubbio il giudizio di Gunther che mi aveva raccomandata. Ora, non vuole nemmeno più parlarmi. Ho chiuso. Finito. Sono fortunata ad avere un lavoro a Pine Grove.»

Harley fece un fischio basso. «Wow. È terribile. Non avevo idea del contratto o altro. Se me l'avessi detto, mi sarei tirato indietro.»

«Lo avresti fatto? Ci siamo lasciati trasportare, abbastanza veloce-mente. Sapevo che quello che stavo facendo era sbagliato. Speravo solo che non ci beccassero.»

«Suppongo che farlo nella vasca idromassaggio non sia stata la nos-tra idea più intelligente.»

Ridacchiò. «Probabilmente no. Ma è stato divertente.»

Harley parcheggiò la macchina in garage. Portò la valigia di Shyla al piano di sopra. Lei trattenne il respiro, chiedendosi in quale stanza l'avrebbe messa. «È stato orribile saperti nella stanza degli ospiti,» le disse, portando la sua valigia nella camera da letto padronale. Sospirò.

«È stato strano saperti fidanzato con qualcun'altra.»

Lui rise e la prese tra le braccia e lei si sciolse contro di lui. Il suo profumo, le sue labbra, le sue braccia, tutto le era familiare, ricordan-dole i momenti felici che avevano condiviso.

«Prima di farci trasportare,» le disse, sedendosi sul letto. «Parlan-do della faccenda del fidanzamento.»

«Cosa c'è da dire? È finita, no?»

«Era finita prima ancora di cominciare. Ho un'altra idea. Sposami, Shyla. So che questa non è la proposta romantica, piena di sentimento fiori e anello di fidanzamento che ti meriti. Ma è reale. Ti amo. Ti ho sempre amata. Sposiamoci e fermiamo questa follia. Io non dovrò più viaggiare, tu pure. Potremmo avere una vita insieme. Che ne dici?»

I suoi occhi si spalancarono e le lacrime minacciarono di scenderle. «Sei sicuro?»

«Mai stato più sicuro di qualcosa. Non sono un buon partito, sono disoccupato e ancora un po' malconcio ma il mio cuore funziona anco-ra, e batte per te.»

«Questa è la cosa più romantica che qualcuno mi abbia mai det-to.»

Rise di nuovo. «Non vuol dire niente.»

«Sì, invece, Harley Brennan,» rispose lei, sedendosi sulle sue ginocchia.

«Allora, è un sì?»

«Certo che lo è. Pensavo che non me lo avresti mai chiesto.» Unì la sua bocca a quella di lui. Niente aveva mai avuto un sapore così buono come Harley, il suo fidanzato.

Nel momento in cui le loro labbra si toccarono, Harley le saltò addosso e la fece stendere di schiena sul letto. Le sue mani andarono subito sotto il suo maglione, scivolando sulla sua schiena per raggiungere i ganci del reggiseno. Gli afferrò l'orlo della maglietta tirando per toglierla e lui se la tolse in un attimo.

Sorrise al piccolo gemito che uscì dalle sue labbra quando lei gli fissò il petto.

«Sei stupendo,» disse lei.

«Senti chi parla.» Le sganciò il reggiseno e poi lo spinse su insieme al maglione. Lei si sedette per sfilarseli. Lo sguardo di Harley rimase a lungo sui suoi seni, mentre riacquistava familiarità con la sua pelle. Le sue labbra viaggiavano verso i suoi capezzoli, facendola ansimare.

Il sangue scorreva nelle vene di Shyla alla velocità della luce. Se qualcuno le avesse messo addosso un riscaldatore elettrico, non avrebbe potuto sentirsi più calda. I due amanti non potevano più aspettare. Si alzarono in piedi, togliendosi il resto degli indumenti e gettandoli da parte, facendo a gara a chi si spogliava per primo.

Harley vinse. Strappò le lenzuola dal letto e vi si infilò sotto, aspettandola. Sentiva il suo sguardo caldo sul suo sedere mentre si toglieva i calzini.

«Sei bellissima, Shy. Così bella.»

Strisciò sul materasso fino ad arrivare da lui che la tirò fino a essere petto contro petto insinuandole il ginocchio tra le gambe. Fece correre le mani giù per la sua schiena fermandole sul sedere che strinse. Lei intrecciò le dita tra i peli del suo petto mentre le loro bocche si incontravano. L'urgenza fra loro ispessiva l'aria.

Con lo scarso impulso sessuale che aveva sperimentato per così tanto tempo, rimase sorpresa di quanto velocemente il suo corpo avesse iniziato a bruciare. Harley aveva sempre avuto il tocco magico. Anche la prima volta che avevano fatto l'amore, lei stava ansimando prima ancora che lui entrasse dentro di lei.

Tracciò una scia di baci lungo il suo corpo, le sue mani che sfioravano la sua pelle liscia più velocemente delle sue labbra. Intrecciò le dita ai suoi capelli. Mentre giaceva, i suoi occhi si chiusero per il piacere. Si concentrò sulla gioia semplice delle sue carezze. Harley conosceva il corpo di una donna.

Le punte delle sue dita le scivolarono sopra l'addome e poi giù fino alle cosce. Chiuse le dita sui suoi muscoli, lasciando i pollici liberi di esplorare il suo sesso. Facendole aprire di più le gambe, si insinuò tra loro, usando la lingua per darle piacere.

La schiena di Shyla si inarcò al primo tocco. Il desiderio volò attraverso di lei prima di stabilirsi nel suo centro. Lei lo voleva. Socchiuse gli occhi per guardarlo. Spingendosi su un gomito, raggiunse il basso ventre con l'altra mano. Harley era duro come l'acciaio.

«Fallo. Prendimi. Andiamo, Harley.»

«Mi stai dicendo che lo vuoi?»

«Dannazione, lo sai che lo voglio.»

Alzò la testa. «Non ti farei mai supplicare,» ridacchiò.

Rise. «Come se tu potessi resistere ancora!»

«Piccola, riesco a malapena a controllarmi. Voglio che venga prima tu,» disse, facendole scivolare due dita dentro.

Shyla ricadde di nuovo sulla schiena, il corpo rigido, il bacino che si inarcava muovendosi al ritmo delle sue dita quando l'orgasmo l'attraversò come un maremoto.

«Merda, Harley,» disse, ansimando. «Vuoi muoverti?»

«Non era abbastanza? Okay, ecco che arriva quello vero.»

Non perse tempo con posizioni fantasiose. Lei gli avvolse le gambe intorno alla vita e i peli del suo petto le solleticarono i seni, inturgidendole i capezzoli. Si spinse contro di lui, amando il contatto con la sua pelle calda. Shyla gli nascose il viso contro il collo. Il profumo di Harley mescolato con il suo dopobarba la inebriò. Leccò la sua spalla, godendosi il gusto di lui.

«Oh, piccola, oh, piccola, piccola,» gemeva, spingendosi dentro e fuori di lei a un ritmo sempre più veloce. «Ti amo, tesoro, ti amo.»

Le sue parole le portarono gioia nel cuore. «Ti amo anch'io. Follemente. Per sempre.»

«Dio, è così bello,» sussurrò.

Il loro ritmo faceva sbattere il letto contro il muro. Mosse le mani verso il suo sedere, assecondando i suoi movimenti. Un piacere incredibile la possedette. Lui la strinse forte, i suoi muscoli si contrassero. Lei venne una seconda volta. Si fermò, dopo un'ultima spinta gemendo nella sua bocca.

Il sudore gli gocciolò dalla fronte sui suoi capelli. Le sfiorò le labbra con le sue mentre giacevano tranquillamente l'una nelle braccia dell'altro. Shy gli graffiò leggermente la schiena con le unghie succhiando la sua pelle.

Aveva quasi dimenticato quanto velocemente Harley potesse portarla sulla luna, quanto potesse farla bruciare, intensificando il suo desiderio fino a quando non sentiva il bisogno di sentirlo dentro di lei. Era il miglior amante di sempre. E lei aveva avuto alcuni uomini famosi con cui confrontarlo. Era la sua abilità, o il fatto che lei lo amava così tanto? Smise di domandarselo.

«Vuoi davvero sposarmi?» Si sollevò su un gomito.

«Certo. Te l'ho chiesto, no? Pensavi che stessi scherzando?»

«Voglio dire, hai appena rotto un fidanzamento. Non ti piacerebbe rimanere libero per un po'?»

«Assolutamente no. Sei tu, tesoro. Quella giusta. Sempre. Avresti dovuto essere tu fin dall'inizio.»

Harley le strinse il braccio intorno alle spalle tirandola a sé. Si accoccolò, come un gattino, contro il suo petto, il naso all'altezza della sua clavicola. Lui tirò le lenzuola per coprirli e con un sospiro, giacque immobile. Shy ascoltò il battito del suo cuore. Il ritmo costante la fece scivolare nel sonno.

Capitolo Diciassette

Si svegliarono alle cinque del pomeriggio. Dopo una doccia insieme e un lento fare l'amore sotto il getto caldo, si vestirono. Shy preparò un bricco di caffè, e decisero di cenare al The Savage Beast.

Harley voleva pavoneggiarsi con la sua nuova fidanzata davanti ai compagni di squadra. Infatti, non vedeva l'ora di sfoggiarla. Lei indossò dei jeans e un maglione rosa scuro. Intorno al collo, una deliziosa collana d'oro che metteva in evidenza i riflessi dei suoi capelli.

«Wow. Stai benissimo.»

«Grazie. Anche tu.»

«Del sesso grandioso mi fa questo effetto. Dà un po' di colore alle mie guance,» scherzò, assumendo una posa femminile e ridendo.

Scortandola alla macchina, non poté fare a meno di paragonarla a Vanessa. Era sorpreso che ci potesse essere una differenza così grande tra loro a letto. Immaginò che forse era perché Shyla voleva essere lì mentre Nessa aveva sempre dei secondi fini.

Aprì la porta del bar e furono raggiunti dalla musica e dalle parole di qualcuno che parlava a voce alta. Alcuni dei suoi compagni di squadra erano già lì, a divertirsi di venerdì sera prima della partita della domenica. Harley sorrise e tenne la porta per la sua fidanzata.

«Va tutto bene. Non mordono. La maggior parte del tempo almeno,» le disse.

Lei gli lanciò uno sguardo interrogativo da sopra la spalla.

Trunk Mahoney era lì, naturalmente, con sua moglie e diede ad Harley una pacca sulla schiena. «Un'altra fidanzata?»

«Lei è quella giusta. Shyla ti presento Trunk. Al per il resto del mondo.»

«Shyla? Oh, tu sei la signora che gridava sugli spalti quando Brennan è stato colpito?»

Lei annuì. «Colpevole.»

Trunk diede anche a lei una pacca sulla schiena, poi le mostrò un tavolo. Uno dopo l'altro, ognuno dei Kings si avvicinò a loro. Harley faceva le presentazioni, chiacchieravano per un momento, e poi i suoi compagni di squadra tornavano dalle loro mogli e fidanzate.

La cordialità dei giocatori gli riempì il cuore di tristezza. Gli sarebbe mancata l'amicizia e il cameratismo della squadra.

«Il prossimo giro lo offro io. Brindiamo a Harley!» esclamò Trunk. Carla servì le bevande e i bicchieri vennero alzati.

«Molto meglio questa volta, Brennan,» disse Bullhorn Brodsky, facendo scivolare il suo grande corpo in una sedia accanto al running back.

«Dov'è Samantha?»

«Sta arrivando. Sono Sly Brodsky, attacco,» si presentò, tendendo la mano a Shyla.

«Attacco è la parola giusta per descriverlo. Attacca a ogni occasione. Il linguaggio di questo tizio...» disse Harley.

«Io? È te che dovrebbero coprire con un beep a ogni parola che dici.»

Gli uomini battibeccarono, facendo sorridere Shyla. Harley incontrò il suo sguardo e rise. Era questa la reazione che voleva dalla donna che sarebbe diventata sua moglie, la sua compagna di vita. Shy aveva conquistato lui, i suoi amici, tutta la sua vita. E non riusciva a smettere di sorridere come uno scemo.

Carla gli portò due hamburger al gorgonzola e patatine fritte dolci. Harley pensò che Shy stesse avendo un orgasmo, per il modo in cui continuava a parlare di quanto fosse buono il cibo. Lawson Breaker e Tuffer Demson si unirono al tavolo.

«Il qui presente "The Kid" Breaker, ha subìto la sua prima commozione cerebrale in questa stagione.»

«Non era esattamente la prima. Ne avevo già avuta una al college.»

«Stai attento,» lo avvertì Shyla.

«Esci ancora con quella ragazza?» chiese Harley.

«Sì,» rispose Breaker, diventando rosso.

«Dille di occuparsi di te. E tu esci ancora con la figlia del Coach?» domandò Harley rivolgendosi a Tuffer.

«Sì. E attento a quello che dici. C'è una signora presente,» disse Demson.

«Penso mi piaccia il ragazzo,» ridacchiò Shyla, mettendogli un braccio attorno.

Rimasero fino alle dieci. Fu Shyla a guidare perché aveva bevuto meno di Harley.

«Sai cos'è l'amore?»

«No. Cosa? Sali in macchina,» gli disse, tremando.

«Fidarsi di te tanto da darti le chiavi della mia Maserati.» Aprì la portiera lato passeggero.

«Sei ubriaco. Non hai scelta.»

«Non sono ubriaco. Posso ancora scoparti quando torniamo a casa.»

Lei rise mettendo in moto il veicolo.

Quando arrivarono a casa, Harley chiuse tutto, si tolse i vestiti e si diresse verso il letto. Shyla lo stava aspettando. Aspettandosi di sentire delle scuse per evitare il sesso, come succedeva con Vanessa, alzò le sopracciglia alle parole della sua amata.

«Cosa ti ha trattenuto? Avrei già potuto darmi tre orgasmi nel tempo che ci hai messo. Abbassati le mutande.»

Sghignazzò e si spogliò velocemente. Il suo atteggiamento bastò a eccitarlo.

Quando finirono, lei si avvicinò a lui. Harley non lo avrebbe mai ammesso, ma gli piacevano le coccole quasi quanto il sesso. Beh, forse non quasi, ma molto. E con Shyla, era il meglio del meglio. Le sue curve sinuose gli davano qualcosa a cui aggrapparsi. Era morbida, calda, ed emetteva dei dolci rumori nel sonno quando era accoccolata contro di lui.

Avvolse il suo corpo intorno a lei e chiuse gli occhi. Promise a se stesso che non avrebbe pensato al futuro in quel momento. Non c'era niente che potesse fare se non aspettare, quindi perché rovinare quel momento speciale con Shy? Il pensiero che avesse accettato la sua proposta di matrimonio portò la pace nel suo cuore. Aveva finalmente ottenuto qualcosa che voleva da molto tempo - la ragazza giusta.

Anche se erano successe un sacco di cose brutte, una parte di lui sarebbe stato grato per sempre a *Marriage Minded* per averli riuniti anche se nel modo più contorto e stupido possibile.

Con il corpo sazio, il cuore tranquillo e la mente rilassata, si abbandonò al sonno.

HARLEY SI ALZÒ PRIMA di Shyla. Indossò una tuta e andò a correre. Rinvigorito, preparò il caffè, accese un po' di musica ballando mentre strapazzava le uova. Sorrise pensando che anche se la sua vita era una schifezza, era felice. Avrebbe sicuramente avuto un sacco di soldi per vivere le sue giornate con stile e una donna bella, intelligente e sexy con cui farlo. Ma come avrebbe impiegato il suo tempo? Respinse il pensiero. Era passato così tanto da quando si era sentito felice, ora aveva semplicemente bisogno di ascoltare il suo cuore.

Spense il fuoco sotto la padella e rispose al telefono. Era Mac Caldwell della Kensington State University. Chiacchierò con lui mentre mangiava la sua porzione e metteva il resto in un contenitore da riscaldare per Shy. Quando finì la conversazione, salì in macchina e guidò verso il centro di Monroe sperando di tornare prima che Shyla si svegliasse.

Mentre entrava in casa, per poco non andò a sbatterle contro. Indossava una delle sue magliette e nient'altro.

«Stai benissimo,» le disse, facendo scorrere le sue mani fredde su e giù per i fianchi nudi.

«Ah! No! Mi stai uccidendo con quelle mani! Sei congelato.» Si tirò indietro sussultando.

«Conosco un modo per scaldarle,» sussurrò, facendo scivolare quella destra tra le sue gambe.

«Oh, sì. Buona idea.»

«Funziona.»

La baciò più volte. «Buone notizie. Fai le valigie. Andiamo a Willow Falls.» Le diede una pacca sul sedere.

«Willow Falls?»

«Sì.» La seguì in cucina versandole una tazza di caffè.

«Cosa c'è a Willow Falls?»

«È una sorpresa. Bevi, mangia le uova, e andiamo. Siamo attesi per questo pomeriggio.»

Una volta in strada, Harley ebbe difficoltà a tenere la velocità entro i limiti di sicurezza. Era ansioso di arrivare.

«Mi piacciono le sorprese come a chiunque altro, ma ne ho abbastanza. Cosa succede?»

«Quando ci fermiamo al Catskill Diner per il pranzo, ti dirò tutto.»

«Mi dirai tutto? Oh, oh.»

Guidarono in silenzio per i successivi quarantacinque minuti. Shyla gli posò la mano sulla gamba e fissò fuori dal finestrino. Harley si avvicinò alla pittoresca tavola calda in stile anni Cinquanta, ed entrarono.

Gli vennero portati i Reuben sandwich e i frullati alla vaniglia che avevano ordinato.

«Okay, spara. Posso sopportarlo.» Le sue pupille si dilatarono, e la paura offuscò i suoi occhi.

«Non è niente di male. Fidati di me.»

«Cosa succede, Harley? Stai incominciando a farmi incazzare.»

Circondò la sua piccola mano con la sua. «Ecco il patto. Mac Caldwell, decano della Kensington State University, mi ha offerto un lavoro come capo allenatore della loro squadra di football. È la mia Alma Mater e dove ho giocato per la prima volta. Lo stipendio non è un granché, ma è decente, rispetto allo stesso lavoro in altri posti. Cosa che davvero non importa dal momento che i Kings mi pagheranno venti milioni di dollari per terminare il nostro contratto triennale. Naturalmente, le tasse ne prenderanno una buona parte. Tuttavia, ci sarà ancora molto di cui vivere. Accetterò il lavoro. Ho già avvisato al telefono stamattina.»

«Senza parlarne con me?»

«Sapevo già cosa avresti detto.»

Inarcò un sopracciglio. «Davvero?»

«Sì, e Mac mi ha reso l'accordo ancora più appetibile stamattina.»

«Come?»

«Così,» disse Harley, mettendo sul tavolo un foglio di carta. «È tuo se lo vuoi.»

«Che cos'è? Andiamo. Dammi la versione breve.»

«È un lavoro. Per te. Insegnare set design. Stanno iniziando un nuovo programma cinematografico. Insegneranno regia, produzione, illuminazione e tutto il resto. Ma l'unica cosa che non avevano era un famoso scenografo di alto livello. Se accetti, il lavoro è tuo.»

Il colore le arrossò il viso e i suoi occhi si riempirono di lacrime.

«Ehi, questa dovrebbe essere una cosa bella.»

«Sono lacrime di felicità.»

Harley pescò il fazzoletto dalla tasca e glielo porse. «Pensa a quanto potrebbe essere grandioso. Lavoreremmo entrambi a Kensington. Potremmo avere dei figli, e stargli vicino durante la crescita, vivere in una bella cittadina...»

«Potremmo comprare una vecchia casa in stile vittoriano e ristrutturarla.»

«Tutto quello che vuoi, tesoro. Tutto. Quindi, accetterai il lavoro?»

«Dovrei parlare con lui prima.»

«È lì che siamo diretti. Per incontrare Mac. Così puoi firmare sulla linea tratteggiata.»

«È meraviglioso. Non l'avrei mai immaginato. L'hai fatto per me?»

«Per noi, Shy. Per noi. E per i nostri figli.»

«Quanti ne vorresti avere?» gli chiese, con uno sguardo dubbioso.

«Cominciamo con uno, poi due, e poi si vedrà.»

«Mi sembra un buon piano.»

«Sei d'accordo?»

Lei annuì.

«Oh, oggi ho preso qualcosa in città. Per te.» Aprì la piccola scatola e le mostrò uno splendido anello di diamanti taglio marquise da sei carati. Shyla ansimò fissando la gemma scintillante. «Devi indossarlo. Non possiamo permettere che altri ragazzi ci provino con te.» Glielo infilò al dito.

Si fissava la mano, sorridendo. «È bellissimo, Harley. Semplicemente perfetto.»

«Bene. È un po' grande. Possiamo farlo stringere a Willow Falls.»

«Willow Falls. Che bel nome.»

«Potresti insegnare in inverno e disegnare le scenografie per il teatro in estate.»

«Stai dicendo che posso fare tutto?»

«Immagino di sì.»

«Finché siamo insieme, allora ho tutto quello che mi serve.»

«Anch'io. Andiamo, signora, rimettiamoci in viaggio,» le disse, aprendole la portiera della macchina.

Si rannicchiò sul sedile, più vicina a lui. Lui guardò i suoi occhi azzurri che brillavano, i suoi capelli biondi che si arricciavano intorno alle sue spalle. Era la donna più bella che avesse mai visto. Con Shyla al suo fianco e il nuovo lavoro, era pronto a tutto.

«Ricominciamo da capo e insieme. È tempo per il secondo capitolo delle nostre vite,» le disse, sterzando nella corsia di sinistra.

«Il secondo capitolo. Mi piace. Mi piace molto.»

Epilogo

«Non indovinerà mai,» disse Trunk alla moglie, Carla.

«È tutto pronto? Il tendone, la band, il catering?» elencò.

«Sì, sì. Smettila di preoccuparti. Andrà tutto bene. Io e Bull ci siamo occupati di tutto.»

«Ho aiutato anch'io,» disse Tuffer Demson.

«E anch'io,» aggiunse Lawson Breaker.

«Siete arrivati. Qui ci sono due liste di controllo. Andate. Assicuratevi che sia tutto a posto.»

«Dobbiamo poi tornare a riferire?» chiese Breaker.

«Certo,» disse Trunk.

«Questa è una delle cose più belle che tu abbia mai fatto,» gli disse Carla, prendendo un sorso della sua speciale miscela di limonata e ginger ale, conosciuta anche come Carla Special.

«Ah. Non è niente. Povero ragazzo.»

Carla alzò la mano. «Fa schifo, lo so. Ma ora ha una vita nuova di zecca.»

«Mi mancherà.»

«Tornerà a trovarci.»

Tuffer uscì sul davanti e mise un cartello. Breaker lo aiutò a posizionalo dritto.

Trunk controllò il suo orologio. «Mancano solo tre ore, ragazzi.» Attirò a sé la moglie e aspettò l'arrivo dei suoi compagni di squadra.

FINE

Incontra l'autore

Jean Joachim è una pluripremiata autrice USA Today best-selling, i cui libri hanno raggiunto la Top 100 di Amazon negli Stati Uniti e all'estero, fin dal 2012. I suoi romanzi spaziano dallo sport romance al romantic suspense, e le sue storie sono ambientate sia in piccole che grandi città.

Jean ha all'attivo oltre 50 libri sia in e-book che cartacei, che in formato audio. Scrive a tempo pieno e ha sempre con sé una scorta segreta di liquirizia nera. Grande appassionata di uccelli e cani, ha una passione per le cinciallegre e i carlini. È amante della musica, in particolare quella classica, è sposata, ha due figli grandi e vive a New York City.

Le farebbe piacere ricevere notizie dai suoi lettori, che possono scriverle a: sunnydaysbook@gmail.com

Potete trovare tutti i suoi libri sul suo sito Web: http://www.jeanjoachimbooks.com